李山——著

讲给大家的诗经 2

人民东方出版传媒
东方出版社

图书在版编目（CIP）数据

讲给大家的诗经 . 2 / 李山 著 . — 北京：东方出版社，2021.6
ISBN 978-7-5207-2091-5

Ⅰ.①讲⋯　Ⅱ.①李⋯　Ⅲ.①《诗经》—诗歌研究　Ⅳ.①I207.222

中国版本图书馆 CIP 数据核字（2021）第 039755 号

讲给大家的诗经 2
（JIANGGEI DAJIA DE SHIJING 2）

作　　者：	李　山
策　　划：	李伟楠
责任编辑：	**李伟楠**
责任审校：	**刘越难　曾庆全**
出　　版：	东方出版社
发　　行：	人民东方出版传媒有限公司
地　　址：	北京市西城区北三环中路 6 号
邮　　编：	100120
印　　刷：	北京联兴盛业印刷股份有限公司
版　　次：	2021 年 6 月第 1 版
印　　次：	2021 年 6 月第 1 次印刷
开　　本：	880 毫米 ×1230 毫米　1/32
印　　张：	9.25
字　　数：	201 千字
书　　号：	ISBN 978-7-5207-2091-5
定　　价：	49.00 元
发行电话：	（010）85924663　85924644　85924641

版权所有，违者必究

如有印装质量问题，我社负责调换，请拨打电话：（010）85924602　85924603

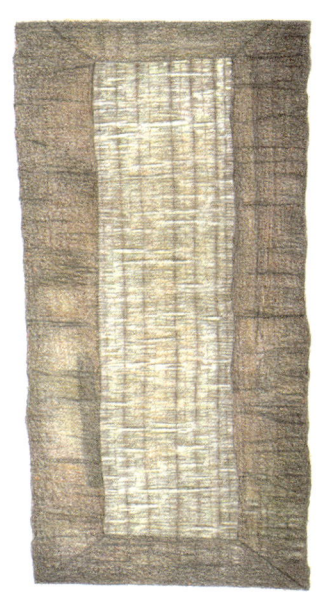

|《小雅·斯干》莞席 –1973年马王堆一号辛追墓出土

《小雅·鼓钟》镈 – 春秋晚期夔龙凤纹编镈

《小雅·常棣》- 常棣

《鄘风·桑中》唐 – 菟丝子

《齐风·南山》葛屦 – 麻布鞋（图为丝履，马王堆一号墓出土）

《小雅·宾之初筵》- 马王堆出土漆耳杯

《小雅·六月》戎车 – 东周战车复原图

《大雅·生民》豆－周生豆

写给读者的一些话

《讲给大家的诗经》出版后，得到读者朋友的抬爱。对一本书的作者而言，这是万分荣幸的！现在出的这一本，是它的续编。前一册主要讲风诗，这一册主要讲雅、颂。

风诗的特点在其广泛性。笔者说过，在那样遥远的时代，像《诗经》国风那样，大规模地将文学的触角伸向广泛的社会基层，表达广大民众（民众，包括各个阶层）的喜怒哀乐，这在世界范围内是无出其右的。是何等的因缘产生这样的现象？要寻找个中原因，需要各种探求。途径之一，就是仔细研读雅、颂作品。

雅、颂作品主要由祭祖、宴饮、农事、战争以及西周政治衰亡时期抨击现实的抒情诗篇构成。即以祭祖而言，仔细观察《周颂》的诗篇，得到最隆重祭祀的是周文王。何以是周文王？因为是他的一切努力，终于让上天眷顾于他，眷顾于他率领的周人邦家。上天何以眷顾他和周人邦家？那是因为他治理邦家对小民好。这就是"德"，"皇天无亲，惟德是辅"的"德"。这里就隐含着如何对待小民的问题。再如宴饮诗，其实宣示的是这样一点：作为贵族，应该能与属下分享利益。贵族主宰的周代社会,是很讲究贵族对小民的慷慨的,用《左传》的话说就是"施舍可爱"。民众为什么跟着你周贵族走?就是因为能得利。这其实是贯通古今的硬道理。宴饮的诗篇,在很大程度上就是宣示这样的政治原理。雅、颂诗篇不可小觑的道理也在于此。还有战争诗篇,较早的诗篇都是写士卒的感伤(如《小雅·采薇》)和内心的悲苦(如《豳风·东山》)从而显示出诗篇作为"礼乐"的真精神。战争永远是"一将功成万骨枯",诗篇不是站在立功受奖者的角度发声,而是为那些抛家舍业、因"国"而不能顾"家"的悲辛士卒歌吟,不是具有高度的人道精神吗?由以上简单的说明可以推测出,后来的风诗对小民生活样态的关注,是蕴含在雅、颂之中了的,起码是不矛盾的。

　　雅、颂需要认真研读的理由,远不止上述这些。要了解中国人的宗教特点,要了解中国人对天地、自然与人类关系的理解,要了解中国人对社会与自己、对"家"和"国"关系的看法,都得从这些"庙堂"诗篇入手。确实,雅、颂中有"拍马"之作,也有虚浮不实的表达,但是,雅、颂中更有在黑暗年头的挺身而出,以及对人生哲理的深沉思考,就是在艺术上也有感人至深的篇章。在讲述这些雅、颂诗篇的时候,笔者是注意侧重这些内容的。一个文化人群,知道从文学、文化的典籍中汲取什么,是大问题啊。希望自己在这方面,不像有些历史小说、剧本的编写者那样往愚昧的方向误导读者。当然,聪明的读者是有自己的鉴别力的。

　　感谢这样的媒体时代。前一册书主要讲国风诗篇,是在博雅小学堂的平台上讲的。因为听众的关系,主要讲富于情韵的风诗。后来又在一个平台讲《诗经》(这是一个令人不愉快的经历),主要讲雅、颂。此书就是据后一次的讲述改写而成。文字的工作基本上是由李伟楠编辑完成的，很费心神。这是要在此表示感谢的。

感谢读者对《诗经》的喜爱！

最后，敬请尊敬的读者不吝赐教！

李山

2021年3月1日

目录

《小雅·斯干》：给中国建筑提出灵魂性要求　　001
  吓坏了晋悼公的桑林之舞　　001
  "如翚斯飞"为建筑立法　　004
  诗从何时出？《商颂》是商代的诗吗？　　011

《小雅·瓠叶》：我们的酒文化最初什么样？　　015
  "酒过三巡"的来历　　015
  累人的典礼　　018
  典礼不敬，这种人很糟糕　　019

《小雅·蓼萧》：柔婉的周家宴饮　　021
  款待邻邦贵客　　022
  祝颂君子　　025

《小雅·湛露》：酒后还能踩准音乐节拍吗？　　027
  比较慷慨也比较放松的酒歌　　027
  何为"令仪"？　　030

《小雅·宾之初筵》：录下贵族饮酒无度的丑态　　033
　　商代多酒器，周代多食器　　034
　　古人醉酒之后是什么样子？　　035
　　唯酒无量，不及乱　　041

《周颂·有客》《小雅·白驹》：千年未变的好客之道　　043
　　礼，人情之田的果实　　044
　　客人已去，深谷遗音　　046

《小雅·常棣》："兄弟如手足"的正确打开方式　　049
　　从唐玄宗修花萼楼说起　　050
　　兄弟情亲的宴会　　053
　　一番谆谆切切，在一派明媚之中　　059

《召南·摽有梅》：坐在家里写不出来的歌　　061
　　周家胸怀与南方风情　　061
　　急切的待嫁心情　　065

《齐风·著》：调笑新娘子的羞涩　　067

《鄘风·桑中》：男女风情与桑林　　070
　　自言咏唱的热烈记忆　　071
　　风俗的东西，有符合人性的地方　　076

《齐风·南山》：隐晦曲折的讽刺 078
    齐襄公和妹妹文姜的牙碜事 078
    庆父不死，鲁难未已 080
    为何发生在齐国？ 082

《陈风·株林》：对违礼丑态侧目而视 086
    写宣淫无忌之情跃然纸上 086
    吴越争霸与夏姬 088

《秦风·黄鸟》：有一种历史，是黑洞洞的墓葬 090
    秦人的来历及迁移历史 091
    痛惜"三良"，并不是反杀殉恶俗 093

《小雅·出车》：战争，从未让女人走开 098
    "仆夫况瘁"的悲悯 099
    国家典礼上的一出歌剧 102

《小雅·鼓钟》：最早的军事安魂曲 104
    小民看战争 105
    战争中的人本精神 106

《周南·麟之趾》：检阅亲兵卫队的军歌 111
    诸侯公子的赞美诗 111
    最早的军事歌曲之一 115

《小雅·六月》：战争诗中的历史新动向　　117
　　宣王北伐，却不见宣王踪影　　118
　　歌颂贵族功勋　　121

《周颂·清庙》：中国人没有宗教吗？　　125
　　古代最重要的文化现象　　125
　　祭祀像一出戏剧　　130

《大雅·文王》：祭祖的政治功用　　132
　　直接赞美文王的诗　　132
　　并不是对祖先磕头乞求　　135
　　劝诫、联合殷商的子孙　　137

《周颂·思文》：周家何以得天下？　　141
　　对华夏文明重建的历史性书写　　141
　　对后稷的直接颂扬　　144

《大雅·生民》：诞生在宗庙里的史诗　　147
　　后稷出生又被反复丢弃　　148
　　无师自通的稼穑　　154
　　在祭祀中缔造自己的历史　　160

《大雅·绵》：太王迁岐，为王朝奠基　　163
　　岐山之下，苦菜吃起来都像糖一样　　164

在一片沸腾的土地上建城　　170
　　诗歌无亲，唯德是歌　　173

《周颂·天作》：没有鬼神的祭祀诗　　178
　　岐山下有了通畅的大道　　178
　　古人怀古　　179

《周颂·载芟》：男耕女织的传统何以形成？　　181
　　王率领百官、农夫一起耕作　　182
　　写春耕，但不是用于春天的典礼　　185

《周颂·良耜》：秋收之后，祭祀以回报万物　　189
　　比较详尽的农耕场面描写　　190
　　淳朴的感情，理性的精神　　194

《小雅·大田》：报答天地赐予丰年之恩　　196
　　修农具、播种、除虫害　　197
　　仁义就是人意　　201
　　对大地和各方神灵献礼　　203

《大雅·民劳》：执政贵族的政治宣言　　206
　　封臣的封臣，不是王的封臣　　207
　　西周衰世，政治抒情诗高涨　　209
　　当家就知柴米贵　　212

鼓励年轻贵族好好努力　　216

《小雅·节南山》：最早实名批判权贵的诗　　218
　　上天降灾，当局者还不知警醒　　219
　　权臣当道，王陷入困境　　222
　　这支箭是我家父射的　　227

《大雅·荡》：社会何以混乱至此？　　229
　　托言文王，谲谏厉王　　230
　　王朝倒塌，因为横暴　　232
　　殷鉴意识与历史写作的发达　　237

《大雅·抑》：乱世的生存之道　　241
　　聪明人要避免犯愚病　　243
　　老臣的失望和训诫　　245
　　不敢暴虎，不敢冯河　　252

附录：回忆启功先生　　255

《小雅·斯干》：给中国建筑提出灵魂性要求

《诗经》的出现，乃至成为我们民族开创性的经典，是随着文明水准的提高而实现的。它是精神文明进步的结晶。

吓坏了晋悼公的桑林之舞

这要从商周文化的不同说起。有一段历史往事记录在《左传》当中。鲁襄公十年（公元前563年），晋国作为霸主国家，到东方去攻打东夷，军队回来时路过宋国。宋国为了巴结晋国，给他们演出了桑林之舞。桑林之舞我们并不陌生，在《庄子》里就谈到过，庖丁解牛的动作优美、有旋律，"合于《桑林》之舞，乃中《经首》之会"。但是，宋国人给晋悼公演出的桑林之舞，可不是那么优美。宋国人是殷商的后裔，他们把这个商汤时期的古老音乐拿出来演。舞乐一开始，就有一个大旗张出来，叫作旄夏，是用涂得五颜六色的羽毛做的。果不其然，这个旄夏真是一个"惊吓"，样子非常可怕。

晋悼公看到之后，不自觉地滋溜一声，钻到后面的帐子里去了。没办法，宋国人只好把大旗撤掉，勉强把礼乐演完了。结果，晋悼公在回国的路上发高烧、说胡话，看病的巫医就说桑林之神附在他身上了，实际上就是吓出毛病来了。由此可见殷商文化的阴森可怖。

殷商文化的阴森可怖，还可以盖房子为例。中国人盖房子特别讲究挖地基，拿到一块新的宅基地，如果里面有坟、尸骨，一定要先清出去，因为嫌那些东西不吉利。但是，在商代，人们盖房子时，一定要在房屋四角的柱子下面各埋一个小孩，没有小孩的话埋妇女，没有妇女就埋男人。此外，安门、安窗子、上梁都要杀人。他们这样做是为了保证房子的吉祥、安全。考古发现，殷墟有一个被标名为21的宫殿群落，为了盖这些宫殿，一共杀了六百四十多人。殷商人用人的鲜血和生命为房子祈福，以制造更多鬼魂的方式来防止鬼魂。这是精神状况不佳的表现，我们叫它鬼魅缠身。可以想见，在这样的状态下，人们很难唱出优美的歌声。处于如此精神状态的人，虽然可以制造青铜器，但他们的歌唱却未必是祥和的。

到了周代，人们开始信仰新的观点，即"六畜不相为用"（见于《左传》）。按照这个观点，如果祭祀鸡神，你不能杀鸡；如果祭祀猪神，你不能杀猪。因为万物有灵。要祭祀人神，当然也不能杀人。考古在今天的宝鸡、扶风一些地方发现了多处西周高级贵族宫殿的遗址，再也没有发现在墙角、地基埋活人。这就是精神的进步和解放，懂得珍惜生命了。

《小雅·斯干》这样的诗歌便是在改变了过去殷商那种蛮昧做法、内心文明提高之后诞生的作品。它记录了周人给房子祈福的新方式：优美的歌唱。

秩秩斯干，幽幽南山。如竹苞矣，如松茂矣。兄及弟矣，式相好矣，无相犹矣。

似续妣祖，筑室百堵，西南其户。爰居爰处，爰笑爰语。

约之阁阁，椓之橐橐。风雨攸除，鸟鼠攸去，君子攸芋。

如跂斯翼，如矢斯棘，如鸟斯革，如翚斯飞，君子攸跻。

殖殖其庭，有觉其楹。哙哙其正，哕哕其冥。君子攸宁。

下莞上簟，乃安斯寝。乃寝乃兴，乃占我梦。吉梦维何？维熊维罴，维虺维蛇。

大人占之：维熊维罴，男子之祥。维虺维蛇，女子之祥。

乃生男子，载寝之床，载衣之裳，载弄之璋。其泣喤喤，朱芾斯皇，室家君王。

乃生女子，载寝之地，载衣之裼，载弄之瓦。无非无仪，唯酒食是议，无父母诒罹。

"如翚斯飞"为建筑立法

"秩秩斯干","秩秩",形容清澈的样子。"斯"就是"此";"干"读jiàn,与"涧"通,溪涧之意。这是说清澈的小河流、溪涧水,波纹闪耀,是近景。周围有水,古人和我们今天在选择房屋建筑上的理想是一样的。所以,海景房总是价格奇高。"幽幽南山","幽幽",指远山青幽的样子。这个南山很确定,就是指终南山。山色是很有意思的,比如北京的西山,只有走到山前看,山才是绿色的;远看,尤其是在晴天,山是青色的,还泛着蓝。古人形容这种颜色,就是"幽然"。这两句诗只用八个字,就把房子周围环境的优美展现出来了。中国后来很多古典诗歌,只用四句话就能创造优美的意境。像杜甫的"两个黄鹂鸣翠柳,一行白鹭上青天。窗含西岭千秋雪,门泊东吴万里船",给人带来心灵的愉悦。《斯干》这首诗接下来用了比喻,"如竹苞矣",像竹一样,房子不是只盖一间,而是根连根,是一座一座的。"苞"字意为丛生。"如松茂矣",如松柏一样茂盛,房子高而挺拔。"兄及弟矣,式相好矣,无相犹矣",兄弟们在这儿生活,永远相好,不相图谋。"式",是个语词,带有愿望的意思。"犹"就是图谋、尔虞我诈,在《诗经》里很多见,现在很少这么用了。

看!写房子,先放眼周围的环境,这就是精神解放,审美出现。人类审美的眼光是很奢华的,物质条件不够不行,内在精神文明条件不够也不行。所以,中国人到了用唱诗来歌颂生活的阶段,是历史进步到一定程度的结果。这就像日常生活中,人们家里有个小孩。两三岁的时候,他的精神世界一片懵懂、昏天黑地,不知道讲卫生,也不太注意自己的形象。等他上了小学三四年级，开始悄悄地买一个笔记本，写日记，还锁到抽屉里边，不让大人看。这表明孩子有了自我意识，开始关注自己的生活了，是一种精神进步。文学的发展也是这样。

接着看第二章，"似续妣祖"，"似续"就是继续，"妣"指女祖，说我们盖房的这块地方，是继承自男老祖和女老祖，不是抢来的也不是买来的。"筑室百堵"，"筑"就是夯筑；"堵"，中国古代盖房子用版打墙，一版从底下往上夯，夯到一定高度，一般是长一丈高三丈，或者长三丈高一丈，算一堵。然后"西南其户"，向西向南开窗、开门户。"爰居爰处"，我们在这儿居，我们在这儿处，"爰"就是"在此"。"爰笑爰语"，我们在这儿笑，我们在这儿语。

"约之阁阁，椓之橐橐"，"约"字在这儿意为拿绳子捆，捆什么呢？版打墙要立桩子，固定木板，所以要用绳子捆绑。"阁阁"是象声词。木桩子嘎吱嘎吱响，就叫"约之阁阁"。"椓之橐橐"，"椓"是击打，"橐橐"是状声词，土填进去要用夯来击打。这样筑出来的墙怎么样？"风雨攸除"，就是除掉风雨。接着来了一句"鸟鼠攸去"，我们筑的房子，墙特别结实，连小家贼和小老鼠都要远离，所以，"君子攸芋"，"芋"指宁静地安居。对鸟、鼠的反感，一直到今天的农村还有这样的体验。人们住平房就烦这两样东西。老鼠长大牙，爱咬墙，时间久了，房子到处是窟窿，一烧火，烟囱不冒烟，四下里到处冒烟。小麻雀在房檐上做窝，叽叽喳喳。中午人想休息，办不到。说房子结实，挡风挡雨容易想到，而这里说到小麻雀进不来、小老鼠盗不动，体现出生活气息。这首诗距今已经近三千年了，是周宣王时期的作品，我们今天读起来好亲切呀。

第四章的第一句"如跂斯翼"非常传神,"跂"指抬起脚后跟,"翼"就是两手贴身、悚然翼立。房子的总体形状像鸟,鸟一蹬腿,翅膀一夯,这种将飞未飞的感觉,就将中国建筑的神韵写出来了。中国建筑和西方建筑不同的地方,就在于飞檐斗拱,它有曲线,向上翘。论中国古典建筑的审美,这是灵魂性的东西。有意思的是,考古在岐山、扶风一带发现的周人建筑遗址,房顶子只是一个梯形,往上翘的感觉不是很明显。要飞动,还得再等等,要到战国时期。也就是说,在飞檐斗拱还没出现的时候,我们的诗人就给中国建筑提了一个灵魂性的要求——飞起来。后来中国建筑就真的沿着这个方向走了,和西方建筑完全大异其趣,真是太奇妙了。

接下来,"如矢斯棘","棘"是直的意思,"矢"就是箭杆。房子在曲线之外要有直线,直得像箭杆一样,形容宫室四角棱角分明的样子。"如鸟斯革",就是鸟扇翅膀,"革"是"鞈"的省体。"如翚斯飞",像翚在飞动,"翚"就是野鸡。前面几句是描写一座宫殿,此句写翚扇翅飞翔,则是在形容宫室群落中,房檐与房檐之间你扇我扇、彼此交错的样子。另外,翚的羽毛是五颜六色的,这色彩正好又和中国建筑的另一个特点相连。土木建筑为了保护木料要刷漆,有学者就认为这句是在说颜色。"君子攸跻","跻"就是升,和"跻身世界五百强"的"跻"是一个意思。盖了新房子,乔迁就是往上升。前一章强调房子的厚重、结实,在这里,辩证法出来了,又强调要灵动,要翘起来。

"殖殖其庭,有觉其楹","殖殖"意为宽阔,这个意思今天很少用了。"楹"我们还在用,就是楹联。"觉"指高大。这是说庭院要大,柱子要高。"哙哙其正","正"就是正厅,"哙"就是明亮。"哕哕其

如翚斯飞

箋翚鳥之奇
異者集傳翚
雉○爾雅素
質五彩皆備
成章曰翚

说明：本书黑白插图出自（日）冈元凤纂辑《毛诗品物图考》。

《小雅·斯干》：给中国建筑提出灵魂性要求

冥","哕"是幽暗,"冥"指一些小房间、小居室。正厅要明;一些偏房,比如卧室,要暗一点儿。后面来了一句"君子攸宁",君子住在这样的房子里边会安宁。这一章所写的不正是我们今天对住宅的需求吗?现在装修、布置房子,拉帘子、开窗户,不也在追求同样的效果吗?

  以上就是诗的一到五章,写房屋周围的光景、造房地的来历,再写房子的结实、灵动、设计合理、信价比高。房子写完了,诗会到此为止吗?

  诗人还不过瘾,他做了一个梦,就用梦境来展开诗境。"下莞上簟,乃安斯寝","莞"和"簟"就是指席子、凉席,用草或竹子编的,一层层地铺上,安然地睡了一觉。"乃寝乃兴,乃占我梦","兴"是说起床。睡醒了要占梦。古代有预测未来的专业人员,这当然有点儿迷信了。"吉梦维何?维熊维罴,维虺维蛇",说"我"做了吉梦,梦见了很多熊、罴、虺、蛇。结果请大人占卜,"维熊维罴,男子之祥",说熊、罴是多生男孩的象征;"维虺维蛇,女子之祥",虺、蛇是多生女孩的象征。虺是一种毒蛇、短蛇,而蛇就有点长的意思,俗称"长虫"。有时两个同义词放在一起,会在对比中产生分别,虺和蛇此处就是这个用法。本来虺是毒蛇,但是此处不取其毒而取其短。这里写梦境是说房子有吉祥的征兆,实际上也是一种祝愿,祝愿主人多生男孩多生女孩。

  过去有一种说法,认为这首诗是写西周宣王盖房子。他是西周倒数第二代王。他的父亲是周厉王,因为得罪了贵族和百姓而被人驱逐了。在这个过程中,可能有人放火烧了宫殿。于是宣王即位后要恢复一下。他即位时很年轻,所以要祝愿他多生男孩女孩。就是

維熊維羆
集傳羆似熊而
長頭高腳猛憨
多力能拔樹○
羆未詳

《小雅·斯干》：给中国建筑提出灵魂性要求

没想到，当时祝愿的"维熊维罴"的熊、罴里还包含了他的儿子周幽王——小亡国君。这是题外话了。

接着顺着梦往下说。"乃生男子，载寝之床，载衣之裳，载弄之璋"，"乃"，若是的意思；"床"是高起来的台子，可以睡觉的地方；"璋"是参加重要典礼时手执的半圆形玉器，在古代是权力的象征。如果生了男孩，让他躺在床上，给他穿上小礼服，给他一块玉器。这是祝愿男孩将来做君做王。直到今天，我们有朋友生了小孩，也要出个份子钱，买奶粉用，再雅一点儿的话，要写个"弄璋之喜"的贺词。唐朝有一个口蜜腹剑又不学无术的宰相李林甫，他不知道从哪听到这个成语，结果他给人写祝贺词的时候，错将璋字写成了獐字。他也由此得了个雅号"弄獐宰相"。这是个玩笑了。接着看诗，"其泣喤喤，朱芾斯皇，室家君王"，说男孩的哭声喤喤然，很大。朱熹《诗集传》中就说喤字意为"大声也"。"朱芾"是小皮裙，周贵族的一种打扮，用茜草将小皮裙染成赤黄色，扎在腰里面。"斯皇"就是煌煌然。"室家君王"，做天下、国家的主人。这里说宣王家的儿子，将来做诸侯，甚至做国君。这有点儿像后来的"洗三"。看老舍的《正红旗下》，让人印象深刻的情节是，"我"出生三天的时候，来了一大帮中年妇女，给"我"洗三，一边洗一边念叨："洗洗沟，做知州，洗洗蛋，做知县"，表示祝愿。现在也有这种习俗，满族和汉族都有。

诗接着说生了女子怎么办，就是最后一章。这就有点儿区别了。"乃生女子，载寝之地，载衣之裼，载弄之瓦"，说生了女孩，把她放到地上，给她穿上一个裼。"裼"就是小袄的意思，跟裳相比比较短。"瓦"，是说当建筑工人吗？当然不是，它是纺锤的意思,说将来好纺线做家庭主妇。男耕女织是周人的本色。"无非无仪,唯酒食是议","无非",不要有过错,这个"无仪"也是无非的意思。"仪"(繁体为"儀")字,有学者说它通"俄",俄的本义是歪头、歪斜,不合规矩礼数。"无非无仪"就是不要有差错。"唯酒食是议",意思是整天想着如何做好酒和饭。"无父母诒罹","诒"就是遗留,"罹"是祸患、糟心事。这样就不会给父母带来忧愁。女孩如果没有过错,能做好饭做好酒,嫁出去,就能平稳地由姑娘变成媳妇。中国古代的婚姻有个试婚期,新媳妇嫁进夫家之后,有一段时间不可以进祖庙祭祖。什么意思?夫家在考察她,如果她不合格,是可以退回去的。所以,生了女孩子,要加强基本功的训练。这是三千年前的重男轻女,我们要批评,但也要原谅,毕竟人类是慢慢进步的。对女性的看法是文明程度的一个标志。在《诗经》的其他篇章里,有不少地方对女性还是高看一眼的。

诗的末尾,顺着梦境,祝愿男孩们将来有成就,为君做王。虽然有点俗气吧,但也是祝愿大家都好。女孩子们呢?学做家务,当好人家的主妇。

诗从何时出?《商颂》是商代的诗吗?

拿这首诗的描写和殷商人盖房子做比较,可以看出商周完全是两种文明状态。这个问题与一个老的学术公案有关,那就是:商代有没有诗?在今天的《诗经》里,颂有《周颂》、《鲁颂》和《商颂》。其中,《商颂》有五首,很多学者认为是商代作品。他们的依据主要是考古发现了很多商代的文物，比如后母戊大方鼎、四羊方尊等，可见商代的青铜器制造很发达。然后据此推论：商代也会有诗篇。这是他们思考问题的逻辑。

但是，精神文明和物质文明终究不是一种文明。而且，即使商代有诗歌，在周武王灭商的时候，让不让它传下来，也是我们要考虑的。四川有个三星堆，这个考古发现震惊了世界，但是人们发现，里面的器物都是被砸过、烧过的。到底是谁砸、谁烧的？我们不清楚，可是按照一般的历史情况，一个王朝灭亡的时候，征服者首先要消灭它的意识形态。三星堆的器物也很可能是这样。所以，我们不能看到商代有发达的青铜器，又看到《诗经》里有标名为《商颂》的诗篇，就率真地认为那是商代的作品。在这个问题上，我们宁愿思维复杂一点。

商朝灭亡之后，周人本着一种"灭人国家不灭人后代"的精神，封了商朝人的后裔到今天的商丘，去"血食先王"，就是定期上冷猪肉、冷羊肉祭祀先王，不要让他们变成孤魂野鬼来作祟。宋国人把殷商老的礼乐保存下来了，有音乐有舞蹈，还有旗帜。桑林之舞就是当年商汤为了祈雨而做的舞蹈。在宋国人生活的东夷这一片地方，一直到了春秋时期，还保存着食人社。食人社是祭祀土地的地方，旁边有个大水坑，水边有一片怪石，阴森可怖，因为在那里经常拿活人祭祀。这就是殷商的文化。

但是，在今天我们看到的《商颂》作品里，却没有那么阴森吓人的内容。虽然和周礼熏陶下产生的篇章有一点不同，也绝没有阴森到把一国之君吓得生病的地步。《商颂》里也有盖房子的诗，就是《殷武》篇，诗的大意是，商朝的都城高耸着，那是四方的标准，彰显它赫赫的声望、宏大的威灵,在这样的宫殿里生活,长寿安宁,而且保佑后代。为了修建这样的宫殿,我们登上景山,把很多挺拔的松柏砍断,搬到都城来,做房屋的椽子……做成的宫殿非常安详。诗里没有任何鬼神气息,和杀六百多人建宫殿的状态,差别是非常明显的。所以,我认为《商颂》不是殷商时期的诗。

关于《商颂》的创作年代,我赞同王国维先生的看法,即西周中期,是商朝人的后裔宋国人为祭祖而写。他这样说是根据诗篇的字词、句式与出土金文所做的比较。《商颂》中的很多语词和西周中期金文的语词高度相似。王先生是这方面的专家和权威,他的感觉非常准确。只是虽然他说出了这个观点,后来很多学者却不理会。

不过,他没有注意到的是,《商颂》诗篇的创作还有一个契机。西周到了第四代王昭王的时候,曾经在今天的淮水和汉水流域,和东南方人群发生战争,镇压当地不服从政府的部落人群。昭王在位一共二十年,从十五年开始就反复打,到二十年的时候,打胜了仗回家,夏天路过汉水,被淹死了。有一件青铜器物上讲了一个昭王十九年发生的故事:有一位王的作册,也就是写文件的秘书,那是个很清贵的官员了,这个人是殷商后裔。王命令他到一个叫相(xiàng)的地方(有学者提出来,这里指的就是宋),赏赐了他一块土地,就在离商丘不远的孟诸泽一带。而那一年,正是昭王在东南前线打仗最热闹的时候。对于这件事,最低的估计,是王朝想笼络宋国人;如果高一点儿地估计,一定是宋国人在打击南方敌对分子的时候有所表现。这个赏赐动作非同小可。它意味着当周王朝面对敌对势力的时候,宋人和他们站在了同一立场上。殷商的后裔开始在心理上归顺周王朝。在那之后,周人也觉得宋是自己人,给了他们特权,让他们祭祖,也可以作作诗了。《商颂》就开始了创作。

所以,《商颂》的产生,实际上表示殷周两个人群融合了,不再像过去那样,认为你是征服者,我是被征服者,互相之间有芥蒂,有防备之心。我有一个完整的思路,《商颂》是西周作品,它和西周礼乐文明的创作高潮是相一致的。

《小雅·瓠叶》：我们的酒文化最初什么样？

幡幡瓠(fān hù)叶，采之亨(pēng)之。君子有酒，酌(zhuó)言尝之。
有兔斯首，炮(páo)之燔(fán)之。君子有酒，酌言献之。
有兔斯首，燔之炙(zhì)之。君子有酒，酌言酢(zuò)之。
有兔斯首，燔之炮之。君子有酒，酌言酬之。

"酒过三巡"的来历

这首诗涉及周代饮酒礼，饮酒礼最基本的单元就是"一献之礼"，又称为"三爵之礼"。周贵族饮酒以三为单位，就是我们今天说的"酒过三巡"的来历。他们有的时候搞到"九献之礼"，那就非常烦琐了。这也体现了周礼的特点，典礼是非常累人的。而且礼主敬，每一个环节、每一个动作都不能出差错，出了错你就要丢丑。

"一献之礼"到底包括什么？就是《瓠叶》中所写的"酌言献

之""酌言酢之""酌言酬之",亦即献、酢、酬三个步骤。这首诗的创作年代大体是西周后期,或者东周初期。雅和颂的创作,尤其是小雅,可能延伸到东周初期。那时,朝廷有意振兴,也举行了一些典礼,但是场面已经不如西周了。

"幡幡瓠叶","幡幡"意为飘荡;"瓠"是一种瓜,在今天的菜市场里还能看到,长长的。第一句写采来的鲜嫩的瓠瓜叶子,幡幡然。"采之亨之",采的是瓠叶,不是瓠瓜,做菜蔬。"亨"在古代和烹字通用,就是烹饪的意思。这是在准备典礼。《周礼》记载,饮酒之前要举行很多仪式,离真正吃饭、往饱里吃还远着呢。所以前边先给大家上一点儿菹,就是腌制的菜。"君子有酒,酌言尝之","君子"指的是主人,主人请我们喝酒。另外,"君子"也指贵族身份。"酌言尝之"的"言"就是而,在这儿是虚词。清代学者陈奂说,主人把酒拿出来,先尝一尝,看看酒怎么样,这就是第一步。因为献酒的时候总得客气,总得认真,就要"酌言尝之"。

第二章,"有兔斯首",前面是瓠叶,后面给大家上的肉食是兔头,叫"斯首","斯"是语气词。"炮之燔之","炮"是连着毛烧烤,"燔"也是烧烤。"君子有酒,酌言献之"。这就涉及饮酒礼,《仪礼》中有乡饮酒礼、燕礼,还有士冠礼、社礼,都涉及饮酒的步骤。献酒很麻烦,以乡饮酒礼为例。这是一年到头时由乡大夫主持的典礼。先要谋宾,就是和乡大夫们、手下人谋,看今年谁做得好、表现突出,请他当宾。这里说谋宾,而不是谋客,因为宾和客是有区别的。一个乡里的人没有外人,所以被请的人叫宾。宾不止一个,有主宾,有副宾,还有介宾。请完宾,就通知人家,而对方要客气,说自己不够资格等等。等把典礼的日子定下来之后会再通知一遍,尤其是到前一两天的时候。我们今天也延续着这个习惯。如果有人说请你吃饭,但是到了临前不通知你,还真不能去。可见,这不是我们现代人自创的,它渊源有自。

等宾来到典礼上,就要迎宾。服侍人员引导着宾,大家往里边走时要讲究秩序。一进门,谁走哪个方向,登台阶子、拐弯的时候怎么请人,怎么做动作,怎么做手势谦让,都是有规矩的。中国主体建筑坐北朝南,北边两个大柱子之间及柱子附近这一片范围,就是堂,在典礼的场合是敞开的。北边有墙,墙后边有室,就是睡觉的地方。典礼时,主人一定是从东边的台阶子上,这叫坐阶,这一片地方是主人活动的。西边的台阶子叫宾阶。宾主落座以后,主人都是背靠东方面朝西,宾一定是面朝东背朝西,不能乱。因为"宾者,敬也",要敬宾。

坐下来(实际上是跪着)之后,主人要向宾献酒。主人从筐里取出酒爵(一献之礼主要用爵)洗干净。这就是敬客之道——洁净。法国有个学者叫比奥,在二十世纪早期研究周礼,就发现中国古代早期典礼特别讲究卫生,献酒的时候,要当着客人的面把杯子洗干净。堂下有个专门的台子,对着大厅,设着清水。这个时候宾不能大模大样地闲着,要谦让、客气,抢活儿干。我们今天在类似的场合也常说这样的话"我来吧"。主人则要给对方拱手,让对方回到位置上去,然后再拿着杯子倒。这个过程中,主人特别累,只要从地上站起来就要洗手,因为手脏了。宾也一直不敢坐下,始终在那儿,感觉随时可以起来帮忙,要做这种姿态。最后,主人终于把酒倒好了之后,放到宾身前,还要拜,请他们喝酒。这时宾先要倒退,因为人家拜他。然后再把酒取来,饮了之后要"告之",说

"好喝""好喝",告诉对方酒很好。这叫一献,就是诗说的"酌言献之",向宾敬酒。献完了,该酢了。

累人的典礼

第三章,"有兔斯首,燔之炙之",还是兔子,"燔"和"炙"还是烤。"君子有酒,酌言酢之。""酢"是宾回敬主人。他也要下去洗杯子,主人也要谦让。相对而言,宾坐下来给主人回敬礼的动作少一些,但是要拜。又是拜来拜去,最后把酒放在席旁边,主人取。主人还要拜,喝完之后不用"告之"了,因为是自己家的酒,不要再说酒好。这就是酢,回敬主人。

第四章写到了典礼的最后一步,就是酬。主人在饮过宾回敬的酒之后,还要洗爵,洗完爵之后先自饮,然后再倒酒,这一次要劝酒,劝导宾再饮,称为"导饮"。但是一般宾就不再饮,而是放下酒杯,因为礼还要进行下一步。这就是所谓"一献之礼"。

《左传》里记载,鲁国的君主到楚国访问,搞到九献。就是一献一酢一酬,做了九次。孔子的学生子贡很聪明,他有一次参加这种饮酒礼就说,典礼中的某宾或主,可能要不行了。孔子就让他闭上乌鸦嘴。结果没过多久,那个人就死了。这种事情子贡是怎么看出来的,难道他是预言家吗?当然不是。贵族五六十岁、四五十岁,整天脑满肠肥的,血压、血脂、血糖都高,甚至心脏里是不是有什么毛病,不检查都不知道,因为那时医疗条件有限。而典礼又特别累人,《礼记·聘礼》里头就讲到了。早晨起来,只一爵酒喝进去,本就不管什么用,之后上一点儿肉干,再将"幡幡瓠叶"作为菜蔬煮了,吃点儿这些,然后就无尽地鞠躬、起、坐、拜。很多人丢盔弃甲,露馅了,可见平时不注意锻炼。子贡在旁边看着,看有人哩溜歪斜的,说这个人的身体真糟糕,判断活不长。这是可以理解的。

典礼不敬,这种人很糟糕

从这首小诗可以感觉到,周礼对当时的贵族来说是非常严格的一套系统。古人就是在这种对礼的遵守中,看人是不是君子,受没受过君子的教育。正所谓"站有站相,坐有坐相",鞠躬也好,拜也好,跪也好,都从姿态好不好来看。所以,礼主敬,要认真做好每一步。于是,在我们中国有个老话儿叫"挑礼"。不论婚礼、葬礼,都有人挑礼。尤其是做客人,常有挑礼的,说主人对他哪里不周。我们看《左传》,如果有人行礼不敬,就有人判断这个人长不了。为什么?因为礼是社会约定俗成的,它代表一种神圣和庄严。有人在公共场合正要展现美好修养的时候却不认真,他对礼不恭敬,大伙就对他不恭敬。一个受社会群体反感的人,他能走多远呢?

我们今天不是要恢复那些老礼,太麻烦,那是有古代慢节奏的生活背景的,任何风俗和仪式都会发生变化。但是,任何社会都有庄重的场面,再自由开放的社会都有,这是我们需要看到的。

另外,通过读这首诗可以了解到,中国文化在它的原创时代,用繁文缛节塑造大家的同一性。所以周礼到处流传,它在熏陶人。你一拱手人们就能看出你是不是受过礼的熏陶。后来,中国人的表情也代表中国文化。长相代表自然,中国人和日本人、韩国人几乎是一样的,但是表情却显示出文化的熏陶,这种熏陶就是从细微的礼和老传统过来的。《诗经》之所以重要,就在于它记录了这个老传统刚刚形成的时候是什么样的,礼是什么样的。

《小雅·蓼萧》：柔婉的周家宴饮

这首诗的主题，是招待来自异邦的，或者说边地非周人直属的那些邻邦的贵客。按照《毛诗序》的说法，是"泽及四海"。四海的范围比较大。东汉有个大儒郑玄，他注《诗经》很权威，说九夷、八狄、七戎、六蛮谓之四海。就是说南边的蛮、西边的戎、北边的狄、东边的夷，各种各样异地邦国的人们来到周王室，周王举行宴饮典礼欢迎他们。这种说法对不对呢？宋代朱熹做《诗集传》，对汉代的说法提出了修正，说这是周王和诸侯一起宴饮的诗。从字面上看，朱熹说稳妥，但是随着一些金文的出现，我个人认为汉代说法更可取。此诗的宴饮对象，包括周边人群。

蓼(lù)彼萧(xiāo)斯，零露湑(xù)兮。既见君子，我心写兮。燕(yàn)笑语(yǔ)兮，是以有誉处(yù chǔ)兮。
蓼彼萧斯，零露瀼瀼(ráng)。既见君子，为龙为光(chóng)。其德不爽，寿考不忘。

蓼彼萧斯，零露泥泥(ní)。既见君子，孔燕岂弟(yàn kǎi tì)。宜兄宜弟，令德寿岂(kǎi)。

蓼彼萧斯，零露浓浓。既见君子，鞗革忡忡(tiáo lè chōng)。和鸾雍雍(yōng)，万福攸(yōu)同。

款待邻邦贵客

"蓼"，按照传统应该读 lù，而不是 liǎo。我们今天读古诗，对于应该照着现在的音读，还是照古读；如果照古读又照着哪个古音读，是有分歧的。一般来讲，宋代人注音根据的是唐韵，或者陆德明《经典释文》的标音。陆德明是隋唐之际的人，属于中古时代。后来朱熹和元代一些人给《诗经》注音都查唐韵，也是中古音。唐宋之际、隋唐以来的注音，就是所谓古读，至于先秦时候读什么，就难说了，因为有些字古人觉得不难也没注音。从道理上讲，语音是发展变化的，语言是约定俗成、遵循一种习惯的，按今天的读法也有合理性。但是，我们读的毕竟是经典，有的时候要尊重一下传统读法。所以，我们要是能查到，就按古音；如果古音丢失了，就按今天的读法。

"蓼"本来是一种植物，在这儿做形容词，形容植物高高的样子。"萧"就是香蒿，我们今天还能看到，在《王风》里也有"彼采萧兮"。斯，"斯人而有斯疾也"的"斯"，在这儿是语词。"零露"，零字本来指雨滴掉落的样子，在这儿是动词，意为滴落。"零雨其

蕭

集傳蕭荻也白葉莖麤科生有香氣〇埤雅今俗謂之牛尾蒿

《小雅·蓼蕭》：柔婉的周家宴飲

濛",在《东山》里有。"露"是露水。"湑",是露水降临到萧上面润泽的样子,下边章节的"瀼瀼""泥泥"意思也差不多。换不同的词,是重章叠句的需要。第一句是比兴,描写了一个光景,也渲染了一种情绪,滋润的、丰满的、茂盛的感觉。下边都是欢快的内容。

"既见",是已经见到了。这里的君子就是指周天子。"写",在古代是惬意、舒畅的意思。我们现在还在用的"写意"这个词中,就保留着这个意思。"我心写兮"是说我心舒畅。"燕笑语兮","燕"通"宴",郑玄解释这一句说"天子与之燕而笑语",讲的是宴会中我们欢声笑语,"兮"是语词。接着,"是以有誉处兮","是以"就是所以、因而。"誉处",苏辙在《诗集传》中提出"誉"应该通"豫",安乐的意思,后来王引之的《经义述闻》和马瑞辰的《毛诗传笺通释》,都采取这种说法;"处"就是安。这句讲"我们很安乐,很适意"。和"我心写兮"意思差不多。诗在起兴之后,写"我们"见了君子很高兴,君子用宴会招待我们,我们也感到很舒畅、欢乐。

第二章的"瀼瀼",形容露水浓厚的样子。"龙",这里读 chóng,就是"宠"的假借,光荣的意思;"光"也是光荣。"既见君子,为龙为光",说见到君子好光荣啊。"其德不爽","爽"是差错的意思,这句说周天子这个人光荣、正确,行为没有差池。"寿考"就是长寿;"不忘"是习惯语,就是不亡、永有。"寿考不忘"意为寿考不尽,是赞美,也是祝福。说周天子德行不错、长寿,这是套语。

祝颂君子

第三章的"泥泥",也是润泽的样子。"孔燕岂弟","孔"有十分、很的意思;"燕"是安乐;"岂弟"当作"恺悌",今天还在用,和易安乐之意。"宜兄宜弟",就是说兄弟和谐。这就是我们不从朱熹的说法、不认为这首诗是周天子款待诸侯的原因。周王和下属的诸侯之间不能这么称呼,不能称兄道弟。邻邦之间就可以这样称。西周中期有一篇金文文献叫《乖伯簋》(也有学者认为是《羌伯簋》),记载周王派大臣出使眉敖。眉敖在哪?如果是羌伯簋,就往西找;如果是乖伯簋,我们就不清楚了。数月后,眉敖来周朝访问,还献了东西,周王就赏赐贵重的衣服给眉敖的王,还说:"乖伯(就是眉敖)呀,我们的老祖宗文王、武王承受上天的大命,你的老祖从他邦辅佐我们的先王。"可以看出,到了西周强盛的时候,有很多边地的邦国首领来拜见周王。而且,据询簋、师西簋等西周器物记载,在西周的都城镐京有大量来自边地的人。西周的王朝很有点儿唐朝长安的意思,有专门的官员负责管理那些来自外邦的人。考古也发现过一些器物,比如拿牙器雕的胡人,长胡子,戴高帽。那时镐京已经成为一个国际性的都会。由这些材料看"宜兄宜弟",有可能指周王接见来自他邦的领袖。所以有"其德不爽,寿考不忘"的祝福之辞。

第四章的"浓浓",意为浓厚,这在今天还是很常用的,比如日常说的"浓浓的情意"。"鞗革忡忡","鞗"字是左右结构。它本来是上面一个攸,下面一个革,但是不美观,更改之后就变成现在的字形,指马笼头上的金属片。"革"在金文里出现过,就是"勒",

做马笼头的皮子。"鞗革"是指带有金属装饰的马笼头。"忡忡"是缰绳下垂的样子。这里写马的辔头很漂亮,而且行驶缓慢,所以缰绳才下垂,是告诉人们,周天子见这些人时是驾着车的。"和鸾雍雍"就是指行车时"和"和"鸾"发出雍雍然的响声。和与鸾不是乐器,而是两种响器,是马车横轭上的铃铛。"鸾"按本义其实是銮,当代出土了很多这样的銮。《诗经》里经常出现"八鸾锵锵",就指銮在横轭上,一走就响。和与銮不一样。銮的形状上面是圆的、空的,里面有一个作响的金属小球,一动就有敲击声。它是用一个桶状的支架子,朝上固定在横轭上的。和是挂在横轭两边的,丁零当啷响,也是圆形的,里面有球,很接近后来的铃铛。这一章的末尾祝愿"万福攸同","同"就是聚集,人间所有的福都集中在王身上。

将这首诗结合青铜文献可以看到,在西周王朝的都城,对外交流已经成规模了,周王朝在当时很有威望,很多外邦向它学习。这也体现了中国文化在那个时代的地位。当时在东亚一代,开始形成一个文明中心,到了汉唐达到高潮。从这首诗中,我们看到周家的宴饮活动是很柔婉的,为了形成良好的国际秩序,他们用美食款待大家,是一种分享,也是一种和平的努力。

《小雅·湛露》：酒后还能踩准音乐节拍吗？

湛湛露斯，匪阳不晞。厌厌夜饮，不醉无归。
湛湛露斯，在彼丰草。厌厌夜饮，在宗载考。
湛湛露斯，在彼杞棘。显允君子，莫不令德。
其桐其椅，其实离离。岂弟君子，莫不令仪。

比较慷慨也比较放松的酒歌

这首诗排在《蓼萧》之后，《毛诗序》说是"天子燕诸侯也"。对此，朱熹也没有异议，汉宋学者比较一致。郑玄解释说："诸侯朝觐会同，天子与之燕，所以示慈惠。"实际上朝、觐是一个意思，就是朝拜。其中，春曰朝，秋曰觐。会同，就是大家在一起会合。天子要请诸侯参加宴会。吃饭作为很多重要仪式中的一项重要活动，在《诗经》里反复出现，祭祖、射箭、举行大蒐礼、农耕都要吃饭。

吃饭的礼节非常多,是中国文化的一个基本特点。《湛露》这首诗涉及吃饭要讲礼、讲德行。

"湛湛露斯,匪阳不晞","湛",浓郁的样子;"斯"是语词。"匪"通"非","晞"就是晒干。第一句说,露水降落在植物上,要阳光照射才能干。"厌厌夜饮,不醉无归","厌厌"就是吃饱喝足的样子。《仪礼·燕礼》中说,君主和大臣在一起喝酒的时候,临时受命的管喝酒的司正传达君主的命令,对大家说今天都要喝好,"不醉无归"。他说完了之后,宾和公卿、大夫们都站起来答应,大家都说:"君主招待,我们敢不醉吗?"这首诗就用了其中的"不醉无归"这个词。诗是慷慨的调子,这只是饮酒礼的一个方面。人家主人劝你吃饱、喝好,可不是劝你醉酒胡闹,所以要有节制。这层意思在下面会展现出来。

接着第二章,"湛湛露斯,在彼丰草",与前一章开头两句形成互文关系,实际上就是说露落在丰草上,太阳一晒才干。"丰草"就是丰茂的草。"厌厌夜饮",我们要痛痛快快地在晚上喝酒。"在宗载考"是这首诗的难点。"在宗",就是同宗族。周王或者诸侯请客,他们和大臣、公卿大夫不一定都是同姓,但是在这里强调同姓,因为说同姓可以代替异姓。清代胡承珙做《毛诗后笺》,就把这个事情讲清楚了。

清代学者解释《诗经》有几个大家,比较早的是康熙年间陈启源作《毛诗稽古编》,标志着清代考据学在《诗经》研究方面的开头。但是陈启源也颇受诟病,他在解释《邶风·简兮》时,把西方美人解释成佛,因为佛来自西方,后来大家都耻笑他,但他的书其他地方还是不错的。之后就有胡承珙、陈奂。胡承珙做《毛诗后笺》,

专门解释郑玄的《毛诗笺》。清代学术有这个特点,有人宗毛,有人宗郑。陈奂做《诗毛氏传疏》,就主要解释《毛传》,不大同意郑笺。到了马瑞辰《毛诗传笺通释》,将传和笺两种汉代人的解释一块解释,讲通融了。如果想往深了研究《诗经》,要看这些注本。当然,清代人也有一些局限,思想上不敢怀疑前代,他们认为汉代人离古代近,所以汉代的说法比宋代的可取。对此,我们今天应该有正确的态度。有的时候,人们与一件事情离得近,未必就真了解它。鲁迅先生离着刘和珍的事情很近,他曾写有《纪念刘和珍君》。当时,事件发生后,为鲁迅先生所深恨的段祺瑞在学生尸体前长跪不起,说自己一世英明就毁了。但是随着历史的发展,苏联解体之后,档案披露出来了,那件事情还真不是段祺瑞干的,而是有其他人要在中国挑起事端。可见,虽然离得近有近的方便,但也不必迷信。清代人就有这样的迷信,他们认为汉代人去古未远,保存了遗说。但是汉代人用经学解释《诗经》有很多不近人情的地方。今天,我们不放弃任何一个有道理的说法。做研究不容易,因为在我们面前的是两千年的《诗经》研究史,如果对这些著作了解太少,就容易说外行话。偶然有一个想法,就好像发现了 3.14 似的,其实祖冲之早就发现了,今天再说发现不是很可笑吗?

陈奂说:"周之宗盟,异姓为后,故诗特举同姓之亲亲,以该异姓耳。"周代同盟的国家,异姓要排在同姓之后,在这首诗里是举同姓以概括异姓。最后一句"在宗载考","载"就是则,"考"是成礼、完成。也就是说大家都是同族,要把饮酒礼做得完美。

何为"令仪"?

第三章,"湛湛露斯,在彼杞棘","杞"是一种栎树,"棘"就是枣木丛,这里用这两种树木代表树。前面说在丰草,这是说在树。"显允君子,莫不令德","显允"就是显赫、俊伟,"令德"就是美德。这是提醒王公大臣们:饮酒要显示出你的令德啊,你可是尊贵的诸侯、大夫,可不要露丑。第四章,"其桐其椅","桐"指泡桐,一种落叶乔木,春天开白花,也开紫花,木材质地轻疏,导音性好,古人常用来制作琴瑟等乐器,也可以制箱等家具,所贮藏之物可以历久弥新。"椅",又名水冬瓜、山桐子、椅桐,也是桐类的树,结的果子是球状,累累下垂。据古人说,房前屋后多种椅树,能使子孙孝顺,无口舌之灾。当然,这是后人的说法,《诗经》里并没有这样说。"其桐其椅,其实离离",是说桐树和椅树都结满了果子。接下来,"岂弟君子,莫不令仪","令仪"就是美好的风度。这也是嘱咐大家,喝酒不要失了仪态。诗有一种内在的张力。喝酒要喝好,同时要有令德令仪,它强调一种度。

周文化的饮酒精神,就是《尚书》里的四个大字:"德将无醉。"意思是喝酒的时候要用德行把持着自己,不要把醉态表现出来。这是中国酒文化里一个很重要的内容。酒喝多少,要量力而行,不能贪吃贪喝,弄得七扭八歪。周代有文献记载,在典礼结束时,打击一些有节奏的音乐,给出门的人们伴奏,看他们是否还能踩到点上。人们在饮酒的时候最放松、精神最不集中,诗要求此时也不忘风度和礼仪,值得我们重视。后来,酒文化中也出现了一些相反的东西,比如有人在喝酒时专门捉弄人,把人灌醉,让人出丑。因为有那样

椅

> 傳椅梓屬集傳椅梓實桐皮〇埤雅椅即梓之疏椅梓即白楸蓋楸梓實兩實桐皮曰椅者為別也木大類同而小

一个正大的令德令仪的要求,所以才有人开这样的玩笑。但这实际上是不好的。酒喝多了,对身体也有害。

  这首诗没有太多的思想含量,但是强调酒德,在饮醉喝好、心甜意甜的同时,要有令德令仪。这是一种中和之道。整首诗不像《蓼萧》那么典重,"鞗革忡忡"都出来了。它比较慷慨,也比较放松。饮酒礼是一个世界文学现象,古希腊、古罗马都有这方面的诗歌,强调德行是周代的一个特点。

《小雅·宾之初筵》：录下贵族饮酒无度的丑态

宾之初筵(yán)，左右秩(zhì)秩。笾(biān)豆有楚，殽(yáo)核维旅。酒既和旨，饮酒孔偕(xié)。钟鼓既设，举酬逸逸。大侯既抗，弓矢斯张。射夫既同，献尔发功。发彼有的(dì)，以祈尔爵。

籥(yuè)舞笙鼓，乐既和奏(yuè)。烝衎(zhēngkàn)烈祖，以洽百礼。百礼既至，有壬(rén)有林。锡尔纯嘏(xǐgǔ)，子孙其湛(dān)。其湛曰乐(lè)，各奏尔能。宾载手仇(zàichóu)，室人入又。酌彼康爵，以奏尔时。

宾之初筵，温温其恭。其未醉止，威仪反反。曰既醉止，威仪幡幡(fān)。舍(shě)其坐迁，屡舞仙仙(xiān)。其未醉止，威仪抑抑。曰既醉止，威仪怭怭(bì)。是曰既醉，不知其秩。

宾既醉止，载号载呶(náo)。乱我笾(biān)豆，屡舞僛僛(qī)。是曰既醉，不知其邮。侧弁(biàn)之俄，屡舞傞傞(suō)。既醉而出，并受其福。醉而不出，是谓伐德。饮酒孔嘉，惟其令仪。

凡此饮酒，或醉或否。既立之监，或佐之史。彼醉不臧^{zāng}，不醉反耻。式勿从谓，无俾^{bǐ}大怠。匪言勿言，匪由勿语。由醉之言，俾出童羖^{gǔ}。三爵不识，矧^{shěn}敢多又？

商代多酒器，周代多食器

《宾之初筵》这首宴饮诗比较特别，是写醉酒的，讲没有酒德的现象。我们今天讲这样的诗也很有针对性，因为在现代人的日常生活中，经常能见到类似的事情。

中国人造酒的历史比较悠久，大汶口文化时期就有很多酒器。按照周人的说法，殷商人是因为好饮酒而导致了亡国，所以在《尚书》中有一篇《酒诰》，提醒人们引以为戒。周公的弟弟康叔是卫国的第一代国君，而卫地又是殷商故地，饮酒的风气很浓，于是周公在卫地宣布了"禁酒令"，告诫周王室子弟不可以放纵饮酒，但对于殷商遗民并不加以限制。从某种程度上说，这是采取了一种"绥靖"政策。另外，在西周大盂鼎的铭文中也提到，酒本来是祭祖用的，但是殷人由于好饮酒得罪了上天。有了这些"殷鉴"，从周初开始，周人饮酒就非常讲究，不能因为喝酒而耽误国事。

还有一个非常有趣的现象。中国的青铜器大部分是食器和酒器，比如鼎、簋（guǐ）、斝（jiǎ）等。据学者研究，在殷墟出土的青铜器中有大概百分之六十是酒器，而从周代墓葬出土的青铜器则以食器居多。这也是二者在青铜器制造上的一大区别。这种区别可能与二者各自的生活经历有关。殷商人发源于东方平原，物质较为丰饶，而周人来自西北高地，生活比较艰辛。《菊与刀》的作者鲁思·本尼迪克特在她的另一本著作《文化模式》中提到过类似的现象。来自东方平原上的印第安人喜欢饮酒，而高地上的印第安人则相对理性，大概与不同地区的物产不同有关。当然，这种类比只是一种猜测。但是，周人很在意粮食，而酿酒需要用大量的粮食，所以周人并不像殷人那么热衷饮酒。

周人对饮酒抱有警惕，但是君臣饮酒的时候司正又会说"不醉无归"。这是不是自相矛盾？不是。这只是一种客气的话语，就像今天我们宴请客人时说的一样。而且在《湛露》的第三章、第四章里可以看到"显允君子，莫不令德""岂弟君子，莫不令仪"，要求喝酒时有好的德行和好的仪态。这是一种辩证。

在西周建国之初，禁酒令可能是比较有效的，但到了后期，国力日盛，天下太平，统治者渐渐地放松了对自己的要求，于是开始酒后失德。《宾之初筵》就是对这种现象提出批评。关于这首诗的写作年代，一般认为是西周晚期，这大体上是可信的。

古人醉酒之后是什么样子？

这首诗一共五章，它的格调带有劝告和讲理的意味，同时还说到了一些有趣的现象。先讲了正确饮酒应该是什么样的，接着开始讽刺、批评喝酒之后的各种怪状。

"宾之初筵，左右秩秩"，"筵"指竹制的席子，"秩秩"指有秩序的样子，宾客们刚开始坐下来喝酒时是非常有秩序的。"笾豆有楚，殽核维旅"，"笾"和"豆"是竹制或者木制的用来装食品的容器，"楚"指行列整齐的样子。"殽"指小菜，"核"指果品，"旅"跟"楚"意思相近，指"摆列"。"酒既和旨，饮酒孔偕"，"旨"在这里指酒浓，"偕"指齐整、合乎礼仪。接下来出现了"钟鼓"，"钟鼓既设，举酬逸逸"，饮酒礼上总是要唱歌的，堂上有盲乐师在鼓琴鼓瑟，堂下要设钟鼓，用笙磬来伴奏，还要有间歌。"举酬"就是"举酒"，也就是敬酒。之前我们谈到过饮酒礼上最小的单元"一献之礼"，由一献一酢一酬组成。前面讲过，主人向宾客敬酒叫"献"，宾客回敬主人叫"酢"，主人再次向宾客敬酒，宾客不再饮叫"酬"。在这首诗里"酬"是泛指。"逸逸"就是"往来有次第的样子"。

"大侯既抗，弓矢斯张。"古人在饮酒时往往还要射箭，这在贵族生活中是很常见的。"大侯"指箭靶，又称君侯，在木制的架子上挂上熊皮做的箭靶，靶心称"鹄"。这个鹄字比较"阴险"，它的读音据我所知有四种，一个是 gǔ，指作为众矢之的的那个靶心；一个是 hú，比如鸿鹄之志，指一种鸟；一个是 hè，就指仙鹤；另外，就像经常有人读错的那样，它居然还真有一种音，读 hào，指大的意思，在《吕氏春秋》中就有这样的例子，但是在"鸿鹄之志"中要是读 hào 就闹笑话了。除了熊皮做的箭靶外，豹皮做的箭靶称为"参侯"，野狗皮做的称为"干侯"。根据礼仪的隆重程度设置不同数量、不同材质的箭靶。"抗"指"高高挂起"。"弓矢斯张"就是开弓射箭。"射夫既同，献尔发功"，"射夫"指射手，"同"指选配对手。两人一组又叫"比耦"，双人为偶，偶在古文中常写作耦。"献"指呈报，"发功"指命中率。古人射箭通常是四支箭为一组，射完以后要报命中率，看谁的命中率高。"发彼有的"，"有的"指靶心，射箭要朝向靶心。"以祈尔爵","祈"就是"祈求","尔爵"就是你的酒杯,这句话正确的翻译是"我给你斟酒喝"。这里面有一个曲折,古代射箭分出胜负后,执事人员用大爵把酒斟满,放在一个叫作丰的器物上,没有射中的人自己取来喝,而射中的人不用喝,这就是罚酒。但是古人为表客气,不会这么直白地说出来。

以上就是第一章的内容,讲的是正确的饮酒礼。大家有秩序地坐在一起,把食物摆好,互相敬酒。从诗中出现的钟鼓、大侯可以知道,这是一个比较高级的贵族典礼。反过来也可以说,这首诗要针砭的也正是高级贵族中流行的无节制喝酒的放荡之风。

第二章的内容与第一章类似,不过增加了一些与祭祖有关的内容。"籥舞笙鼓,乐既和奏","籥"是一种竹子做的管乐器。古人一手持着羽毛,一手持着籥,边吹边舞。"笙鼓"指吹笙击鼓,"和奏"指音乐合奏。"烝衎烈祖,以洽百礼","烝"是进献,"衎"指和乐,"洽"指周备,在音乐的伴奏下喝酒,是为了敬献祖宗。接下来,"百礼既至,有壬有林","壬"和"林"是指大、多,这个意义我们今天很少使用。这两句说各种各样的礼很多、很浩大。"锡尔纯嘏,子孙其湛。""锡"就是赐,"纯嘏"指大的福气,"湛"意为深渥,在恰当地饮酒祭祖之后,祖先会把福气赐给他的后世子孙。接着又谈到了射箭,在祭祖饮酒过后同样有射箭的环节。诗人用了一个顶真格。"其湛曰乐,各奏尔能","各奏尔能"就是要显示自己的技能。"宾载手仇","宾"指宾客,"载"是结构词,"手"指选取,"仇"指对手。也就意味着宾在此时要互相选择对手,组成"比耦"。可供选择的人,通常是主人家的宰夫、膳夫,这些人被称为室人。"入又"就是再次进入比赛的位置。射礼中正式的比箭一般有三次,称为正射;

正射一般由主人亲自陪宾客比箭。之后还有各随所愿的比赛，主人可由膳夫、宰夫等室人代替，陪客人行射。"酌彼康爵，以奏尔时"，"酌"就是斟酒，"康"指大，"奏"指献给；"时"就是善，这里指射箭中靶多。也就是说为那些射中多的人酌满大爵，以便其让那些不胜者饮下。

"宾之初筵，温温其恭。"宴席一开始，宾是温和的、有礼貌的。恭指恭敬。"其未醉止，威仪反反"，"止"是语气词，"反反"指慎重，我们未尝不可以理解为"板板"，就是一本正经的意思。接下来便是对比。"曰既醉止，威仪幡幡"，"幡幡"指错乱。好家伙！喝多了就开始"幡幡"然了，威仪也就不在了。"舍其坐迁"，舍弃了原来的位子去了其他的地方。"屡舞仙仙"指胡乱舞蹈，不讲规矩。我们在《史记·魏其武安侯列传》里看到，古人在隆重的场合敬酒时都要舞起来，但这样的舞蹈通常都有一定的规矩。而这里的"屡舞"指没完没了地舞，"仙仙"就是轻飘飘的、轻举妄动的样子。"其未醉止，威仪抑抑。曰既醉止，威仪怭怭"，"抑抑"指谨慎，"怭怭"指放荡、不庄重，没醉的时候是严肃的，一旦喝醉了就变得不守规矩。以上几句都是用醉酒前后的状态形成对比。从此处便开始对酒后失德的现象进行针砭。

到了第四章，就开始专门描写醉后的丑态了。"宾既醉止，载号载呶"，宾醉了以后又号又呶，"呶"这个字我们今天还在用，"呶呶地叫"就是指不停地叫嚷。有一个顺口溜讲"酒是哈喇水儿，醉人先醉腿儿。嘴里说胡话，眼里活见鬼儿"，其中嘴里说胡话就是"载号载呶"。凡是喝醉酒的人没有一个说话小声的。中国人在公共场合即便不喝多了酒声音都大，喝了酒声音就更大。这个丑态是一个非常典型的例子。"乱我笾豆，屡舞僛僛"，刚才摆列成行的"笾豆"，现在乱了。这就是"醉人先醉腿儿"。"僛僛"就是舞步踉跄，形容腿站不稳了还在舞。"是曰既醉"，已经醉了，"不知其邮"，"邮"在这里意为过错。"侧弁之俄，屡舞傞傞"，"弁"是帽子，"侧弁"就是把帽子歪戴；"俄"形容歪斜的样子。过去也有句俗语"歪戴帽，吃白酒"。就是说吃完白酒以后，帽子也歪了。"傞傞"就是指无休无止、没完没了地跳。"既醉而出，并受其福"，意为醉了赶紧离开，这是有德的表现。"受福"就是大家都受益。"并"就是遍，宾与主大家都好。"醉而不出，是谓伐德"，"伐德"就是损害德行。注意，人越是醉了越不走，而且还不觉得自己醉了。到今天一些人仍然有此嗜好，一开始喝的时候还知道"不喝，我不能喝酒"，喝多了以后就开始说"我没喝多"，然后就自己倒酒喝。这种丑态三千年没有太大变化，伐德！"饮酒孔嘉，惟其令仪"，"孔嘉"就是很好，很好地饮酒就要讲究令仪。"令"就是善，"令仪"指美好的仪态。要治人饮酒过度的毛病，可以把喝了酒的怪态给他录下来。到第二天他清醒了让他看，他一羞愧，下次就注意了。《宾之初筵》这首诗就可以看作最早的为醉酒失态的贵族们所作的录像。

"凡此饮酒，或醉或否。既立之监，或佐之史。"就是说凡是饮酒，不论是醉还是没醉，饮酒礼提出一个正确的建议，设监督员和记录宴会言行的佐史。《仪礼·燕礼》中说饮酒礼设一个或者两个司正，负责监督或者纠察失礼行为，大概就是指这里的监和史。以后，要防止这一大群贵族、有身份的人，甚至是公卿，喝多了酒丑态百出、丢人现眼。"彼醉不臧，不醉反耻"，"彼"可以解作非，"非"这个字是轻唇音，发"f"这个音。它不是双唇音，是由古代的双唇音,也就是"b""p"发展过来的,属于懒音。古人认为这个音是在隋唐以后慢慢出现的。重唇音"b""p"慢慢变轻,成了"f"。所以"非"和"彼"古音可以相通。"非醉不臧"意为按当时的坏风气,喝酒时如果不喝多就不算好。实际上在今天也有这样的讲究。有些人觉得"你不喝多了,就是瞧不起我"。这个"彼"也可以理解为"那个",不用作实义理解。本来是"醉了不好"("臧"就是好),结果现在是"不醉反耻"。"式勿从谓,无俾大怠","式"是发语词。我们在前面讲过现代学者研究《诗经》里的"式",比如《小雅·斯干》中的"兄及弟矣,式相好矣,无相犹矣",认为其中的"式"有愿望的意思,是个带有祈愿性质的结构词。在这儿也可以这样解释,"式勿从谓"意为但愿不要"从谓","从"可以读为纵,意为纵容;"谓"就是劝。就是说不要再劝那些喝多的人再饮了。谓字在《尔雅·释诂》里边就有劝、勤的意思,"勤"也可以引申为劝。"无俾大怠",人家已经喝多了,就不要再劝来劝去,让他"大怠"。"怠"就是怠慢,在这里有怠慢礼法的意思。"匪言勿言"就是不该说的话不要说。"匪由勿语","由"意为路途,在这里指法度,这句说违背礼法的话不要说。其实,喝酒会造成理性的减弱,但不是完全丧失,所以人喝多了酒以后并不是全然无知,那和打了麻药以后的感觉是不一样的。如果喝多了管不住自己,就有点儿像得了痴呆症。不同的人表现不一样,有人在那整天乐,有人在那哭,有人打人,还有人呼呼大睡。实际上呼呼大睡的人在这些醉酒的人里边是最有酒德的,而最烦人的就是聒噪不已,不该说的也说。"由醉之言,俾出童羖""由"就是顺着的意思,顺着醉汉的言语,可以弄出公羊不长角之类的胡说来。"童"是秃头的意思,比如"头童齿豁""童山濯濯";"羖"是公羊，公羊本来有角。"三爵不识，矧敢多又？""不识"就是不知、不敢知。这是正确的，意为饮酒不愿意超过三爵。"矧"就是怎么、怎敢，带有反问的性质。《小雅·伐木》里就有："矧伊人矣，不求友生？"本章的最后一句意为：正确的饮酒礼不超过三爵，何况更多？

唯酒无量，不及乱

这首诗是针对西周后期高级贵族们饮酒成风、毫无节制的现象创作的，从一个侧面表现了西周贵族精神上的松弛。从其中的名物可以看出，诗针砭的不是一般的贵族。比如，说到了钟鼓，我们在讲《关雎》的时候提到过钟，不是所有典礼都可以用钟的。钟的演奏在《左传》里面记载为"金奏"。老前辈王国维写过《释乐次》，"乐次"即演奏音乐的次第，其中就谈到了这个问题，说有金奏的地方往往都是高级场合。诗中还提到"大侯"，用熊皮做的靶子，也可看出贵族的身份。实际上，任何一个统治阶层开国的时候总会简朴，总会注意自己的言行，但是"富贵伤人"，天下太平无事，就特别容易放松。

关于这首诗的作者，汉代的今文家和古文家都有这样的说法，认为作者是西周后期、东周初期一个叫卫武公的卫国君主。他们说这个人活了九十多岁，还做了另外一首诗《抑》。《抑》是西周晚期的一首格言诗、哲理诗。《宾之初筵》跟那首诗风格有点像。从诗的风调上讲，这种说法不无道理。因为所批评的不是一般贵族或者乡间饮酒现象，所以，作者的地位一定不会太低。

酒本来是可以作药用的，有舒缓人的紧张情绪、扩充血管等作用，但是饮多了就伤身。现在医生都提倡"一两主义"，适当地喝一点儿，不要多。然而，美酒有一种独特的口感，刺激味觉，容易使人沉溺其中。中国的酗酒现象在生活中还是不少见的，一直到今天仍然如此。"酒逢知己千杯少"，但是喝千杯、万杯，不醉才是尺度。在《论语·乡党》中讲孔夫子喝酒，说到"唯酒无量，不及乱"。孔子酒量似乎很大，但是从来没见他喝了酒以后"眼里活见鬼，嘴里说胡话"，到处折腾。

《宾之初筵》这首关于醉酒的诗在今天读起来仍然是有趣的，它像一面镜子，把醉汉稀奇古怪的、放荡的、不守规矩的样子描述出来，我们可以引以为戒。

《周颂·有客》《小雅·白驹》：千年未变的好客之道

我们今天常挂在嘴边的，有"客气"这个词，表示"见外"。这是因为"客"原本就有"外来"的意思。在《诗经》的时代，"宾"与"客"是有区别的。宾，往往是自己人，比如在举行乡饮酒礼（一年到头时由乡大夫主持的典礼）之前，乡大夫们就要和手下人商量，看今年谁做得好、表现突出，请他当宾。而客是指那些受尊敬的外人。

那么，周人的客是谁呢？就是先王之后。陈国人是舜的后代，并非周王的臣子，同时又是先朝后裔，所以周人对他们要表示尊敬，称之为客。按照文献记载，周人的客还包括商朝的后代宋国，以及夏王朝的贵族。《左传》里有个故事，赵简子命诸侯向王室提供粮食，但宋国有个叫乐大心的人拒绝了，因为"我不输粟，我于周为客"。客不是臣子，需要被尊敬。

《诗经》中有两首诗讲中国人的待客之道。一首见于《周颂》，叫作《有客》；另一首见于《小雅》，叫作《白驹》，可以让我们了解当时的风俗习惯、社会风情。《有客》中的"客"很有可能就是指宋国的贵族。当然，王室的做法未必能够代表全天下的人，但是我们仔细读来，却可以从中发现一些与现代待客之道的相似之处。

有客有客，亦白其马。有萋有且(qī jū)，敦琢其旅。有客宿宿，有客信信。言授之絷(zhí)，以絷其马。薄(bó)言追之，左右绥(suí)之。既有淫威，降(jiàng)福孔夷。

礼，人情之田的果实

诗的开头便写到"有客有客，亦白其马"，有骑着白马的客人自远方而来。按照传统文献《毛传》《礼记》等记载，殷商人在隆重的场合是以白色为礼服的，有些现代人对此持怀疑态度。古文字学家裘锡圭先生在他的《古文字论集》中提到，虽然不能确定殷商人以白色为尊，但在甲骨文中可以看到殷商人非常崇尚白色的马。在这里，这个白马驾车的客，很有可能就是殷商的遗民，也就是宋国人。我们讲过，古代有这样一种观念，可以消灭对方的国家，但是要保留他们的后代。虽然周灭了殷，但对于商汤、武丁这样的贤王，周人还是很尊敬的，所以就将他们的后代封为一个邦国。对待其他先王之后，比如陈国人，也是如此。

"有萋有且，敦琢其旅"，这是接着写客的样貌。"萋"是茂盛的样子,"且"指很多。还有一种说法认为"萋"和"且"都是敬慎的样子,也就是恭恭敬敬的。这里我们取第一种解释,指来做客的人有很多。"敦琢"就是"雕琢",说客的着装非常得体,衣冠楚楚,就好像被雕琢完美的玉一样。这些来自远方的客人不仅人数众多,还精心打扮。这与我们今天何其相似。如今在城市中穿着得体并不是一件难事,但在过去物资匮乏的年代,一年也难得做上一件好衣服,很多人出门做客,往往还要去借一身得体的行头。人要去别人家做客,特别是到一些比较隆重的场合,无论如何也不能太过随便。做客,也有做客之道。

"有客宿宿,有客信信","宿宿"指住一个晚上,"信信"指住两个晚上,实际上就是指留客。"言授之絷,以絷其马","絷"意为绊,授絷就是用绳索把马绊住,要通过这种方式再留客人多住一晚。按照其他文献的记载,有些人为了留客甚至会把客人车上的插销拔掉,藏起来。当然这也许有一点儿夸张,但是我们可以从中看到对客人的挽留之意。这在今天依然是正常的待客之道,朋友要走,主人总是要挽留一番。

"薄言追之,左右绥之","薄言"是词头,一般加在动词前,这种用法在《诗经》中很常见。客人要离开了,身为主人要在后面追上一追。"绥"有安抚的意思,实际上是指主人给客人送一点小的礼物,以表心意。这样的场景在如今的城市中可能不太常见,过去几十年在乡村还存在着。小孩子即便是去姥姥家小住,临走的时候舅妈都会给塞上几个馒头或者鸡蛋,这种行为让人感到很温暖。

中国的送客之道一直都有自己的特征。在《论语》中,孔子替君主送客,要报告君王"宾不顾矣",也就是说宾不再回头了。一定要做到这一点，才叫尽到了礼数。送别是中国古代文学一个很大的题材，送别过后还要登高望远。《邶风·燕燕》中写道："燕燕于飞，差池其羽。之子于归，远送于野。瞻望弗及，泣涕如雨。"送别的对象是亲人，对待客人的送别同样如此。

"既有淫威，降福孔夷"。"淫威"在今天是带有贬义色彩的词，但在这里"淫"指大，说客人有大的威仪。这是对客的一种赞美，说他们在礼仪上做得非常好。殷商的文化积淀了五六百年，作为老牌的贵族，他们的言行举止、礼仪规范自成一套。周人对他们的威仪进行赞美，同时也祈求上天降福给他们。这是祝愿之词。虽然殷商是战败者，但周人承认他们的先王和历史，对他们保有一丝尊重。祭祀诗《大雅·文王》中也曾提到"殷之未丧师，克配上帝"。周人说殷商没有丧失大众，以前他们是能够配命上帝的。尽管其中或许有些虚假的东西，但也是一点人情，一种风尚。

不同文化人群的送客方式各有不同。记得我读研究生的时候有一个澳大利亚的老师，她每次送我们走的时候说声"拜拜"就把门关上了，这是他们的礼数。我们中国人也有，且自成体系。而好客之道是全世界共有的，例如罗马的贵族，若有人来投奔他，他就有义务保护来投奔的人。

客人已去，深谷遗音

《小雅·白驹》这首诗时间略晚，也与待客有关。它的内容比《有客》丰富，艺术上也更胜一筹。

皎皎白驹，食我场苗。絷之维之，以永今朝。所谓伊人，于焉逍遥？

皎皎白驹，食我场藿。絷之维之，以永今夕。所谓伊人，于焉嘉客？

皎皎白驹，贲然来思。尔公尔侯，逸豫无期。慎尔优游，勉尔遁思。

皎皎白驹，在彼空谷。生刍一束，其人如玉。毋金玉尔音，而有遐心。

"皎皎白驹，食我场苗"，客人来的时候，我们要用场中的苗来喂他的马，把车也放到场圃中。在《豳风·七月》中我们提到，农家打完场后，往往要用水把场地泡过，之后再种上蔬菜、荞麦一类的作物。"絷之维之，以永今朝"，"絷"和"维"都是指用绳子拴，今朝从字面上看就是今天。"所谓伊人，于焉逍遥？""伊人"指那个人，"逍遥"指自由自在。此处留客的意思非常清晰。

"皎皎白驹，食我场藿"，"藿"指豆苗，此句是重章叠唱。"絷之维之，以永今夕"，和上一段的意思也相同。"所谓伊人，于焉嘉客？""嘉客"指受优待的客人。关于这个词的意思还有另外一种说法，认为它与上一章的"逍遥"意思相近，都指盘桓逗留。无论是哪种意思，都是让客人能够好好地留下。

"皎皎白驹，贲然来思"，"贲"指非常有光彩的样子，形容客人骑来的白马。"尔公尔侯，逸豫无期"。这次来的人身份是公侯，联系到他们骑白马,很有可能是殷商的贵族。"逸豫"指逍遥、安乐,"无期"指没有期限,也是留客的话语。"慎尔优游","慎"指认真地,"优游"意为自在逍遥。"勉尔遁思","勉"通"免",意为免除,"遁"指离开,也就是消除客人的离开之心。"勉"和"免"互通在古代非常常见,在《战国策》以及出土的战国竹简中有很多这样的现象。

最后一章写得非常生动。无论主人如何挽留,客人最后还是走了,"皎皎白驹,在彼空谷",他们走在山谷里。接下来的描写就变得非常鲜亮,意象突出。"生刍一束,其人如玉","生刍"指鲜亮的草,可能是送给对方的礼物。送给什么样的人呢?那个如玉的人儿。"毋金玉尔音,而有遐心",金、玉都是珍贵的东西,"音"指音信,不要太珍惜你们的音信;"遐心"就是远心。言外之意就是要常常互通消息。即使离开了,也不要断了联系,不要彼此疏远。

说这首诗在写法上更胜一筹,首先在于"皎皎白驹,食我场苗"是一个非常漂亮的场景,而且比《有客》生动活泼得多。而"生刍一束""毋金玉尔音,而有遐心",都是贴着人情讲的。客人已去,深谷遗音。此外,用玉形容其人极尽怜惜、惜别之情。"生刍一束,其人如玉",鲜明生动,楚楚可人。诗句的背后是粹美的人情。

诗展现了一种社会风俗,这种风俗自有它的来历。对于周人来说,殷商之后毕竟是外人,但越是对外人,礼数越要周到,这样的传统直到今天仍然清晰地留在我们生活之中。说西周是礼乐文明,《白驹》就是最好的体现。浓浓的人情味,正体现了诗篇的礼乐属性。《礼记》说"礼顺人情",而礼乐不是别的,是圣人耕种"人情之田"的结果。诗篇的歌唱,也是耕种人情之田的动人表现。

《小雅·常棣》:"兄弟如手足"的正确打开方式

郭沫若有一个剧本,写战国时期刺客聂政的故事。聂政刺杀韩国当局的侠累,然后自杀。他在自杀之前把自己的脸破坏了,因为怕被别人认出来,株连九族。可是,他的妹妹觉得哥哥这样死很惨烈、很悲壮,决不能让他孤独地死去,于是主动给他收尸。郭沫若给这个剧本取名为《棠棣之花》。因为在中国文学里,棠棣花常被用作兄弟花。这种用法,是从《小雅·常棣》开始的。

常棣(táng dì)之华(huā),鄂不韡韡(è bù wěi)。凡今之人,莫如兄弟。
死丧(sāng)之威(wèi),兄弟孔怀。原隰裒(xí póu)矣,兄弟求矣。
脊令(jí líng)在原,兄弟急难(jí nàn)。每有良朋,况也永叹。
兄弟阋(xì)于墙,外御其务(yù)。每有良朋,烝(zhēng)也无戎(róng)。
丧乱既平,既安且宁。虽有兄弟,不如友生!
傧(bìn)尔笾(biān)豆,饮酒之饫(yù)。兄弟既具,和乐(lè)且孺(rú)。
妻子好合,如鼓琴瑟。兄弟既翕(xī),和乐且湛(dān)。

宜尔室家，乐尔妻帑(qī nú)。是究是图，亶(dǎn)其然乎？

从唐玄宗修花萼楼说起

"常"在这儿读 táng。常棣又叫栒梼，是一种落叶小乔木。它的花朵排列紧密，花瓣是白色的，香气浓郁，果实虽然不大，但多浆。"华"就是花，标音读平声比较稳妥，但是也可以读成 huá，表示花朵绽放时华光采采。"华"比"花"在抒情上更具有诗情画意。常棣开花有一个特点，一个花托托着几朵花，所以常被用作兄弟花。

唐玄宗修"花萼楼"，取的就是这层意思。他的祖母武则天为了当皇帝，杀掉了很多李氏宗亲，包括她自己的亲生儿子。她的次子李贤曾为此作《黄台瓜辞》："种瓜黄台下，瓜熟子离离。一摘使瓜好，再摘令瓜稀，三摘犹尚可，四摘抱蔓归。"后来，唐玄宗平定乱局，拥立自己的父亲睿宗李旦复位。按照古代继承制，应该立玄宗的哥哥李宪为太子，但李宪主动请辞，不接受册立。玄宗感念哥哥的深明大义，于是在登基后建花萼相辉楼，与兄弟们一起登楼宴饮。

《常棣》这首诗一共八章，每一章都是四句，不长。根据诗歌后面几段的内容，比如第六章中"傧尔笾豆，饮酒之饫。兄弟既具，和乐且孺"，可以知道这是在酒席宴间唱的歌，这个酒席宴就是为了加强兄弟之间的联系和情感举行的。

关于这首诗的作者有两种说法：一说是周初的周公，见于《国语》。另一说为周厉王时期的召穆公，出自《左传》。周初有个老召公，年纪很大，和周公是兄弟。这个召公家族一直传到西周后期，

常棣之華

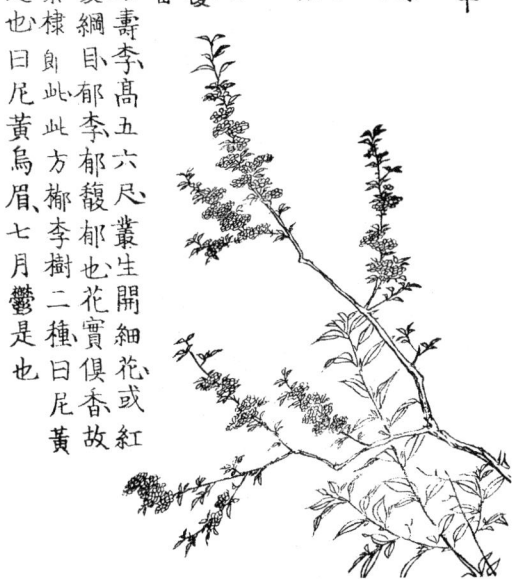

傳常棣棣也集傳子如櫻桃可食○常棣注本或作棠棣埤雅棠棣如李而小子如櫻桃正白花萼上承下覆甚相親爾致富全書棣李俗名壽李高五六尺叢生開細花或紅或白繖棣可愛綱目郁李郁馥也花實俱香故以名之爾雅棠棣朹此此方棣李樹二種曰尼黃索忽賴常棣是也曰尼黃烏眉七月鬱是也

有一位召穆公是当时著名的大臣。《左传》说的就是这个召穆公。

《左传》的说法更为合理。西周初期，管叔、蔡叔联合武庚叛乱，周公不得已诛杀了他们，可他们都是周公的亲兄弟。有文献记载，管叔和蔡叔都是文王十大嫡子中的，跟周公是同母所生。老前辈杨树达先生作《积微居金文说》，谈到这首诗，就认为：周公刚刚杀完亲兄弟，召公就唱"凡今之人，莫如兄弟"，这不是骂周公吗？而且，我们今天从诗篇风格来看，任何一个时代的文学，都有一个早中晚。比如唐诗，虽然承着魏晋南北朝而来，但是因为时代的重大变迁，分初唐、中唐、晚唐，各个时期的诗是有发展变化的。《诗经》中西周作品的创作时代，从初年到晚期，也经历了二百七十多年。都是为典礼作歌，也有从早期的简朴，到后期的繁饰、夸张的过程。后期诗歌逐渐讲究文辞、热闹。从风格上判断，这首诗也不像周初作品，而应创作于西周后期，是在一次宴饮集会上号召兄弟团结。

这就说到了宴饮的作用。宴饮可以跟诸侯，也可以跟异邦的人们。但是，在兄弟们分享共同的食物时，强调我们是吃一锅饭的，是一个锅里抡马勺的，我们要团结，也是宴饮的一种价值。我们今天和亲人们在一起吃饭，不也是为了增进情感、拉近距离吗？

诗的第一章，开头说"常棣之华，鄂不韡韡"。"不"，有些本子标平声 fū，这是按照传统的解释，认为"不"就是柎，柎是鄂足，即花瓣下面绿色的小托。但是，当代有一位于省吾先生，他在《泽螺居诗经新证》中提出将"鄂不"解释为花托是不对的。因为下面有"韡韡"，形容光华灿烂的样子，说花托光华灿烂不符合常情。于先生用出土金文证传世文献，很有成就。他认为古时鄂、胡、遐语音相近，可以通假。这个"鄂不"实际上就是何不、胡不，是反问的意思。如同说"多么":这常棣花是多么光华鲜艳!这个解释比旧说通达。

接着,"凡今之人,莫如兄弟"。点题了。前边是打比喻,也可以说是兴。常棣花是一个引子,它在后面就不再出现了。这个用法很像《古诗为焦仲卿妻作》中的"孔雀东南飞,五里一徘徊"。那个诗用孔雀比较稀奇。但是飞鸟在汉代文学作品里可不少。诗里写两口子,如果其中一人不幸离世,尤其是妻子死去的时候,总是写天上双飞鸟,飞着飞着有一个飞不动了,掉下去了,然后就开始说感伤的话,夫妻不到头。这成了习惯。所以,在汉代诗歌里一看到双飞鸟,大家都有预感:坏了,要不成双了。《古诗为焦仲卿妻作》沿用了这个习惯,"五里一徘徊"的鸟是剩下的那只,而另外一只其实是死了,失群了。正好概括地、象征地开了个头,接下去全诗写一对不幸的恩爱夫妻如何被活活地拆得两离分。这个习惯就是典型的兴,笼罩全篇。可能在周代,常棣花已经有了表示兄弟、表示亲切的含义,所以同时代的人一看开头就知道要写兄弟了。这是我们的猜测。人都生活在文化当中,有些符号出现了就有某种意味。

这是第一章,点出中心主题是"凡今之人,莫如兄弟",后面它会正说反说,不断地沿着这个主题向下延伸。

兄弟情亲的宴会

第二章,"死丧之威,兄弟孔怀"。"死"和"丧"就是指丧亡,"威"在这儿读第四声,因为它就是"畏"字的一种代替、假借。死于兵者的尸体叫作畏,这个意思今天很少见了。比如,孔子"畏于匡",就表示和死亡的危险离得很近,很凶险。死丧这种事情会导致兄弟"孔怀","怀"就是互相思念,"孔"就是很。兄弟们互相连着心,血脉相通。一到死丧之地,无论平时多么疏远的兄弟也会动感情。这是强调自然的人情。

实际上,这也是一种文化约定。因为重兄弟情感是周代文化一个非常典型的现象。考古学家在今天陕北离豳风之地不远的碾子坡遗址,发现了好几百座周人的墓葬,时间是在周王朝建立之前百年左右。学者发现,周人多有兄弟俩埋在一起的情况,而不是夫妻合葬。周人重视兄弟关系,从这里可见一斑。"友"字在西周金文早期就是指亲兄弟手挽手,到了西周后期才变成异姓兄弟。这个词在变化。

"原隰裒矣,兄弟求矣","原隰"就是原野,隰就是下湿之地。《郑风·山有扶苏》里不是有"山有扶苏,隰有荷华"的句子吗?"裒",就是土,聚土为坟的意思。古代埋死尸,把尸体埋下去之后,造一个土丘。当然了,真正的祭祀活动是在庙里面。按照《周礼》,死于兵者的尸体要埋葬在祖先墓区以外的地方。尸体被埋在原野上,兄弟去寻找,"求"就是寻找。那种急慌慌的寻找、怀念,是多么动情啊。根据宗法社会的观念,兄弟是手足,是天伦。《三国演义》中,刘关张是结拜兄弟,但他们也认为是亲的,就是出于天伦的观念,反而认为老婆是衣服,但是后面这种不把女人当亲人的态度,我们要反对。

接着,"脊令在原,兄弟急难"。"脊令"是一种鸟,又写作鹡鸰,长相和个头都和麻雀差不多,脚长,尾巴长,嘴尖,一飞就灵灵灵地叫，在地上行走的时候尾巴摇着，颤着，有山鹡鸰、灰鹡鸰、黑背鹡鸰等多种。它和麻雀虽然是同科，但是，麻雀在北方被称作老家贼，无论春夏秋冬，它都在家里待着，黏着人，鹡鸰却不是，它们是成群的候鸟。鹡鸰经过《诗经》一用，也被用来象征兄弟。《红楼梦》第十五回写到北静王水溶把一个鹡鸰香木的串珠给了贾宝玉，绝对不是随便写的。可能就想到了，在《诗经》里用鹡鸰比喻兄弟。在今天我们看到的传说高鹗补的后四十回中，贾家被抄之后，水溶他们也是帮着、护着贾家的。所以，水溶和贾宝玉之间的关系，因为原本后四十回丢掉了，不知道是什么情形，但有学者揣测，后来贾宝玉遭难的时候，他的这个兄弟是有表现的。曹雪芹这个人老于文章，对中国经典熟而又熟，这里就是用了暗扣，用了《诗经》的典。

"每有良朋，况也永叹"，真正有急难的时候，虽然有很好的朋友，他们也不过是干扎着手，在旁边叹息。"况"，有至多的意思。这是拿兄弟和朋友做比较，急难之时，兄弟就像在田野中群飞群宿的鸟一样，而朋友却不管用了。这是一个中国老观念。

到了第四章，就出了一句名言："兄弟阋于墙，外御其务。""阋"就是斗，"务"就是侮。这有两种解释，传统的解释是：兄弟在家里可以内斗，但是真要有了外侮，马上团结起来共同御敌。这句话人们在古代乃至现代经常运用。比如二十世纪内战时期，日本人来了，中国各党派、各力量、各团体，都要放下恩怨，一致对外。还有一种解释，也是于省吾先生提出的，说阋不是内斗，而是共同战斗，可备一说。此处还是传统的解释更好。"每有良朋，烝也无戎"，好朋友在这个时候再多也没有用。"烝"，有几种解释，一种认为是众

脊令在原

傳:脊令雝渠也,飛則鳴,行則搖,不能自舍,耳集傳水鳥也。

的意思，也有尽的意思；另一种说法也有美好的意思；第三种说法是发语词，都可以通。戎意为助。这两句接着拿亲兄弟和朋友相比。

接着，"丧乱既平，既安且宁。虽有兄弟，不如友生"。《毛传》以来的解释是等到丧乱平了，又安宁了。这个时候，就是有兄弟也不如朋友了。就是讲在日常状态下，人们往往又会忘了亲兄弟。但是宋代苏舜钦在《报韩持国书》中做了一个新解。他认为兄弟之间是恩情关系，越走越厚，有了急难责无旁贷。而孔子曰："朋友数，斯疏矣"，朋友之间重在志同道合，只宜在安宁时以义相琢磨，可以有长进，如果来往得太多，就会马上疏远。这也算是一个解释，但是不符合诗的本义。因为整首诗的主题是有规范的："凡今之人，莫如兄弟。"

回归主题，上述内容是在宴饮时提出来的原则，场合是高级贵族（起码是贵族）一起吃饭，宴饮同姓们。这个传统说法《国语》和《左传》都承认。《国语》认为这首诗是周公作的，但说召穆公重新唱这首诗。《左传》干脆就说，这首诗就是召穆公在东都洛阳一带召集周家的同姓们，重新号召兄弟团结，在这样的场合下赋诗。或者我们灵活理解，是他为了这次宴会，让乐工或者相关人员以他的名义制作了这首诗。总之，都和召穆公有关，级别非常高。

"傧尔笾豆"，"傧"就是陈列。"笾"是竹子编的筐，放干鲜果品的。"豆"是木头做的，形状像高脚杯，也是盛食物的。"饮酒之饫"，"饫"指宴享，此处是指亲戚宴会。"兄弟既具"，兄弟们都来了，"具"就是同在。"和乐且孺"，"孺"就是愉，意为愉快的。清代文字学大家朱骏声作《说文通训定声》，给《说文解字》做解释和定读法，他说孺就是愉。在古汉语里，读音相近的字往往意思相近或者相通。这一章回到了宴饮。接下来,"妻子好合,如鼓琴瑟","妻子"这个词在今天专指老婆,在古代则指妻子和儿女。这里说小家庭情投意合,就像琴瑟相和。"兄弟既翕,和乐且湛",兄弟们的"翕",才是真正的和乐。"翕"意为收缩,在这里指团结凝聚,"湛"就是深厚、长久。这几句诗非常关键,拿妻子和兄弟作比,承认老婆、孩子是容易相和的,像鼓琴瑟一样,但是把家族的兄弟们团结起来,把大家族团结起来,才是真正的更加和乐的事情。当诗人说这一点的时候,透露了这首诗的作用。

这是西周后期了。在西周较早的时候,社会生活是以大家族为单位,因为那时劳动工具差,基本上用木器、石器进行播种、收割。小家庭,两口子带着自己的孩子这种核心式的小家庭玩不转。必须是大家族,一个祖爷爷带着子孙们,合着过日子。夜晚休息是小家庭一起,但财产不是以小家庭为核算单位。朱凤瀚先生在《商周家族形态研究》中就谈到这些。大家族一起劳作一起生活,分享食物和衣物。《豳风·七月》里不是有"九月授衣"吗?到了九月份,要向人发放衣服,透露的就是早期比较古老的情况。衣服都不是单独做,而是大家族做好了分配。后代唐朝有个张公艺,他家是个大家族,皇帝问他这种生活有什么窍门吗,他说了一句话:"忍呗。"大家族,总是你吵我吵的。中国最后一个大家族是在福建,一九七几年,随着下乡知识青年到了村子才解体的。后代的很多大家族能够维持,一定有很多特殊原因。西周中后期,随着工具的进步,小家庭可以独立完成生产劳动,这种家庭形式逐渐流行起来了。大家族就难以维系了,就该分家了。

一番谆谆切切，在一派明媚之中

"妻子好合，如鼓琴瑟。兄弟既翕，和乐且湛"，是非常要命的几句话，说明宴饮提倡兄弟情，是在挽救一种现实，表示周人已经感觉到兄弟不亲了。前面拿兄弟比朋友，比来比去，其实都是这种感觉的一种表现。归根到底，是社会意识和生活习惯发生了变化，这是由社会生产力向前发展推动的。诗篇有感于这种变化，并不赞成，希望通过宴饮来挽救。

由此，我们看到了宴饮诗的一种新价值，不单是和乐诸侯和君主，也不单是和谐相邻的邦国，还有到了后期挽救危亡的现实。在那个宗法时代，提倡兄弟情，挽救社会的分崩离析，有它的现实考虑。任何时代，当一个社会的古老习俗变化时，总会有人站出来想挽救它，这种努力可能是徒劳的，但是思想努力本身，又是我们人类必有的。这很值得重视。这些也是研究思想史必须关注的。很遗憾，这么多年我们写思想史，新的写法、旧的写法，都很少到《诗经》里找社会意识的变迁。其实，《诗经》才能代表中国人的文化性格。

第八章，"宜尔室家"，这个"室家"就是小家庭；"乐尔妻帑"，"妻帑"就是妻子和子孙。这句话是铺垫。每个人都照顾好自己的家，喜欢自己的妻儿。但是大家要考虑考虑上面讲的道理，大家族的团结、兄弟的团结，才是真正的和乐。"是究是图"，"究"就是思考、推求，你们究一究、图一图，你们好好想想、寻思寻思。"亶其然乎？""亶"是实在。这是个反问句，表示强调，意为：难道不是这样的吗？

整个诗篇推心置腹、谆谆切切，反复叮咛，正面提，反面说，做比较、用象征，显示了某种急迫。最可贵的是家常口吻，一口一个兄弟，语重心长，表露出开导者的心事浩茫。"常棣之华"的取譬，使一番道理映照在天地生机的一派明媚之中，"脊令在原"的比拟，则是喻示和提升。

从创作上看这首诗很不像宴饮诗，因为有它的用处和考虑，有它的急切。通过解读这首诗，可以看出一种社会的变迁，在变迁之下，人们还是努力维持古老的格局。这就是诗的重要性。从文化品质上讲，诗人是儒者的前身。

《召南·摽有梅》：坐在家里写不出来的歌

周家胸怀与南方风情

在《诗经》中，保存着一些和周礼婚姻不同的婚恋诗，可以称为爱情诗，但它们也不像古希腊萨福写的那类爱情诗，坐在家里想女伴。那是在一些地域的特殊风俗下的恋歌，或者在特殊的节日里男女相悦的歌唱，是一种野性的诗篇。它的来源可能非常古老，从文化形态上说，可能要比周礼还早一些，不过诗篇的成形是在东周。西周崩溃之后，文化中心向诸侯偏斜，诗人的文化视野也开始扩展到东方那些和周礼不同的地域风情。讲这些风俗，要从《召南》说起。

周初建国之后，大致以今天河南省三门峡市陕州区一带为界，西部归召公管理，称召南；东部归周公管理，叫周南。这是传统的说法。召南的地域，就是今天北起陕西关中，南到长江北岸，包括今天河南与湖北的交界地带，向西南走，也包括重庆和川东地区。《尚书》里讲周武王伐商纣王的时候，有庸、蜀、羌、髳、微、卢、彭、濮八个族群的协助，而且这些人唱着歌跳着舞。后来就有所谓巴渝舞，在今天的重庆一带保存，一直流传到刘邦打天下的时候。在《召南》里保存着一首《摽有梅》，和周礼影响下的那种四平八稳的、典雅的歌唱非常不同。

摽(biào)有梅，其实七分。求我庶(shù)士，迨(dài)其吉分。

摽有梅，其实三分。求我庶士，迨其今分！

摽有梅，顷筐塈(qīng jì)之。求我庶士，迨其谓之！

这是一种很急促的歌唱。"摽有梅"，"摽"就是抛，拿东西击打对方，就像拿纸团打人那样。摽有梅，就是拿梅子抛向对方。梅子是蔷薇科植物，果子酸，但可以吃，也可以做调料。古代有一种观念"盐梅和羹"，见于《尚书》。做羹汤、做红烧肉，在大鼎里调味，要有盐和梅，将各种味道调和起来。这就是中国饮食的中道原则，放盐多了咸了不行，放醋多了酸了也不行，放花椒太多太麻了或者大料味太重，都不可以。调味，调和大鼎，被视为中和之学。甚至有人说，当宰相就像调和大鼎一样。因为朝廷里什么人都有，有能力强的，也有能力弱的；有激情澎湃的，也有偏于保守的，把他们调和起来，就是好的朝局。

梅子原产于我国西南，所以有相关的诗在《召南》里保存着。这种和周文化不同的风情之所以能流传下来，与周人有关。为什么叫南？按照传统的说法，周文化是自北而南发展的，也吸收了不少南方的文化。当然，南北有相对性，比如，周人最初发源的地方是

摽有梅

集傳華、白寶似杏而酢○
陸疏廣要爾雅凡三釋梅
俱非吳下佳梅楠蓋交讓木也
一云梅蓋雀梅似梅
一者也一云机繫梅蓋
而小者也
机狀如梅子似小柰
也铗脚道人和雪嗅之寒香者
梅之沁梅肺腑者延是摽有
一人事梅爾雅未有釋文真

陕北，所以后来来到宝鸡一带，也叫南。周人虽然相对弱小，但很聪明，采取开放的政策，不断接受不同的文化，向前人学习。《逸周书》就记载了周文王修殷商人典，周文王和殷商实际上是有仇的，但是他学习殷商文化。殷商灭亡之后，周公主持封建诸侯，封他的有才干的老弟弟康叔到卫地去，在今天河南北部安阳一带，这个卫是殷商老巢。周公在《尚书》的一篇文献《康诰》，亦即"康叔之诰"中，谆谆叮嘱康叔要向殷贤民学习，因为殷商五百年，贤王、贤人辈出。这就是周家的胸怀，因为弱小，所以讲究德行，德行的一个重要表现是心胸，如果总觉得自己正确，别人的都是坏东西，就不会有大出息。

周人在向南发展的时候，大概是在建国以后，有一个向今天的江汉一带积极拓展的姿态，其中甚至包括四川。有一种说法，认为三星堆文明突然消亡，可能与周武王灭了商之后派了一支军队灭蜀有关。在《逸周书·世俘解》里说，王命荒新去伐蜀。出土的西周青铜器中方鼎和中方甗里都有关于伐虎方的记载，我们知道今天的重庆地区过去叫巴，而巴人崇拜白虎，这些都是一些蛛丝马迹。西周早期的器物太保玉戈记载太保召公沿着汉水向南，去检查自己新开辟的国土。柞伯鼎中也明确说过周公南征。周家向南方拓展的过程从周初一直延续到西周第四代昭王、第五代穆王、第六代恭王。到了西周后期，宣王中兴，这是倒数第二代王，仍然不遗余力地对江汉地区用兵、经营。在这个过程中，周人会把南方异域风情收入眼底，谱入诗篇。这就是《摽有梅》这首诗大概的来历。

急切的待嫁心情

闻一多先生研究《诗经》，有《诗经通义》等著作。他说在南方有些地区，人们是通过抛梅子选心上人。这有点儿像抛绣球。当年王宝钏在绣楼上抛绣球打到了一个叫花子，她就说年轻人一开始穷一些不要紧，将来也可能有出息。后来，这个叫花子当上了皇帝，王宝钏也被封为娘娘。另外，"梅"和"媒"同音。摽有梅，"其实七兮"，树上或者筐里的果实还有七成，还有不少呢。言外之意，还不是很紧迫。"求我庶士"，就是"对我有意思的各位男士们"，"庶"就是多。"迨其吉兮"，现在差不多就是好日子了。"迨"是差不多，"吉"指吉日。言外之意，就是别再等了。这种急切的声音让我们想起了北朝民歌中的"老女不嫁，踏地呼天"，说有了一定年岁的姑娘，实际上不一定很老了，因为嫁不出去，在那踏地呼天。其可爱之处在于毫无掩饰的切直、心口如一的单纯，体现了北朝民风的质朴。这种诗不是坐在家里的人可以写出来的。

"摽有梅，其实三兮。"重章叠调，这里突出"三"，原来还有七，现在还剩三成。强调急迫，女子有点慌了，不择日了。"求我庶士，迨其今兮"，求我的人啊，就在今天吧，别再愣着了。接着，"摽有梅，顷筐塈之"。"顷筐"，在"采采卷耳，不盈顷筐"里用过，是古代采摘用的，有点儿像簸箕，斜口，一头高一头低，是浅筐。这是一种解释。还有人说"顷"是倾倒，倾其所有的意思，也通。"塈之"，就是给。梅子由七成变三成，最后一成也不剩了，筐也扔了，表示急切。"求我庶士，迨其谓之"，"谓"就是告诉，照着本字读就可以，意为告诉我一声就行了，不要经过媒人，不用经过手续了。

还有一种说法，认为"谓"应读为䢜，古代的字书《玉篇》和《广韵》里说，这个䢜就是行动的意思。也就是说赶紧行动。

从这首诗中我们看到一种古老的风情，在梅子熟了的季节，男女打情骂俏，表现女子急切的待嫁心情。它的风格和《周南》里"窈窕淑女，君子好逑"式的典雅、庄重不同。后来，这种直露的、火山爆发式的爱情表白，我们在汉乐府里还能看到，比如《上邪》："欲与君相知，长命无绝衰。山无陵，江水为竭。冬雷震震，夏雨雪。天地合，乃敢与君绝。"《有所思》："有所思，乃在大海南。何用问遗君，双珠玳瑁簪，用玉绍缭之。闻君有他心，拉杂摧烧之。摧烧之，当风扬其灰。"一听说在大海之南的男朋友有了二心，就将原本打算送给他的礼物捣毁、烧掉，当风扬灰，毫无掩饰、爱恨分明。敦煌曲子词里有："枕前发尽千般愿，要休且待青山烂。水面上秤锤浮，直待黄河彻底枯。白日参辰现，北斗回南面。"跟《上邪》差不多一个调调。

但是，到一定时节，男女相会相互抛梅子，表示看中谁不看中谁这样一种风俗，随着周礼的推广，到了汉代，在华夏民族的中心区域已经消失殆尽了。如今，只在西南地区的一些兄弟民族中还保存着。所以，很多在表达爱情上"心里热乎外边凉"的汉族人，在看到一些电影中的类似风俗时，感到很新鲜。从这里，可以看出《诗经》的可爱，它是生活的万花筒，保存着我们民族年轻时候的风俗。风俗是人类生活的空气，养育着人的文化气质、精神品格。通过这首诗，我们了解到，过分讲究礼法的中华民族，在早年也曾有过"粗野"的青春气息。

《齐风·著》：调笑新娘子的羞涩

在《诗经》婚恋诗篇中，有一种风情是调笑新娘子的羞涩。这就见于《齐风·著》。

俟(sì)我于著(zhù)乎而，充耳以素乎而，尚之以琼华乎而。

俟我于庭乎而，充耳以青乎而，尚之以琼莹乎而。

俟我于堂乎而，充耳以黄乎而，尚之以琼英乎而。

这首诗中有很多"乎而"，是音乐歌唱时的一种现象。

什么是著？就是私塾的塾，在屏门和正门之间。古代的宅院，有时一进大门就是一面墙，但有些富贵人家在这个地方有建筑，而且有门洞，有房，那个门和大门正好成九十度角。这个建筑叫作著，也就是私塾，办学就在这里边。

第一章，"俟我于著乎而"，"俟"就是等待，谁在等待呢？新郎。"我"是指要出嫁的女孩。"俟我于著"，就是在大门那等我。"充耳以素乎而",充耳又名瑱,是塞耳的玉石,用丝线悬挂在冠冕两侧。"素"就是白,指系玉石的丝绳。"尚之以琼华乎而","尚"就是加,"之"是指丝绳,也就是说,这绳子上还拴着很多玉石,"琼华"就是似美玉的石头。这是一个古代贵族的打扮。这首诗是写女子出嫁的时候,男子在门口等她的那一刻,她偷眼看这个男子,但是只看到了充耳,只看到他耳朵旁边是戴着玉的,没敢再往上看,再往上就看到眼睛了,以此来描绘女孩子的羞涩。这是诗的妙处。所以,与其说这是女孩子的抒情,倒不如说是典礼上调笑女孩子,笑她看了半天,没看到人家的眼睛。毕竟,想看一个人长得什么样,起码要把脸看全了,但是她只看了耳朵这部分,没好意思多看。牛运震在《诗志》中说:"别调隽体。通篇借新妇语气,奇妙。"这不单是个点评,还是对诗的判断,判断出是一个新妇的语气。开别人玩笑,描绘他的语气也是一种方式。这首诗用"乎而""乎而"的语调来调笑女孩子,我们就怀疑它是婚礼上的歌曲。既然是喜事,就得有点儿喜事的样子,开玩笑就是其中必有的作料了。

第二章,"俟我于庭乎而",新郎走近了,由门走到大厅了。"充耳以青"的青就是黑色的丝绳。我们中国有一些词很有意思,黑色不说黑色,说青色,唱戏的穿黑衣服的女子叫青衣。这个地方似乎有点儿奇怪,这又不是川剧变脸,怎么一会儿就换了别的颜色的丝绳?注意,这是我们判断诗的根据,这首诗不是具体某一个女子的抒情诗,而是用于所有婚姻典礼上的歌,每一章的个别字句不断地变化,是重章叠调的需要。这是诗句在变,不是诗中人物的装饰在变。接着,是"尚之以琼莹乎而","琼莹"也是似玉的美石。这跟前面意思是一样的。

第三章,"俟我于堂乎而"。古代盖房子,正房中两边是柱子,在两个柱子中间的空间,往往是敞开的,叫作堂。中国建筑从古到今都是前堂后室,周代举行典礼往往是在堂上,就像我们今天的客厅。堂后边隔着一堵墙,就是室。孔子的学生病了,他去看学生,就是上了堂从窗户那看着,还伸手去拉手。所以,从这儿也可以明白,"登堂入室"实际上是前后两个阶段,登堂了未入室,就是还差一步。这里指男子上堂来接"我",她还是没敢看,只看到他一半的脸。后面,"充耳以黄乎而,尚之以琼英乎而","黄"是黄色的丝绳,"琼英"的意思与前文的琼华、琼莹相同。诗每一章结尾处反复出现这个婆娑摇曳的"乎而",更强化了诗篇的意趣。

这首诗模拟女孩子羞涩的偷眼观看的神情,和她开玩笑,有着浓郁的生活气息。与《关雎》篇歌咏淑女君子的严肃有了明显的分别,实际上更代表一般贵族家庭操办婚礼的真实情况。调笑也是婚姻诗里一个很有趣的现象,到今天我们不也如此吗?

《鄘风·桑中》：男女风情与桑林

《桑中》这首诗见于《鄘风》。鄘是哪？邶风、鄘风、卫风，加上周南、召南，是"十五国风"中的五国风，属于周家王畿千里之地、腹地。邶、鄘、卫就是今天河南北部殷商老巢这个地方。这里因为做过殷商的都城，各地的音乐汇集到一起，所以乐调多，分为三风，表现的都是春秋时期卫地的生活。早在汉代班固写《汉书·艺文志》时就发现，邶风、鄘风、卫风唱的内容都是一样的，比如都有淇水，都有男女风情之事。这个地区有过去殷商五百年经营的老底子，文化比其他地区发达。孔子晚年到卫国去，看到卫地那么富庶，有那么多的人群。他说人很多呀。当时冉有给他驾车，就问他人多怎么办。孔子说让大家富起来。富起来之后怎么办？孔子说要推广教化、文雅、人伦。"富而教之"，这是儒家的观念。穷，儒家并不赞成。

《桑中》这首诗是重章叠调式的三章，每一章的后三句都是一样的。

爰采唐矣？沬之乡矣。云谁之思？美孟姜矣。期我乎桑中，要我乎上宫，送我乎淇之上矣。

爰采麦矣？沬之北矣。云谁之思？美孟弋矣。期我乎桑中，要我乎上宫，送我乎淇之上矣。

爰采葑矣？沬之东矣。云谁之思？美孟庸矣。期我乎桑中，要我乎上宫，送我乎淇之上矣。

自言咏唱的热烈记忆

"爰采唐矣"就是"到哪里去采唐呢"。"爰"是于焉的合音词，到哪里的意思。"唐"就是菟丝子，又名唐蒙、兔芦，是一种寄生植物，喜欢长在豆科植物上，有点儿像玻璃丝，亮晶晶的，黄黄的。它从被附着的植物体中吸收营养，寄主本身就不会再结果了。杜甫就写过"兔丝附蓬麻，引蔓故不长。嫁女与征夫，不如弃路旁"。为什么要采唐呢？唐可以做蔬菜，也可以入药。根据现代的研究，它还有美容功效，把它的汁液涂在脸上可以去除雀斑。"沬之乡矣"，"沬"是卫国的中心地带、殷商故都，在今天河南省淇县境内。"沬之乡"，就是沬这片地方。"云谁之思？"我想谁呀？"美孟姜矣"，那个美妙的姜大姑娘。古人排行常用孟仲叔季，男性如此，女性有时也这样用。孟姜就是姜姓大姑娘。在古代，姜是贵族的姓，周代第一贵重的女子是姬姓，而姬姓的男人们娶媳妇一般娶姜姓姑奶奶。

爰采唐矣

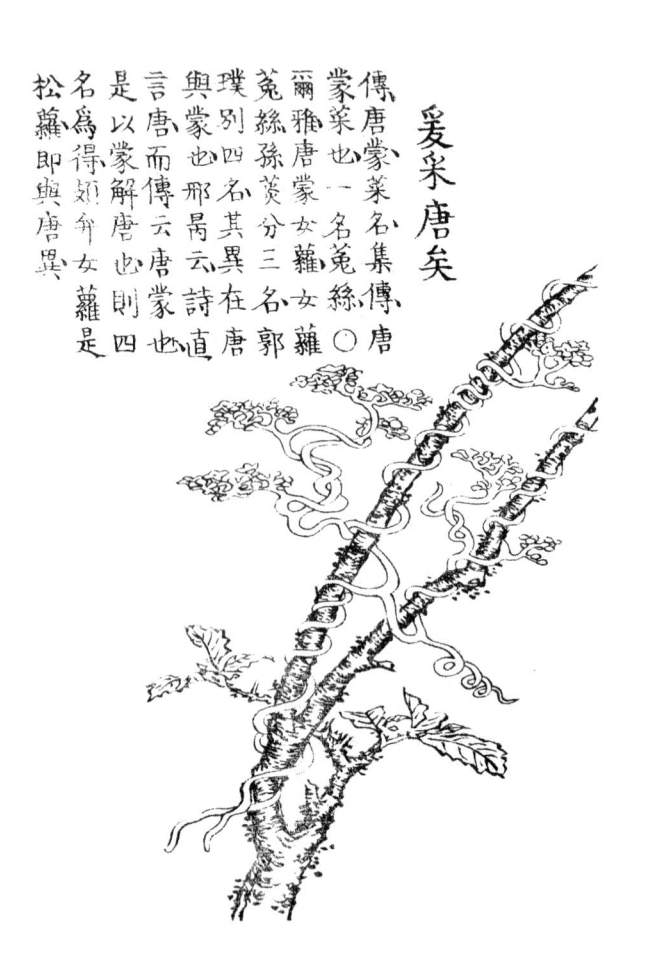

傳唐蒙菜名集傳唐
蒙菜也一名菟絲
爾雅唐蒙女蘿〇
菟絲孫炎分三名
璞別四名其異在唐
與蒙也邢昺詩云郭
言唐而傳云唐蒙也則
是以蒙解唐也四
名為得如弁女蘿
松蘿即與唐異

而当时一般的老百姓就和姜姓没关系。所以，这首诗把在卫国这一带生活的周贵族带进来了。

为什么要强调有周贵族呢？因为当时有一种古老的自由风俗浸润到卫国的贵族生活中去了。"期我乎桑中"，"期"就是约定。中国古代有个固定语，叫桑中之喜，在桑中和已婚妇女有瓜葛。这有点儿像旧时巴黎的风俗——找情妇。在《左传》中记载，当年楚国有一位申公巫臣，带着美丽的夏姬跑了，跑到他们同国的一个大臣那儿，那个大臣就说："嚯，你是桑中之喜啊，窃妻以逃。"所以，"桑中之喜"可不是一个好话。和这个相似的是"桑间濮上"，桑间濮上的音乐，也是靡靡之音的意思，这在《韩非子》里面有记载。

这里还涉及桑树。古代中国对人类文明有很多贡献，其中一种就是桑蚕培植。中国的丝绸辗转来到古罗马，风靡了罗马贵族，因为穿上之后很舒适，还很凉爽、衬线条。于是，罗马人就想象东方有个身形高大、道德良好的民族。他们称中国人为"生产丝绸的人"。很多时候，桑林和男女风情有关，由此形成了中国文学的一个自觉或不自觉的母题。比如秋胡戏妻，秋胡跑到楚国做官，多年之后回家，在桑林看到一个大嫂在采桑，就调戏人家。结果回家一看，才知道调戏的是自己的老婆。东汉有一首古诗《陌上桑》，写罗敷去采桑时遇上了太守，太守就调戏她，问她"宁可共载不"：你可以到我的车上来坐吗？言外之意就是：你能不能跟我走啊？于是漂亮的罗敷就机智地夸自己的丈夫，说丈夫十几岁就开始做官，现在已经专城居，一出门也是前呼后拥。到了宋代，朱熹就说，这首诗中的罗敷和太守实际上是两口子，他们两人是大水冲了龙王庙。如果这样理解的话，这又是另一版的秋胡戏妻。总而言之，都和桑有关系。

法国有一个汉学家叫桀溺,名字出自《论语》中的"长沮桀溺耦而耕"。他写了一本《鹅女与蚕娘》,就写到了很多男女风情诗和桑树有关系。当然,他用的是弗洛伊德泛性爱意识原理。这是很有趣的话题。"期我乎桑中",就是约我到桑树林去。

"要我乎上宫",上宫是什么地方?值得研究。有学者说是指高禖庙。什么是高禖庙?这个庙供奉的是一个主婚姻、生育的女神,在后来的农村保存着,比如河北易县山里的奶奶庙。人要是不生孩子,到那儿去祈祷,特别灵验。老辈人经常说这个事,去那儿烧香要还愿。这种庙不是从《诗经》时代开始有的,考古在起始于五六千年前的红山文化区域就发现过。红山文化分布在今天辽宁的凌源、建平、喀左以及内蒙古的赤峰一带,因为发现在红山这个地方,而且其所呈现的考古文化特征跟别处不一样,后来就用红山命名。凌源有一座女神庙。这座庙很狭窄,是长条形的。在其中发现了中国最早的女人形象,现在保存在辽宁省博物馆。如果你搜索一下红山文化,马上就会出现这个像,一个圆圆的蒙古人种的脸,两只眼睛镶着绿宝石,是东方人的祖先。她是贴在墙上的,在她的旁边,还有一些猛兽像的遗迹。在整个红山文化区域,发现了很多用泥土捏的女人像,突出胸部、腰部,等等。这种像在全世界范围内都有,展现的是生殖崇拜意识。所以,我们推测,这个女神庙里居住的就是高禖神,负责生育的。红山文化后来沉寂了。它哪去了呢?考古发现,在殷商的一些墓葬里,出土过红山的玉器,也就是说这种文化要素来到了中原。所以,我们很有理由推测,诗里的上宫,可能与古老的负责生育的女神庙有关系。

诗读到这儿,我们看到了一种原始的祈求生育的习俗,就藏在女神庙附近的桑林，或者其他树林里边，有时也在水边。在那里，男女们到某一个时节，可以比较随意。"期我乎桑中，要我乎上宫"实际上说的是男女结合。风俗这种东西说不得好说不得歹。所以，这首诗不单是一个道德问题，但是它和周礼完全不同。老贵族在卫地生活久了，到了春秋时期也开始没落了，对婚姻那种联合各种族群的政治意义越来越放松。所以，地域性的风俗就翻上来浸润到他们的生活中去。当然，我们对古人也不必苛责。合礼法的婚姻往往过于严肃，有时选择妻子不是本人做主，而是家族选择门第，是各种政治势力的博弈，给这种风俗浸润到上层留了可乘之机。人性像流水，也会往低处流。

"送我乎淇之上矣"，"淇"就指淇水，在今天的河南境内，从西部的山地下来向东北流，流入卫河，最后入黄河。这条河，邶鄘卫三风反复提到，应该说是卫国的母亲河，也是《诗经》里非常著名的一条河。比如《氓》中就有"送子涉淇，至于顿丘"，那里的女子也是渡过了淇水，将爱人送到顿丘去。可以推测，桑林和上宫应该离淇水不远。

这是诗的第一章。"爰采唐矣"，是比兴。在沫之乡有好事，和非常著名的美女孟姜相约在桑树林里面，相约在上宫，相好了之后，她送我过淇水回家。这个歌唱有很明显的民间情调。在东北，有一个流行的小调。过去我们看曲波的《林海雪原》，就有"提起那宋老三，两口子卖大烟……"再往下，就有一些不堪入耳的东西出来了。后来拍新版的电影，还用过那个调子，杨子荣在唱，实际上不甚雅观。这种内容经过加工之后入诗，带有民间的色彩。

风俗的东西，有符合人性的地方

第二章，"爰采麦矣？沫之北矣"，"沫之北"和"沫之乡"差不多，在北边。"云谁之思"，我看上谁了？"美孟弋矣"，这个"弋"，有人说是姒，姒也是一个贵族的姓，夏人姒姓。夏人老贵族的一支到了周代并没有灭绝，作为一种后裔被周人有意保存下来。所以，周代一些老贵族结婚，也从他们那儿娶。不论是孟姜、孟弋，还是后面的孟庸，人物有变化，可是后面的事情都是一样的。

"爰采葑矣"，"葑"是萝卜类，可以做腌菜，俗称蔓菁。在《邶风·谷风》中出现过"采葑采菲，无以下体"。这和采麦是一个意思。"沫之东"，指在东边，仍然是民歌的调子。"云谁之思？美孟庸矣"，"庸"，有的学者说就是阎，还有人说是熊，总而言之是古代贵族女子的姓。后面还是一样的。

钱锺书的《管锥编》有一部分专门讨论《诗经》的作品，他说这首诗貌似现身说法，实际是化身宾白，就是一种代拟、模拟。篇中之"我"，不一定是诗人自道。又说桑中和上宫是幽会之所，孟姜、孟弋、孟庸是"幽栖之人"，"期我""要我""送我"，是始末，都是"直记其事，不着议论意见"，只是这么唱，并没有表示赞同或者批评。"视为外遇之薄录也可，视为丑行之招供又无不可。"如果理解为外遇的记录本，自招丑行，是可以的；如果视为用一种模拟来讽刺这种现象，也可以。

这首诗有变化，又有统一，尤其是每一章的最后三句。另外，采唐、采麦、采葑也采取了比兴手法，篇章是很流丽的。如果不是有一些名物不太好理解，并不需要解释，所以很有可能是采集加工过的。回到主题，到了春秋时期，地域性风俗对那些有名有姓的贵族已经构成了一种杀伤力。可见，那时的贵族开始解套了，《周礼》有点儿约束不住他们了。风俗的东西，有符合人性要求的地方，所以挺流行。这是在卫地三风里，我们看到的一种风俗不纯。

《齐风·南山》：隐晦曲折的讽刺

南山崔(cuī)崔，雄狐绥(suí)绥。鲁道有荡，齐子由归。既曰归止，曷(hé)又怀止？

葛屦(gějù)五两，冠緌(guānruí)双止。鲁道有荡，齐子庸止。既曰庸止，曷又从止？

蓺(yì)麻如之何？衡从(zòng)其亩。取妻如之何？必告父母。既曰告止，曷又鞠(jū)止？

析薪(xī)如之何？匪斧不克。取妻如之何？匪媒不得。既曰得止，曷又极止？

齐襄公和妹妹文姜的牙碜事

贵族在婚姻问题上的不讲礼法，在当时是一个普遍现象，也就是说贵族政治婚姻正在溃败。政治婚姻有的时候并不顾及个人幸福。

《礼记》里说婚姻"合二姓之好",可是二姓不是二性,在这方面,它是有缺陷的。贵族们败道,固然与权贵者在这方面的方便有关,而这种婚姻本身的缺陷也不容忽视。国风中有不少这方面的内容。《南山》也是讲婚姻败道,而且很牙碜,是兄妹乱伦。

这首诗四章,每章末尾都是反问,反问就代表谴责之意。第一章,"南山"可能指泰山,或者齐国境内的牛山。牛山虽然不高,但是在诗人眼里,完全可以写成"崔崔",高大的样子。"雄狐绥绥",雄狐在这里比喻君主齐襄公。《左传》中记载,秦国和晋国交战,秦国人占卜,算到一个卦"千乘三去,三去之余,获其雄狐",说两国打仗千乘之车三次交锋,之后就可以逮到那只雄狐狸了。可见,用雄狐狸比喻君主,在文献中也是有根据的。"绥绥"就是毛茸茸的样子。这句诗有点儿比兴的意思,说南山之上,有一只毛茸茸的狐狸来回溜达,有点儿不祥之感。民间俗语有"骚狐狸"之说嘛。

"鲁道有荡,齐子由归。""鲁道",就是通往鲁国的大道。"荡"就是宽阔、平坦。"齐子"就是齐国的姑奶奶,这里指文姜、齐襄公同父异母的妹妹。他们都是齐僖公的儿女。这首诗是写贵族家庭的事情,结合历史文献的记载,是可以找到这两个人的。在春秋初期,出这事情的只有他们兄妹俩,没有别人,所以我们很自然地把焦点放到他们身上。当然,如果绝对地怀疑也没有办法,因为这首诗中没有出现齐襄公和文姜的名字。

诗说齐子从大道上很合法、很正当地嫁到鲁国去了,但是马上就反问:"既曰归止,曷又怀止?"你既然已经嫁到鲁国去了,怎么还"怀"呢?这个"怀"其实就是贪恋,贪恋私情。谁和谁的私情呢?兄妹的私情。

庆父不死，鲁难未已

《左传·桓公十八年》《史记·齐太公世家》等许多文献都记载了这件事情。文姜出嫁之前和兄长齐襄公有了私情，后来就不好嫁。他们的父亲齐僖公很着急，想把她嫁出去。郑庄公有个儿子公子忽，帮着齐国干事情。齐僖公就想把文姜嫁给他，但是公子忽可能对文姜没有感觉，或者听到了什么消息，说了一句著名的话"齐大非偶"，说齐国是个大国，自己怎么能找大国的姑奶奶呢，不合适。齐僖公后来将文姜嫁给了鲁桓公，就是《曹刿论战》里的鲁庄公的父亲。鲁桓公是进入春秋之后的第二代鲁国君主，是隐公的弟弟。

桓公十八年，桓公到齐国访问，要带着文姜去。当时就有大臣说"男有室，女有家"，男女有别，让桓公别带着她。结果文姜还是去了，并且和哥哥旧情复发。事情从来都是如此，如果不知道也没什么，一旦知道就该生气了。"奸出人命赌出贼"，这要犯事了。鲁桓公很生气，说"同非吾子"。同就是后来的鲁庄公，桓公说他的大儿子同不是他的儿子。这并不可信。因为文姜嫁到鲁国好几年之后才生了儿子。结果，文姜就把鲁桓公生气的事情告诉了齐襄公。齐襄公一不做二不休，命大力士彭生在扶鲁桓公上车的时候将其杀掉。彭生用了狠劲，到该下车的时候，桓公已经死在车里了。事发之后，鲁国抗议，齐襄公就杀了替罪羊彭生。而文姜就只能留在齐国好多年。

这个事情对鲁国的影响，我们不妨多说几句。文姜留在了齐国，她不敢到齐国都城去，也回不了鲁国，就在齐鲁交界地带徘徊，时不时地还见一见齐襄公。这样她就把她儿子的婚姻给耽误了。我们中国有句话"早立子"。君主上台以后，先给他找嫡夫人，生了儿子，慢慢培养，起码这个孩子年岁大，不会使别人生觊觎之心。可是，文姜到了鲁庄公后期才敢回国，因为那时候她儿子的地位彻底地硬了，人们对早年的事情也淡忘了。到了庄公倒数十来年的时候，她才从娘家给庄公娶了嫡夫人哀姜。哀姜带了好多陪嫁女，其中一个叫叔姜。庄公喜欢叔姜，不喜欢哀姜。叔姜生了一个儿子，就是后来的鲁闵公。等到三十二年庄公死，叔姜的儿子才八岁，八岁的小孩子怎么上台？所以有后来的三家，即季孙氏、叔孙氏、孟孙氏掌权，尤其是季孙氏。

这里面的情况很复杂，鲁庄公本不想立叔姜的儿子。他在大婚之前，那么多年不可能没有男女之事。他曾爱上并追求一个任氏姑娘，是在党氏家见到的。这个姑娘很有心计，不让他靠前，跟他提条件，要求将来立她生的儿子做君主。鲁庄公情急之下不管不顾，还拿刀割了一下自己的胳膊，留了一个口子，说如果他将来不兑现承诺，就像这个胳膊。然而，到他快死的时候，嫡夫人哀姜把叔姜的儿子视为己出，视为合法君主。虽然哀姜不讨庄公喜欢，但是叔姜生了儿子，按照礼法，陪嫁女生的儿子应该归嫡夫人管。可鲁庄公想的是当年他和任氏姑娘的约定，就想立早年和妾生的儿子公子般。他要立般必须征得其他大臣的同意。依照古代宗法制，大臣往往是君主的兄弟，于是他就先找三兄弟叔牙。结果叔牙想立他们兄弟中的老二庆父，也是鲁桓公的儿子。叔牙说在鲁国，哥哥死了可以由弟弟继位。庄公心里咯噔一家伙，坏了，这个事情难办。怎么办呢？就和老四季友商量，他们俩的关系应该比较密切，季友说哥哥怎么吩咐他就怎么做。结果，他们先把叔牙办了，弄了一杯毒酒给叔牙喝，承诺他喝了以后让他的后代在鲁国政治中有股份，做公卿。然后就立了公子般。结果立了还不到一年的时候，庆父就唆使人把公子般害死了。于是哀姜就得意了，她的儿子上台了。在这个宫斗里边有庆父和哀姜的联合，并且两人还擦出火花来了。因为哀姜本来就不受庄公喜欢，所以她和庆父干脆又把叔姜的儿子闵公杀掉，由庆父接班，哀姜接着做夫人。这一时期鲁国很乱，留下了一句成语"庆父不死，鲁难未已"。这是齐国人观察形势之后说的。

可见，文姜和哥哥之间不容于世的情感，涉及很多后续的问题，牵扯到鲁桓公的死，以及后来鲁国政治的变化，最终出现了杀小君主的事情。所有这些事情都结束之后，季氏，也就是桓公的老弟弟季友立了鲁僖公。于是，季氏家族的权力就先强起来了。后面三家的权力慢慢发展，把君主家的权力一分为三，到了孔子的时代就已经出现这个情形。《诗经》中有些国风是有政治含义、政治背景的，这首诗第一章末尾就有讥讽之义。

为何发生在齐国？

"葛屦五两，冠绥双止"，"葛屦"就是麻鞋，"五两"就是五对。刘向《说苑·修文》里说："诸侯以屦二两加琮，大夫庶人以屦二两加束脩二……夫人受琮，取一两屦以履女。"从中可以看出，古代男女新婚时，有在陪送的物品里放成双成对的鞋子的习俗。诸侯成婚送鞋两双，加一个琮，琮就是玉器，和璧是相对的。大夫庶人是送两双鞋，加两条干肉。"冠绥"指帽带打结后下垂到胸前的部分，也是两条，成双的意思。这是说"你们已经成双成对了"。结果"鲁道有荡，齐子庸止"，"庸"就是行，齐国的女公子从这走了。"既曰庸止，曷又从止"：既然走了，你为什么还要追她，还在那周旋呢？这个地方又指向了齐襄公。前面的"怀"重点说文姜，当然也可以包括齐襄公，此处则重点说齐襄公。为什么还不忘旧情呢？也就是说诗人还是心胸宽阔的：你们过去有就有，但结了婚了就不该再有，却还在有。

接着，"蓺麻如之何？衡从其亩"。"蓺"就是艺的字源，意为种植。"麻"，就是葛麻，纺布用的原料。"衡从"也就是纵横。东西曰横，南北曰纵；"亩"是垄亩的意思。要种麻，就应该横纵其亩。"取妻如之何，必告父母"，结婚娶妻这种事情一定得有父母做主，否则就是无效的。"既曰告止"，既然你们的婚姻也是父母同意的。"曷又鞠止"，这个"鞠"是穷困的意思，指陷入难堪境地：为什么又把事情做得那么难堪呢？指责双方。

最后一章，"析薪如之何"，"析薪"就是劈柴，薪就是柴。"匪斧不克"，必须有斧子。在《诗经》里，我们发现一个颇为普遍的现象，说婚姻的时候总是和劈柴有关，在《小雅》和《豳风》中都出现过，好像是个流行的语言，说做事要讲究方法、规矩。析薪如之何，非斧不能办；娶妻如之何，非媒不能办。"既曰得止，曷又极止"，你们既然有媒人有合法的保障，怎么又使事情变得极端？这个"极"和上一章的"鞠"意思相近，指极端、绝境。诗篇明显地表达了诗人对非分情感的指责。

把诗和历史结合来看，春秋时期真是无奇不有。怎么兄妹还有这样的情感呢？这两个人不检点，这样的事情现代人也难以接受。

《齐风·南山》：隐晦曲折的讽刺

这么近的亲缘关系，结了婚不好，法律也不允许。但这样的事情在古代发生在齐国是有原因的。在周代，同姓百代都不可以通婚，襄公和文姜的结合肯定违背了礼法。可是如果我们放远一点看，古老的风俗在春秋时期并未因为周礼的推行而完全断绝。

远古时期大洪水之后，人类几乎灭绝了，就剩伏羲、女娲兄妹俩，他们就是兄妹婚。在我们的东邻日本，在古代王室的范围内，就有叔叔娶侄女的。在古埃及、古希腊也都有兄妹婚这种情况。在《奥德赛》中，一个岛上的老王生了六个男儿、六个女儿，正好结成了六个兄妹婚。这种风俗由来已久，而古中国"周公制礼，百世不通，所以别禽兽也"的做法，是新的制度。

但是，周礼并不是铁板一块。在《史记》中说到，周初封建，姜太公被封到齐国，他穿着夜行衣匆匆赶路，到了那里，三五个月就把国家建成了。同时，周公也派自己的儿子伯禽到鲁国建国，可是伯禽的速度就很慢。周公就问姜太公，为什么他的国家建得那么快。太公说他"尊贤尚公"，靠山吃山，靠海吃海，广开鱼盐之利，其他的事情，比如风俗方面就不管了。伯禽建国晚，他说要"革其俗、变其礼"，而移风易俗要几年才能完成。据说对这两个国家，周公就说，以后齐国是个经济大国，鲁国是个文化大国。当然了，文化大国要挨经济大国的欺负。这样的说法当然是事后诸葛亮了，但也未尝不包括某种历史真实，就是两国的开国路线不一样。齐国注重经济、贤人，对风俗一面有所放松，于是对兄妹恋情等没有干涉。文姜和齐襄公的事情并不完全都是肉体原因，不是彻底的道德败坏，可能有某种风俗的作用，但是毕竟于礼法不合。而且这首诗的作者也明显是站在礼法上说话的。"匪斧不克"、"匪媒不得"、"既曰归止，曷又怀止"等，都是站在礼法角度抨击这种现象。礼和俗出现一种对峙。就这首诗来看，这种风俗的确应该禁止，因为血亲关系太近。关于文姜的事情还有另外两首诗，《敝笱》讲篓子不严密，把很多东西都漏过去了；《载驱》讲齐子整天在鲁道上游游逛逛。

《陈风·株林》：对违礼丑态侧目而视

胡为乎株^{zhū}林？从夏南。匪适株林，从夏南。
驾我乘^{shèng}马，说^{shuì}于株野。乘^{chéng}我乘^{shèng}驹^{jū}，朝^{zhāo}食于株。

写宣淫无忌之情跃然纸上

《株林》这首诗见于陈风。陈在哪呢？今天河南的淮阳。十五国风有八风来自河南，而河南文化的分化又是很明显的。河南东边和西边的文化，从考古发现上看就不一样。陈这个地方，按文献说，是太昊之墟。从这个角度看，它属于东夷文化，和山东一带是相连的。《左传》说当年封鲁国的时候有少昊之墟，还有少昊之丘。直到今天，在曲阜东边的一个镇子里还有少昊的坟，是一个大土堆。太昊、少昊的文化有相连的地方，但是鲁国这个地方，因为周公和儿子伯禽坚决执行周礼路线，所以，产生了一种新型的儒家文明。儒家文明不单是西周文化，还包含东夷文化，它对这些文化进行了创造性的转化。而在陈就没有产生这一变化，它的旧俗一直保存着。陈是舜的后代，一个古老的人群，一直这么延续。到了周武王时期，武王封舜的后代胡公满到陈国去，并把自己的大女儿大姬嫁给了他。按传统的说法，大姬到了陈之后不生孩子，常常祈祷，于是那里巫风就盛。这种把一种风俗归于某个人的倡导或起头的做法，是不太准确的。准确地说，那个地方本来就有一些很古老的风俗，在婚姻上也不严格地遵循周礼。一直到现代，那里也有一些祈子仪式、关于太昊和伏羲的传说，这一类的风气很盛。这是民俗学调查的发现。

到了春秋五霸之一的楚庄王的时代，陈国出现了一件比较风流的事情。当时的君主陈灵公和一个叫夏姬的女子好上了，这个事情见于《左传·宣公九年》。夏姬是姬姓、周贵族，郑穆公的女儿。郑国也不是一个很周礼化的国家，"未及周德"。这个女子嫁给陈国的大夫御叔，于是就被称为夏姬。夏姬生了个儿子，叫夏征舒，又叫夏南。后来，御叔死了。陈国的君主灵公，还有公卿孔宁、行仪父，都和夏姬好上了。他们几个大臣还组团去夏姬家吃吃喝喝。这些没正形的人，其中一个就指着夏征舒说："诶，夏征舒怎么长得那么像你啊"，另一个就说"像你"。后来，夏征舒放箭杀死了君主和另外一个大臣，行仪父逃跑了。这引起了楚庄王第一次灭陈。《株林》这首诗以此为背景，写得很短、很含蓄。

第一章，"胡为乎株林？""株林"是一个地名，夏氏的封邑，夏征舒的母亲在那住着。"胡"就是"何"。干吗要到株林来呢？"从夏南"，我们是来找夏南的。这是模拟君主的口吻：我们驾着车到株邑去，不是找夏姬，是找夏征舒，找他有事。"匪适"的"适"就是到达，不是无缘无故地到株林，确实是找夏南，此地无银三百两。开头是明知故问，回答时说了两次"从夏南"。不重复还好，一重复就越发露馅，显出贼人胆虚。诗写得很幽默诙谐，欲盖弥彰。

第二章中的"我"就是指陈灵公，当然也带着那两个傻大臣，一块组团的那两个人。"驾我乘马，说于株野"，他们驾着四匹马拉的车，在株野休息。"乘马"就是四匹马，古代四匹马为一车驾。这里的"说"通"税"，停车休息的意思。"株野"是指这个封邑的野外。然后，"乘我乘驹，朝食于株"，这句话中第一个乘是乘车，第二个乘是四匹，驹就是马。"朝食"是吃早饭。"我"乘着马车来，就在株吃个早饭。吃早饭在中国古代文学里往往隐含着两性之事，属于固定语。这首诗写得极为含蓄，也极为讽刺，把他们的丑态揭露出来。

吴越争霸与夏姬

因为这首诗中所说的事情，陈国发生了杀君主、杀大臣的事变，后又遭霸主入侵，被临时灭掉。后来有大臣劝楚庄王，说他这么做天下诸侯不饶他。庄王没办法，就从陈国各州里取了一些老百姓，建了一个新地方，以表纪念。夏姬也没死，被带到了楚国。在灭陈的过程中，她和楚国的君臣都见了面。结果，楚庄王一看这个女子就喜欢，就想娶。有一个楚国大臣申公巫臣说因为这个女人死了好几个男人，现在又亡了国，如果庄王娶她，国家一定会遭受灾难。

楚庄王这个人不愧为英雄好汉，就断绝了念头。当时，楚庄王手下还有两个大臣，一个叫子反，一个叫子重。两人也都想娶夏姬，可申公巫臣说娶了她就一定短命，他们一听就放弃了：算了，还是命重要，也没娶。

若干年以后，申公巫臣跟着夏姬一块跑了。子重、子反一看：你不让我们娶，原来是留给自己的！他们找不到申公巫臣和夏姬，非常生气，就开始杀申公巫臣的亲属，杀了不少人。申公巫臣知道后，发了一个毒誓，要让子重、子反他们不得好。他找到了晋国，挑唆晋国和楚国开战，指使晋国在楚国后面培植敌人，那就是吴国。晋国采纳了这个策略，派军事专家到吴国去，结果吴国迅速崛起，给楚国造成无限的麻烦。最后，子重死于心脏病，就和总是去应付吴国的事情有关。楚国人见晋国培植吴国，也培植了一个吴国的敌对势力——越国。这样，中国历史的重心、诸侯争霸的中心开始从中原转向了东南。所以，吴越争霸说起来和夏姬这个女人有关。《左传》是这么记载的，我们也可以视之为一个巧妙的历史修辞，但是这个女人对历史产生了相当大的作用，还是不可小觑的。这很有意思，《诗经》里有一些诗篇的根系扎得很深，牵连着很多历史问题。

实际上，关于夏姬的传说，段子的成分不小。一个女子，她的儿子都能拿箭射人了，那么她的年岁已经相当大了，但是还那么有杀伤力。真实的情况到底是不是这样呢？我们可以有必要的疑问。但是，这是一段很好的文学。虽然陈国不是一个周礼氛围很浓郁的国家，但是对于这种事情，大家还是侧目而视的。

《秦风·黄鸟》：有一种历史，是黑洞洞的墓葬

《诗经》里有些风俗在我们今天看来是令人毛骨悚然的，比如"杀殉"，即将人杀死后殉葬。《秦风·黄鸟》记录了这一风俗。

交交黄鸟，止于棘(jí)。谁从穆公？子车奄息(yān)。维此奄息，百夫之特。临其穴(zhuì)，惴惴(lì)其栗(jiān)。彼苍者天，歼我良人！如可赎分，人百其身。

交交黄鸟，止于桑。谁从穆公？子车仲行(xíng)。维此仲行，百夫之防。临其穴，惴惴其栗。彼苍者天，歼我良人！如可赎分，人百其身。

交交黄鸟，止于楚。谁从穆公？子车鍼虎(qián)。维此鍼虎，百夫之御。临其穴，惴惴其栗。彼苍者天，歼我良人！如可赎分，人百其身。

秦人的来历及迁移历史

这首诗里的秦人是一个后进的人群，它的来历在今天还有争议。据《史记》记载，秦也是东方人群，祖先叫伯益，曾经辅佐大禹治水，后来保存了下来。他们的内部曾经产生分歧，之后其中一支逐渐到了西部。后来，蜚廉和恶来这两个人助纣为虐，在历史上站错了队，与周人为敌。武王克商以后，就有一群秦人被流放到西陲，大概就在今天的陕甘一带。而秦有段时间在赵，赵在今天山西。"韩赵魏"里的"赵"和秦人是同源的，今天在山西也有赵城。但是秦和赵后来打得也很厉害，最终赵国被秦国消灭了。

秦人有可能在向西部迁移的过程中，逐渐失去了中原的一些特征，慢慢变成西戎、戎狄。在陕西以西这一带，发现了很多古代文化遗址，表明在商周时期或者之前，这个地区人群混杂，有很多戎狄，比如猃狁，也就是后来的西戎。依照《史记》的说法，秦人在向西部迁移的过程中，沾染了大量戎狄之俗。我们看到，有些兵马俑的发辫是歪着梳的。著名先秦史学家斯维至先生在一本书里就曾经谈到，有些秦兵马俑的服装和藏区的服装高度相似。

秦的发展有一个过程。据说周穆王喜欢战车，他有一个负责车马的官员造父，这个"造"与"赵"读音接近，很可能就是"赵父"，是秦人的祖先。到了西周宣王时期，曾经有一个秦人带领兄弟几个人帮着周人打猃狁，后来战死。在西周中期再偏晚的周孝王时期，秦国有个族群领袖秦非子给周人养马，地位不算高，但是总算在王朝中有了身份。西周晚期有个出土器物叫"不其簋"，有学者说"不其"就是秦人的领袖秦庄公。后来西周崩溃、平王东迁，对秦国而言是一个大发展的机会。秦人这个时候帮助周王室，护驾有功。

在这样一个情形下，周平王就开了一个大大的支票，说岐山以西，只要秦人打下来就归他们！岐山一带是周家的发祥地、祖庙所在，那一片地方，要归还周王室。秦人的创造性就在这样一种许诺之下被激发出来了。秦用了两三代人的时间，就把今陕西境内和甘肃东南部分的戎狄打跑了不少。然后，他们开始来到周家的腹地狩猎，到了渭水两岸黄河以西。在历史大变动的时代，他们得了机会，这有点儿像后来的鲜卑人群。后来到了春秋战国时期，秦人又向中原挺进。追寻这种渊源，有一个由西向东发展的过程。考古在甘肃礼县发现过比较早的秦都城，慢慢地秦人沿着渭水流域向东迁移。到了秦穆公时期开始了争霸。春秋有五个霸主，其中一个就是秦穆公。历史上著名的"崤之战"，就是秦晋争霸赛中一场决定性的战役。

当时，争霸必须到中原来，那才是最荣耀的。可是，秦要向中原挺进，首先面临着一堵墙，那就是强大的晋国，而秦穆公时期，又正好是晋文公重耳争霸的时候，这堵墙就跳不过去。

所以，后来的"崤之战"是秦人隔山跳海地穿越周人的都城，从洛阳北边派了一支人马，趁着晋文公死、晋国人发丧，也没有通知人家，就穿越了晋国的领土，去偷袭郑国。这场袭击郑国的战役最终没有得逞，他们在向回撤的时候被晋国人联合山地之民在崤一带打了一个口袋战、伏击战。古书《公羊传》记载这场战争说"匹马只轮不返"，一匹马、一个轮子都没有返回去，三个主帅被抓住。好在有"秦晋之好"——当时秦国有个姑奶奶嫁到晋国去，就进言劝晋君说秦国恨不得吃这三个主帅的肉，不如干脆放掉。可三个主帅被放回以后，秦穆公下了诏书，把责任全部揽下来了，然后重用其中的孟明视。孟明视后来又接连打败仗，但穆公还是任用他，用人不疑。秦穆公在青壮年、盛年时期，是个非常英明的君主，但是老了之后，却糊里糊涂。他死了以后，人们就遵遗嘱杀了能征惯战的兄弟三人给他殉葬。这个事情就跟秦地风俗有关了。

痛惜"三良"，并不是反杀殉恶俗

秦穆公跟子车氏三兄弟一块喝酒，喝多了，就说咱们活得这么快活，以后也一块死。结果后来秦穆公一死，这三兄弟也不知道是自己认真的，还是被认真，就被活埋了。按朱熹的说法是活埋的，也有人说是杀死后埋的。

诗人就感慨这个事情。三兄弟被杀，其实同时还有一百多人殉葬，但诗人并没有同情那些人，从这儿就可以看到秦的风俗对生命的漠视。重然诺，超过了对生命本身的重视，是秦文化的一个非常显著的特征。一直到今天，秦文化仍然有一种特征，当然不像过去那么轻视生命，但是只要听一听秦腔，好家伙，那一唱起来真是超脱生死，慷慨激昂。在《秦风·车邻》里就有慷慨悲歌的场面。这个人群能征善战，本来生活在西北的黄天厚土之间，后来他们统一天下了，我们还能从这种拿命不当回事的风俗中，看出个子午卯酉来。有学者就发现，研究兵马俑可以给我们带来很多消息，有些秦国人的头盔是很薄的，甚至不戴头盔，为了战争方便。可见，这是一个舍生忘死的族群。

大家读《秦风·无衣》："岂曰无衣？与子同袍。王于兴师，修我戈矛，与子同仇！"当秦国人唱这种诗的时候，郑国一带的中原人在唱什么——"子惠思我，褰裳涉溱。子不我思，岂无他人？狂童之狂也且！"（《郑风·褰裳》）这两者是完全不同的。这种边地风俗，跟东方的那种讲究爱情、男欢女爱差异非常大。

"三良"，一共哥仨，子车氏，老大叫奄息。诗的开头说"交交黄鸟，止于棘。谁从穆公？子车奄息"。黄鸟在《诗经》里出现过几次，有学者试图总结它的出现代表什么，但是我们看不出来。比如《周南·葛覃》里有"葛之覃兮，施于中谷，维叶萋萋。黄鸟于飞，集于灌木，其鸣喈喈"，讲女儿出嫁之前，看到葛慢慢蔓延，茂盛的绿色的葛藤间，黄鸟在那儿飞，黄和绿搭配很漂亮；《小雅·黄鸟》里有"黄鸟黄鸟，无集于榖，无啄我粟"，黄鸟可能跟家有关。此处的"交交黄鸟"，是说黄鸟叫得很凄凉；"止于棘"，"棘"就是酸枣树。这并不是一个很好的象征，一只鸟在酸枣树上落着，是不太吉祥的。"谁从穆公"，穆公死了，有了谥号，谁跟从他呢？"子车奄息"，说是那个老大——奄息。他是"百夫之特"，什么意思？就是有百夫之勇，是百里挑一的杰出人才，"特"就是杰出的意思。"临其穴，惴惴其栗"，有两种解释。一种是我们看到了黑洞洞的墓穴，是奄息要从葬了，我们惴惴战栗。还有一种，朱熹说是写奄息被活埋到墓穴里的时候，战战兢兢的。然后诗人就说"彼苍者天，歼我良人"，这是老天爷害我们的好人；"如可赎兮，人百其身"，我们如果可以去赎回他，死一百次也不觉得可惜。

"交交黄鸟，止于桑"，这个桑树的"桑"和丧葬的"丧"谐音。"谁从穆公？子车仲行。维此仲行，百夫之防"，"仲行"是老二，

黃鳥于飛

傳黃鳥摶黍也集傳黃
鳥鸝也○黃鳥鶯即黃
鸝一名摶黍一名倉庚
一名商倉一名鵹黃一
名鸝鶴一名楚雀一名
黃袍一名金衣公子吾
國黃鳥希見南海山中
有之大于紫窩密頭背
黃綠腹淡白有眉黑色
國中古來通以報春代
充黃鳥取其音圓活亦
可賞

《秦风·黄鸟》：有一种历史，是黑洞洞的墓葬

"防"就是防范;说仲行一个人能抵挡一百个人。下面的句子就和第一章相同了。接着第三章,从整体句式看,还是前两章的叠唱。其中"子车鍼虎",鍼虎就是老三;"百夫之御","御"就是相当、比得上。就这样,这三章把哥仨都交代出来了,表达了对三良的痛惜。

据《左传·文公六年》记载:"秦伯任好卒,以子车氏之三奄息、仲行、鍼虎为殉,皆秦之良也。国人哀之,为之赋《黄鸟》。"这里的"秦伯"就是指秦穆公,他叫任好。这是《诗经》里很难得的有明确史籍记载的作品,写得很悲摧。

对秦国的这种人道精神,我们不必过度解释。现代人研究这首诗,有的人一厢情愿地说,这是反杀殉的宣言,是人的发现。这就夸张了。为什么?因为当时文献记载,穆公的从死者一共有177个人,177个人加这三个就是180个。如果诗真是反杀殉的话,那另外177个人不是命吗?为什么只字不提呢?而且诗人赞美三良是"百夫之防",能打仗能杀敌,实际上是在痛悼秦国失去爪牙。另外,《光明日报》1980年4月报道,在秦景公的墓葬里也发掘出180副殉葬的尸骨,两次杀殉相隔七十多年。如果秦穆公时的诗人反对杀殉的话,这种现象后来应该停止了,景公墓葬里不会再有殉葬者。但真实的情况是,秦国的墓葬里,若干年以后依然白骨森森。这种风俗使我们联想到,秦国人似乎跟商朝人有关系,因为商朝最大的一次杀殉就是在武官村,也有三百多人。所以,这种风俗实际上就是秦人的一种蛮昧,对生命的不在意。

比较可笑的是《左传》在写这件事以后,就说:"君子曰:'秦穆之不为盟主也,宜哉!死而弃民……'"说秦穆公让这些人给他殉葬,从这件事情来看,他始终没有称霸、被晋国人挡住也是应该的。

然后又来了一句:"君子是以知秦之不复东征也!"说由此可以知道秦国人再也不能东征了。因为《左传》成书比较早,它的作者无法了解到,实际上后来正是不在意生命的、能征惯战的秦国人把东方收拾了。

所以,读这种诗真是令人感慨。朱熹在解释《诗经》时也说:"呜呼,俗之敝也久矣!其后始皇之葬,后宫皆令从死,工匠生闭墓中,尚何怪哉!"说这种风俗在秦国是很早就有了,后来埋葬秦始皇的时候,后宫的大老婆、小老婆、使唤丫头都被命令从死,工匠们都活着被埋在了墓中,又有什么奇怪的?这就是历史。有一种历史,就是黑洞洞的墓葬。

《小雅·出车》：战争，从未让女人走开

我出我车，于彼牧矣。自天子所，谓我来矣。召彼仆夫，谓之载矣。王事多难，维其棘矣。

我出我车，于彼郊矣。设此旐矣，建彼旄矣。彼旟旐斯，胡不旆旆！忧心悄悄，仆夫况瘁。

王命南仲，往城于方。出车彭彭，旂旐央央。天子命我，城彼朔方。赫赫南仲，玁狁于襄。

昔我往矣，黍稷方华。今我来思，雨雪载涂。王事多难，不遑启居。岂不怀归？畏此简书。

喓喓草虫，趯趯阜螽。未见君子，忧心忡忡。既见君子，我心则降。赫赫南仲，薄伐西戎。

春日迟迟，卉木萋萋。仓庚喈喈，采蘩祁祁。执讯获丑，薄言还归。赫赫南仲，玁狁于夷。

"仆夫况瘁"的悲悯

在前一册讲《采薇》时说过，作为礼乐的战争诗篇，往往站在普通士卒及其家人的角度表现全社会对战争的态度。《小雅·出车》也是一首与战争有关的诗篇，它的名字就来自诗的第一句"我出我车"。

"我出我车，于彼牧矣"，"我"指车驾的主人，也就是战役的参加者。从哪驾车呢？"于"就是从、自。从"牧"，指城郊以外的地方。西周实行分封制，在诸侯采地的中心往往有城邑，或者是国都所在，或者是宗庙所在，其中居住着被分封的贵族及其人民。城邑之外有一片郊区，就是诗中提到的"牧"，平时用来养马，战时由此出发拱卫王室。《荀子·大略》记载："天子召诸侯，诸侯辇舆就马，礼也"，天子召唤，诸侯要把车拉到马那儿去，这是符合礼节的。所以，诗的第二句就说"自天子所，谓我来矣"。"所"就是处所，这句说从周天子那里发出了命令，召唤"我"前去参战。于是"召彼仆夫，谓之载矣"，"我"便召唤士卒们，开始配置战车上的各种设备，弓箭、旗帜、戈等。"载"在这儿不是结构词，而是动词，装载、配备的意思。"王事多难，维其棘矣"，王朝现在已经进入了战争状态，情势非常危急。"维"是结构词，"棘"通"急"，《采薇》篇中有"狁孔棘"，也是这个意思。诗一开篇就写了战事紧急，从"仆夫"可以判断，诗中的"我"地位不低，因为他有下属的士卒。

"我出我车，于彼郊矣。""郊"与"牧"是同一个地方。相比于第一章的"载"，第二章对车上装备的描述更为具体："设此旐矣，建彼旄矣。彼旟旐斯，胡不旆旆！""旐"是军旅狩猎或打仗时用来召集属下以及士卒的，旗幅比较狭长，按照传统的说法上面还绘有龟蛇图案。"建"指树立，"旄"是指挥士卒作战时所用的五彩羽毛做的旗帜。总而言之，这是一辆用以指挥的战车。"旟"是上面画有鹰隼等凶猛鸟类的旗帜，与"旐""旄"有着相同的作用。"旆旆"形容旗帜飘扬的样子。因为战事未定，前景未知，所以参与作战的士卒们都是忧心忡忡的。"忧心悄悄，仆夫况瘁"。其中的"悄悄"和"况瘁"都是指憔悴的样子。

前两章描写的是战前准备，接下来描写的是战争场景。是谁主导了这场战争呢？第三章出现了主帅的名字——南仲。此人是周宣王时期的大臣，他的名字出现在两篇青铜器铭文里。这两件青铜器，一个是驹父盨盖，另一个是无㠱鼎。驹父是人名。盨是一种像托盘一样的用来盛食物的礼器，由簋的形制发展而来。驹父盨是西周中晚期的器物，在它的盖子上的铭文中出现了南仲。无㠱鼎也是西周晚期器物。我们现在把㠱读作 huì，是一种无奈的做法。它就是"惠"字的上半部分，在金文里可能未必读这个音，但是不会相差太远。无㠱是一个人，这个鼎里边也出现了南仲，而且说南仲是宣王朝的司徒，有点儿像宰相。所以，他作为主帅还是可以的，因为在古代文臣武将划分得并不是很清楚。"王命南仲，往城于方"，"城"就是筑城，"方"是当时的方国名称。按照郭沫若《中国古代史研究》中的观点，"方"的地理位置大致在今天的山西北部，或者包头附近。"出车彭彭，旂旐央央"，"彭彭"指马盛壮的样子。"旂"也是旗帜的一种，通常用来表示车上人的身份，用布帛做正幅，上面画有双龙，旗杆顶端有铃铛，在贵族朝觐、军礼、狩猎的时候经常会用到。在这里指的是主将的旗帜。"央央"指鲜明的样子。"天子命我，城彼朔方",汉代有地名叫"朔方",但与诗中的朔方是不是同一地点尚未可知。这里的朔方极有可能是上文"往城于方"中的"方",而"朔"指的是北方。"赫赫南仲,玁狁于襄","襄"通"攘",意为"消除"。诗中的"我"跟随南仲离家作战,这次战争的重点是打击玁狁,消除外患。

"昔我往矣,黍稷方华。今我来思,雨雪载涂",当初"我"离开的时候黍稷刚刚开花,正是春夏相交,而当"我"归来时已是雨雪满路的冬季。"涂"字通途。"王事多难,不遑启居",因为国家处在危急之中,所以我们不能安居。"岂不怀归?畏此简书","我"怎么会不想回家,只是畏惧天子的诏令。"简书"就是写在简册上的诏令。西周时期,国家有危难时要向分封的诸侯们下达拱卫王室的诏书,作用相当于后世的虎符,可以调发各地的兵马。对西周贵族来说,接受天子册封的同时也就承担了守卫天子的责任。齐桓公争霸前期,北狄从太行山一带入侵邢国,即今天的河北邢台一带。邢国的诸侯是周天子的庶子,被北狄围困后向齐国发出求救文书。当时的齐国正在进行改革,兵强马壮,齐桓公就此事询问管仲的意见,管仲便提到了"畏此简书"。虽然邢国与齐国并不是君臣关系,但兄弟之国有难不可不帮,否则我们的华夏民族将不复存在,即所谓"戎狄豺狼,不可厌也。诸夏亲昵,不可弃也"。天子有难,诸侯出兵勤王,这是天经地义的;兄弟之国有难,出兵相救,也是大义。

国家典礼上的一出歌剧

以上四章的内容都是由男子吟唱的,而接下来的第五章,吟唱的主角变成了女性。这也是这首诗的奇特之处。"喓喓草虫,趯趯阜螽。未见君子,忧心忡忡。既见君子,我心则降。赫赫南仲,薄伐西戎。""赫赫南仲,薄伐西戎"讲的是本诗的创作背景,值得注意的是前面几句。前几句诗亦见于《召南·草虫》,只是个别字句略有差异。"喓喓"是草虫鸣叫的声音,"趯趯"是"跳跃貌","阜螽"是蝗虫。《草虫》是一首思妇诗,讲男子在外作战,女子在家思念在外的征夫。由此可以判断,这是以女子口吻来表达的情感,而"未见君子,忧心忡忡。既见君子,我心则降"则呼应了这种情感。见不到丈夫心中万般焦急,而见到他之后心中一块石头方落了地。

在此处,形成了一个男女对唱的格局。如果单纯地把《出车》看作李白、杜甫诗歌一样的作品,这种现象就不足为奇。但如果作为王朝的礼乐,我们就可以还原出一个场景。在庆功的典礼上出现了男女对唱的表演形式,以此来表达对战士的慰问和体恤。就像宴饮上的《鹿鸣》《四牡》《皇皇者华》一样,诗不仅仅是诗人的作品,更是典礼的一部分。有了这样的场景,诗的意味就显得有些不同。战争是男人的事情,为什么要把女人拉进来?后世高适的《燕歌行》中有这样的句子:"少妇城南欲断肠,征人蓟北空回首。"高适的战争诗中往往会用这种对比的形式,男子在外征战思家的时候,女子也在后方思念远方的丈夫。这种格局实际上来自《诗经》。

这样做就是为了表达主题:战争绝不仅仅是男人的事。当一名战士在战场牺牲的时候,社会上可能有很多方面在流血。有人失去了丈夫，有人失去了儿子，有人失去了父亲，有人失去了兄弟，也有人失去了朋友。反战的主题进一步深化。我们判断这是一场男女对唱的表演，那么，在西周时期的典礼上真的有"女歌唱家"吗？从历史上看，商纣王时期有所谓"女乐"，在孔子的时代也有。《论语》中说："齐人归女乐，季桓子受之，三日不朝。孔子行。"但西周关于女乐的记载是缺乏的。根据殷商和春秋的情况推测，西周的典礼上应该是有女乐的。在这样一个隆重的典礼上出现了女歌手，代表全天下的女子表达她们的情绪。这种场景更像是一出歌剧。《出车》在艺术上并不像《采薇》那样漂亮，但它套用了《采薇》的模式。

诗的最后一章是"春日迟迟，卉木萋萋。仓庚喈喈，采蘩祁祁。执讯获丑，薄言还归。赫赫南仲，玁狁于夷。""春日迟迟""采蘩祁祁"在其他的诗篇中都曾见到过，"仓庚"是黄鹂鸟，"喈喈"是它的叫声。"讯"指战俘，而"丑"指的是战场上斩杀的头颅。这几句描写的是春天的景色，是战士从军中归来时的喜庆场面。经过艰苦的作战，终于将外敌赶走了。其中两句虽然显得有些血腥，但"执讯获丑"在《诗经》中出现过很多次，已经成为一个固定的结构。在小盂鼎的铭文中也可以看到。

唐代有两位著名的边塞诗人，一位是岑参，另一位是高适。岑参更像一个军旅作家，他诗中的光景，如果没有亲临西北、亲临战场是写不出来的。而高适却可以在书斋中就写出反战的情绪。因为从《诗经》到汉代，再到魏晋南北朝，厌战的传统一直都在。而战争，也从未真正让女人走开。

《小雅·鼓钟》：最早的军事安魂曲

在中国的诗篇中，很少能看到战神阿喀琉斯式的英雄，即便是那些歌颂战功的贵族诗篇中也很少有类似的描写。此外，对战争场景的描写也充满节制。《诗经》中很多战争诗都是站在一般民众的立场上，显示了高度的人道主义精神。比如《邶风·击鼓》，就是从一名战士的角度，通过描写战争的残酷、与妻子失约的糟糕心情来抒发对战争的厌恶之情。与此不同，《召南·殷其雷》是从家属的角度写的。这首诗是风诗情调。

殷其雷，在南山之阳。何斯违斯，莫敢或遑(huáng)。振振君子，归哉归哉！

殷(yīn)其雷，在南山之侧。何斯违斯，莫敢遑息。振振君子，归哉归哉！

殷其雷，在南山之下。何斯违斯？莫或遑处。振振君子，归哉归哉！

小民看战争

"殷其雷"就是殷殷然的雷声,"在南山之阳"的"阳"指山的南面。这里的"南山"应该是终南山。终南山的南边传来了殷殷的雷声,象征着南方发生了重大事变,不可小觑。这一看就是周人的感受,因为他们生活在陕西。"何斯违斯","何斯"指"何其",两个"斯"都是语词,"违"指"离别",多少人在离别啊,这是多么大的离别场景啊!有点儿"车辚辚,马萧萧,行人弓箭各在腰"的紧张态势。"莫敢或遑","遑"指闲暇。没有一个人敢有所怠慢,也就意味着不是一般的到南方去出差等事情。"莫敢"二字预示了严重性,很可能发生了战争,国家开始全民动员。接下来,"振振君子,归哉归哉!"这个"振振",《毛传》说意为"德厚也",这是将本诗做了另外的解释。实际上,和《诗经》中多处的常用方法一样,此处的"振振"指男子英武有为的样子。"君子"指外出的丈夫。"归哉归哉"就是"回来吧,回来吧"。

过去有学者将这首诗理解为思妇诗,讲女子听到南方响起了殷殷的雷声,担心出征在外的丈夫,期盼他能够早些回来。但是在上博简中发现的《孔子诗论》这样记载:"可斯雀(爵)之矣,离其所爱,必曰吾奚舍之,宾赠氏(是)也。"其中,"可斯"二字即"何斯违斯"四字的简写,也就代表《殷其雷》这首诗。而"雀"为"爵"的借字,"爵之"即临别敬酒,其感慨与"劝君更尽一杯酒"之意相同。在给所爱之人送别的时候,拿一爵酒,一定会说:"我怎么舍得呢?"这在宾赠诗中常常出现。

如此一来,这便不是一首思妇诗了,而是赠别诗。丈夫还没离开,妻子就说"归哉归哉",期盼他能够平平安安地回来,而不是嘱咐他在战场上奋勇杀敌、建功立业,由此就可以看出周人对待战争的态度了。这是正常、理性的人情。因为只有生命是最珍贵的。军情下来了,有资格参战的人都要去。但打仗不是为了活着吗?过去认为这些诗都是采自民间,但与其说采自民间,倒不如说是表达了一种民间的情绪。诗属于礼乐系统,在家和国之间出现矛盾的时候,用来缓解不能两全的矛盾,安抚民众的情绪。这体现了礼乐的特征,它所追求的是一种和谐。

第二章的主旨与第一章相同,"息"指停歇,说在这一时刻没有人敢怠慢,没有人感到事不关己。第三章出现了"遑处","处"指安居。根据金文的字形,"处"字很像一个人坐在床上的姿势。在《小雅·采薇》中有"不遑启处","启"是跪坐,"处"应该是臀部着地的坐姿,"启处"合成一个词,指安居、安享和平。

这首诗从家属的角度来写,可见礼乐的角度变化多端。另外,它的情感是接地气的,接着一般小民的。南方发生了战争,国家在调兵,但没有鼓动人心,没有鼓吹英雄主义。周代总是把战争放在消极的位置上。这层意思,是《诗经》里的一个基本逻辑。我们说《诗经》是现实主义作品,它的现实就体现在这些地方。这对统治者,尤其是穷兵黩武分子,是一种忠告。

战争中的人本精神

接下来我们看另一首诗——《小雅·鼓钟》,鼓钟就是敲钟。它并不是典型的战争诗,但却与战争有关,是用来安顿战争中阵亡将士的灵魂的,也可以说是中国最早的军事安魂曲。它在格调上和风诗很像。

鼓钟将(qiāng)将,淮水汤(shāng)汤,忧心且伤。淑人君子,怀允不忘。

鼓钟喈(jiē)喈,淮水湝(jiē)湝,忧心且悲。淑人君子,其德不回。

鼓钟伐鼛(gāo),淮有三洲,忧心且妯(chōu)。淑人君子,其德不犹(yóu)。

鼓钟钦(qīn)钦,鼓瑟鼓琴,笙磬(qìng)同音。以雅以南,以籥(yuè)不僭(jiàn)。

"鼓钟将将,淮水汤汤,忧心且伤","鼓"在此处是动词"敲击","鼓钟"就是敲打钟。钟鼓之乐在周礼中属于"金奏",在周王举行隆重的典礼时用。"将将"就是"锵锵",指鼓声。"汤汤"指"浩荡地流淌"。"忧心且伤"就是指伤心、忧心。为什么忧心呢?"淑人君子,怀允不忘","怀"指怀念,"允"指"实在的"。注意,这里的"淑人君子"不是指男和女,就是指君子,"淑人"就是"善人"。在现代,用"淑"字取名字的女性比较多,这是后起的变化,在《诗经》时代,"淑人"大多指男性。诗歌的第一章就显现出一种忧伤的调子。周人在淮水边鼓钟,怀念逝去的人们。这是在干什么?接着看下边。

"鼓钟喈喈，淮水湝湝，忧心且悲"，"喈"指鼓声有点儿哽咽，"湝"指哗啦啦的流水声，"忧心且悲"就是悲伤。"淑人君子，其德不回"，"不回"指"不邪"、正。"回"在古代汉语里有偏斜的意思。

接着，"鼓钟伐鼛，淮有三洲，忧心且妯"。"伐"指敲击，"鼛"是一种大鼓，《大雅·绵》中有"鼛鼓弗胜"，在大场面劳动中调动大众要敲大鼓。"淮有三洲"，淮水上有三个小沙洲。清代学者陈奂是研究《诗经》的大家，著有《毛诗传疏》。他认为此处位于淮水和颍水的交界处，在今安徽寿县。可备一说。"妯"指悲伤。"淑人君子，其德不犹"，"犹"指如、若，"不犹"指"他人比不上"，不同寻常。

"鼓钟钦钦，鼓瑟鼓琴，笙磬同音"，"钦钦"也是形容钟声。这句说琴、瑟、笙、磬同时演奏。"以雅以南，以籥不僭"，"雅"指中原音乐，当时中原音乐是给四方音乐起典范作用的。在古汉语中，"雅"有正、标准的意思。在有些文本中"雅"通"夏"，即夏王朝。雅乐实际上来自夏人故地，即今河南洛阳一带，也包括陕西、山西的一部分。"南"是指南方的音乐。有学者认为《周南》《召南》就是周王朝自北而南发展时所吸收的南方音乐。"以雅以南"就是说在淮水边所演奏的既有北方的雅乐，也有南方的土乐。"籥"是一种竹制的三孔乐器，古人拿着它边吹奏边跳舞。"僭"是"乱"的意思，如果大臣用了君主的礼节，古人就称为"僭越"。在这首诗中"僭"指"不按次第"。雅乐、南乐按照次序来，一丝不乱。

过去读这首诗，我们并不太清楚它所讲的是什么。根据《毛传》的观点，它是"刺幽王"的。但幽王在淮水一带的活动，文献中并没有记载。于是，又有人认为这首诗说的是周幽王在太室山一带的活动，但这也没有确切的文献记载。而且从地理位置上看，太室山离淮水尚有一段距离。

汉代经学家郑玄在注释纬书的过程中透露出这样一个信息："昭王时，《鼓钟》之诗所为作者。"也就是说《鼓钟》这首诗创作于周昭王时期。清代王先谦在《诗三家义集疏》中也写到昭王南巡，由淮水进入汉水。但昭王时作这首诗为什么就"忧心且悲"，还要"以雅以南"呢？还是很难解释清楚。日本学者白川静在《诗经研究》中说："《鼓钟》可能也是挽歌。……也许是行临淮水葬人的诗歌。"但他并没有讲清楚这首挽歌的背景。

周昭王是西周早期的王，武王、成王、康王之后就是昭王，他实际的统治时间是二十年。根据文献记载，在昭王在位第十五年的时候曾经对淮水一带的人群进行长期的征伐，死了很多人。当我们把《鼓钟》放到这样的背景之下，就能够明白，这首诗是唱给那些阵亡的将士的。

因为诗是唱给死者的，死者来自中原，是王朝的战士，所以要用雅乐。但他们又阵亡于南方，在南方做了鬼，尸体都运不回去了，所以要用南乐来为他们安魂。由此我们便能看出诗的性质，它是礼乐的诗篇，是对阵亡将士的哀悼。它唱给那些为国捐躯的人，称他们为"淑人君子"，并且"永志不忘"。这比那些贵族诗篇宣扬自己的显赫战功更富于人道精神。

周人重视农耕，安土重迁，不喜欢对外扩张，人民对于战争一直是消极的态度。而王朝发展依靠的正是普通人，如果王朝需要调动可以利用的精神资源去应付战争，就要从人民的心理入手，去体恤他们。

《鼓钟》这首诗是王朝安顿死者亡灵的安魂曲,它的格调是忧伤哀婉的。理解了这点,就能体会到诗篇的动人之处。

《周南·麟之趾》：检阅亲兵卫队的军歌

麟之趾，振振公子，于嗟麟兮。
麟之定，振振公姓，于嗟麟兮。
麟之角，振振公族，于嗟麟兮。

（lín；xū jiē）

诸侯公子的赞美诗

根据一些金文材料，我们认为这首诗是检阅亲兵卫队的军歌。这和过去一些学者的看法不一样。

"麟"就是麒麟，是古人想象的一种吉祥神兽。周代青铜器里就有这种形象。程派京剧里有个《锁麟囊》，麟是男孩的象征，看起来由来已久了。诗中这个"麟"是用来赞美周家亲兵的男儿们，近卫军都是青年子弟。"麟之趾"的"趾"就是脚趾头，这有点儿从头夸到脚的意思。麟之趾，就是说麟长得好。"振振公子"，《召南·殷其雷》里讲"振振",都是英武貌,是对军人的一种赞美。如果按照传统的说法,振振是厚道的意思,但只有《毛传》这样解释。《尔雅·释天》里有"振旅阗阗。出为治兵,尚威武也,入为振旅,反尊卑也"。关于"振"字它是这样用的,所以"振"是形容英武的样子。公子是什么?人们常说公子王孙,出身高贵。他们是比王子略低的高级贵族。"于嗟"是感叹,屈原的作品中就有"吁嗟默默兮,谁知吾之廉贞"这样的句子。诗在这里感叹:麟啊,你们是国家的祥瑞呀。

第二章,"麟之定"的定是额头。"公姓"指贵族姓。最后一句是感慨。第三章意思相近,"麟之角"是赞美麟的角。"公族"指同祖同姓贵族。

对于这首诗的传统解释,是周家德厚,像麒麟。我们之所以把它解释为军歌是根据一个器物。学术嘛,总是根据材料来做判断。北宋时期,在湖北孝感出土了多件器物,有鼎、甗、觯等,习称"安州六器"。其中,有一个中觯的器身和器盖上,有一段相同的文字:"王大省公族,于庚振旅"。关于这段铭文,我采取老前辈唐兰先生的解释,他是王国维的学生,在文字方面很有造诣。我们看书、讲古文字学的内容,如果他写过文章,都要看一看,因为比现在很多人的解释要牢靠。唐兰先生引用《小雅·采芑》的"振旅阗阗",说"振旅"与军事有关。联系上段引《尔雅》中的"振旅阗阗。出为治兵,尚威武也,入为振旅,反尊卑也"可以看出,出兵要振旅阗阗,举行军礼,因为要弘扬武威。战争结束后,奏凯了,这时候还要振旅,"反尊卑",就是大家回到平时状态去,和战争状况不一样了。军队里,有一些下级军官可能是上级军官的长辈,在战争中他们必

麟之趾

集傳麟麐身牛尾馬蹄毛蟲之長也

《周南·麟之趾》：检阅亲兵卫队的军歌

须听军官的，因为军人以服从命令为天职，但是回到平时状态就不能再那样了。这就是说，王大省公族，就是检阅。

之前一些学者不认可这个解释，主要是因为中觯铭文的"振"字和在别处的写法稍有不同。另外，可能还与"于庚振旅"的"庚"字不得其解有关。这个"庚"字，唐兰先生没解释，有的学者就把"于庚振旅"连起来，解作"在庚□的旅次"（"□"代表不认识的字），这样的话，振旅就不再是军队振旅，旅就是旅舍、旅馆，暂时居住的地方。这就去史实很远了。实际上，这个"庚"就是大道的意思。天干里就有庚。庚是大道，在《左传》中出现过，成公十八年说"以塞夷庚"，就是把夷庚这条道路给塞起来了，打仗用。杨伯峻先生引清代洪亮吉一个说法，就说庚与远通，远指道路。夷庚，可以解释为专有名词，也可以解释为平坦的大道。这可以理解。军队在前方打仗，要检阅军队，不可能跑到小旮旯里面，所以要找一条大道。于庚振旅，就是非常合理的了。如果说"在庚□的旅次"，就太迂曲了。

安州六器是昭王时期的作品。周昭王曾对南方一带的所谓淮夷用兵。这个淮夷，在淮水一畔，又叫荆楚，但不是指后来的楚国，而是指一个长满了荆棘和树丛的地方、荒蛮之地。甲骨文里的楚，并不代表楚国。楚国在西周时期被封在今天的湖南、湖北交界一带，汉水旁边，封国很小，还没有成为周家的大敌。后来随着天下太平，他们就沿着汉水往下走，往长江一带发展，到了湖北一带。楚国人很倔，他们总对周人的使者说："我们是夷狄，当初封建的时候，你们不大瞧得起我们，给我们不到一个县的地方。于是，我们的先祖筚路蓝缕，以启山林，自己开出来了这块土地。"后来，周人在南方一直打击淮水一带的"夷",打来打去,直到西周衰落,实际上给楚国崛起创造了条件。到了西周后期,楚国人趋势而起,开始向北发展。一进入两周之际,西周崩溃,东周还乱纷纷的,南阳盆地这一带就已经属于楚国了。然后他们就在南阳盆地北端修长城、修方城。干什么呢?向北进攻,因为当时中原文化在北方。这是谈一点儿历史。

回到诗歌,昭王不断地打击淮水一带的南夷,最终他死在这个战事中。从形状和字体看,安州六器都属于西周早期,但是不会太早,不会是武王、成王,也不会是康王时期,应该是昭穆之际。后来穆王也对南方打仗,但是那个时期的器物花纹变了,文字篇幅长了。所以,安州六器应该是昭王时期的。这让我们想起,战争中是有这种仪式的,仪式上唱军歌是再自然不过了。这是诗的要点之一。

最早的军事歌曲之一

另外,诗中说的公族、公姓、公子,到底是什么人呢?在《左传》中有这样一个材料,说"楚之良,在其中军王族而已"。说楚国军队最精良的那部分在中军。古代的军队分三军:上军、中军、下军,中军往往就是王所在的地方,他身边的卫队、直属部队往往就是王家的青年子弟们,正所谓"打仗亲兄弟,上阵父子兵"。周穆王时期的《班簋》显示,当年毛父东征,就由他的亲族名为遣(即器物主人,也就是铭文中的班,遣和班是名和字的关系)组成卫队跟随。这个班簋记载的不是毛父,也不是周王,而是班在这场战争中的表现。这里边,周王就说:你要组成卫队,"从父征,乃城卫父身"。城卫就是捍卫,说班的责任就是守护在毛父的身边,负责他的安全。也就是说,《左传》记载的情况,就是周家许久以来的情况。

所以,我们把这首诗根据金文解读,就会豁然开朗。它是一首军事行动方面的歌曲,赞美军队里面亲族卫队的贵族子弟们。从公族、公姓来说,他们起码是负责捍卫诸侯的,也有可能是捍卫周王的,前者的可能性更大一些。后来编诗的时候,就把它放到风诗里,因为公子们来自诸侯,这可以理解,但是赞美的口吻是发自周王。

西周战争诗篇的军事歌声多种多样。这首诗三章,趾、子押韵,定、姓押韵,角、族押韵(在古代角和族都是入声字,属于一个韵部)。而"振振公子""振振公姓"和《兔罝》里的"肃肃兔罝,椓之丁丁""赳赳武夫,公侯干城"等一样,读起来非常爽快,是一种既豪迈又干练的风调。这是这些诗可贵的地方。至于诗的创作时间,还说不定,大致是在昭王到穆王时期,当然也可能是在西周晚期,因为晚期周王对诸侯军队的依赖更多,所以对他们要投入热情,赞美他们。可以肯定的是,它是中国最早的军事歌曲之一,是赞美军人的英雄气概的。

《小雅·六月》：战争诗中的历史新动向

六月栖栖，戎车既饬。四牡骙骙，载是常服。狁
孔炽，我是用急。王于出征，以匡王国。
比物四骊，闲之维则。维此六月，既成我服。我服既
成，于三十里。王于出征，以佐天子。
四牡修广，其大有颙。薄伐狁，以奏肤公。有严有
翼，共武之服。共武之服，以定王国。
狁匪茹，整居焦获。侵镐及方，至于泾阳。织文鸟
章，白旆央央。元戎十乘，以先启行。
戎车既安，如轾如轩。四牡既佶，既佶且闲。薄伐狁，
至于大原。文武吉甫，万邦为宪。
吉甫燕喜，既多受祉。来归自镐，我行永久。饮御诸
友，炰鳖脍鲤。侯谁在矣？张仲孝友。

宣王北伐，却不见宣王踪影

《诗经》是春秋时代贵族交流的二维码，诸侯在举行酒会的时候会用诗歌来表达某些特定的含义。晋文公重耳流亡至秦国的时候，秦穆公曾经用《诗经》对他进行过一次考验。

当时，还是晋国公子的重耳流亡十九年，最后一站到了秦国。在秦的某一天，秦国通知他们，要举办一次盛大的欢迎宴会。重耳的人知道，在这样的场合是要"赋诗"的。他的舅舅子犯自知"赋诗"是短板，于是对重耳说：明天我就歇了，还是让赵衰去吧。在第二天的宴会上，秦穆公"赋诗"选了一首《采菽》，讲的是诸侯朝见周天子时的情景。西周晚期周天子式微，而此时的秦国正兵强马壮。诗中有"君子来朝，何锡予之"一句，"君子"指诸侯，意思是说：诸侯们来朝拜，应该拿什么赏赐他们？秦穆公用此诗，是很明显地对重耳一行表示欢迎。赵衰一听，马上让重耳还礼，同时选了一首《河水》（学者认为，就是《小雅·沔水》）作为回应，诗中有"沔彼流水，朝宗于海"一句，意思就是：漫漫的河水，奔向大海。赵衰选这首诗以表达投靠之意。一来一往，秦穆公一看，对头，这几位主仆还有点意思，值得谈下去！于是继续赋诗。最后，秦穆公赋的诗是《小雅·六月》。赵衰一听，当时就明白了，兴奋地对重耳说："公子，赶紧下拜！"《六月》是一首表现周宣王北伐玁狁建功立业的诗，秦穆公选这首诗来唱，是在眉目传情：我要帮你建功立业！这时候，如果重耳一方犯糊涂，不明白对方赋诗的意思，秦穆公的美意和他给重耳的好机会，就很可能像一支没有中标的箭，飘过去了。这便是古人的赋诗言志。

《诗经》中的战争诗一部分是王朝的礼乐，另一部分是歌颂贵族功勋的。西周后期贵族势力占据上风，诗歌的创作也开始向他们倾斜。秦穆公所赋的《六月》，虽然写的是宣王北伐，却通篇不见宣王的踪影，显赫的是一个臣子。

诗的开头说"六月栖栖，戎车既饬"，"栖栖"在此意为惶惶不安。夏历的六月相当于现在的七八月份，正值夏季的时候边疆出了问题。一个"六月栖栖"，令人顿起紧张之感。作为北方少数民族的狎狁，通常是在秋冬季节才会向中原进犯，选择夏季进攻是因为当时的北方出现了持续的干旱。而江淮地区雨水丰沛，所以在西周后期成了王朝进取的一个重点。那么，狎狁也经常突破常规，选择在夏季进攻中原。"戎车"就是战车，"饬"意为整理，整顿。"四牡骙骙，载是常服"，"骙骙"指雄壮的样子，"常服"用以指代军人和武器。"狎狁孔炽，我是用急"，"炽"指势盛，因为狎狁来势汹汹，所以我方非常急迫地用兵。"王于出征，以匡王国"，"匡"意为匡正、捍卫，曹操的《短歌行》（不是今天常见的那一首）中就有"九合诸侯，一匡天下"。天子用兵是为了捍卫国家。民国学者林义光作《诗经通解》，认为"于"是"呼"的借字。古代"于""呼"二字可以通用，并且在金文中经常可见"王呼某"这样的句子。"王于出征"即为天子发布了出征的命令。

第二章，"比物四骊，闲之维则"，"比"指挑选，"物"的本义是马的毛色，如今我们仍有"物色"一词；"骊"指黑色的马匹。古人驾车要求美观，马的毛色需要统一，"比物"就是在挑选马匹。"闲"字本来有木栏的意思，在这里指教给马规矩。"闲之维则"指按照规矩训练四牡。"维此六月，既成我服"，服马是指车驾四匹马中的中间两匹。当我们按照规矩把马匹训练好时已经是六月了。"我服既成，于三十里"，训练好的马匹每天可以行军三十里，古代行军一日以三十里为限。"王于出征，以佐天子"，天子下令出征，我们要尽力辅佐。这话说得有点重复，因为天子就是王，不过关系也不大了。诗歌到这里，气氛逐渐缓和下来了，因为虽然此次猃狁是打破常规突然进攻，可我方也是早有准备的。

第三章的主要内容是夸赞自己的军马。"四牡修广，其大有颙"，"牡"是公马，"修"意为长，"广"指大，"颙"意为大头，形容马的雄壮。"薄伐猃狁，以奏肤公"，"薄伐"就是征伐，在《小雅·出车》中也有"薄伐西戎"。"奏"指成就，"肤公"指大功。"有严有翼，共武之服"，"严"指威严，"翼"是整齐、恭顺，也就是说我们的军马排列整齐，我们的军队严整有仪态。"共"是供职，"服"是事业。军人们恪尽职守，很好地供职于武装事业，所以国家才能安定无虞，也就是下边的"共武之服，以定王国"。

前三章先说了局势的紧张，然后夸赞我方的军马盛状，接着诗将视线转向了敌方。"猃狁匪茹，整居焦获"，"茹"指柔弱，也有人认为"茹"就是度，这两种解释都可以说得通，一种是说猃狁并不孱弱，另一种则认为猃狁毫无节制。"整居"就是征而据有，"整"就是征，两字可以通用。"焦获"是水泽名，在今天陕西泾阳县西北，属于泾水流域。泾水从甘肃和宁夏的交界地带发源，向东南流，沿着水边是一条通道，连接西安和西北地区。猃狁极有可能就是顺着这条通道发起进攻。"侵镐及方，至于泾阳"，"镐"是指镐京，"方"是丰京。在今天西安市西部有一条沣河，发源于终南山，流经今天的西安和咸阳交界处，最后流入渭河。此河的河东是镐京，河西就是丰京。丰是周文王所建的都城，镐是周武王所建，两地相隔不远，二十华里左右，坐着马车一天打一个来回没问题。实际上猃狁的进攻已经快到达国都了。这种突如其来的进攻在历史上绝非孤例。唐初国力较弱，突厥人可以在渭水北岸与唐军对峙，渭水南岸就是都城。虽然前三章说了我方做了充分的准备，但实际上，周王室在这场战争中所处的仍然是被动的位置，前面的那些也可以看成一种遮掩。"织文鸟章，白旆央央"，"织"指军中号令军容的旗帜，"文"指纹绣，"鸟章"指各类鸟隼的图案。"白旆"指旗帜后面所缀的白色飘带，"央央"指鲜明。"元戎十乘，以先启行"，"元戎"指将军坐的战车，上面有各种兵器。十辆战车在前方开路，战士们英勇冲锋。这几句是要展现周王朝强大的战斗力。

歌颂贵族功勋

"戎车既安，如轾如轩"，"安"就是安稳，"轾""轩"指战车行进时高高低低的样子。"四牡既佶，既佶且闲"，"佶"指雄壮，"闲"指协调、齐整，也就是说军马都训练有素。"薄伐猃狁，至于大原"，按照顾炎武《日知录》的记载，大原在今天宁夏固原一带。最近的考古发现，西周早期曾在这一带封过一个邦国，不过到西周中期，即比这首诗早的时候，就消失了。是亡了，还是迁走，还需考证，但王朝在这里失去了防卫的门户，却是可知的。接下来一句"文武吉甫，万邦为宪"是赞美，赞美"能文能武"的吉甫是万邦的楷模。"宪"就是楷模的意思。这是诗的重点，西周后期虽然宣王中兴，但

必河之鲤

实际上王室的势力范围是越来越小的。所以那时不仅是战争诗，其他作品中也出现了很多赞美大臣的诗篇。这也意味着西周王室彻底衰落，社会结构发生了根本的转变。

最后一章回到诗篇的创作，是在什么时候唱这个诗呢？在一次宴会上。"吉甫燕喜"的"燕"就是欢欢乐乐的宴会。"既多受祉"，"祉"就是福。这两句是倒装句，写吉甫战胜归来，受到了周天子的赏赐。"来归自镐，我行永久"，吉甫在出征很久之后，才从都城镐京返回自己的家。这个诗不是在镐京唱的，而是在尹吉甫家里。他可能是王朝直属地区的诸侯。离家的时间太长了，于是归来之后要"饮御诸友"，用美酒来宴请诸位好友，要"炰鳖脍鲤"。"炰"是蒸煮；"鳖"，在周代用大鼎做美食的时候，就是重要的食材了；"脍"是细细切肉；"鲤"就是鲤鱼。总之，就是山珍海味。"侯谁在矣？""侯"和"维"是一个意思，是个语词。谁在宴会上喝酒呢？"张仲孝友"。在场的有一个叫张仲的主宾，一直陪在吉甫身边。诗还顺便夸赞了他，说他敬父母，爱兄弟。诗结束在一场贵族的家宴，是它最有意思的地方。

吉甫这个人在《大雅·烝民》中也出现过，他在诗中自己说"吉甫作诵，穆如清风"，意为吉甫做的诗非常和谐，就像清风一样。这是中国最早标明作者的诗歌，所以他的确是有文有武。《六月》这首诗写吉甫作为一个将军外出打仗，受赏之后回家，找到好友一同宴饮欢聚。这是一个前所未有的现象，见于《小雅》的篇章，在诗的最后落脚到一个大臣家。这个新现象代表的是贵族的突显，更早的大小雅诗篇是王朝的乐歌，《六月》却实际上是贵族的篇章。另外，不仅在《诗经》战争诗篇中，也包括其他诗里面，到晚期贵族的身影显著，是一个普遍现象。当然，他们的好景也不长，马上西周就崩溃了。进入东周以后，虽然还有贵族在作诗，雅、颂创作并未就此结束，但是，整个诗歌创作的新动向，却是发自民间的风诗，十五国风开始出现了。

《周颂·清庙》：中国人没有宗教吗？

於(wū)穆清庙，肃雍显相。济济多士，秉文之德。对越在天，骏奔走在庙。不显不承(pī pī zhēng)，无射(yì)于人斯！

古代最重要的文化现象

　　我们中国并没有一种全民的宗教，像西方人信仰上帝那样。在古代，与西方宗教性质类似的活动是周王祭天，但这个"天"可不是每个人都可以祭的，连诸侯都要受到限制。王朝之所以祭天，是因为他们要从天人关系的角度讲明自己政权的法理基础，表明"我们是上天选定的"，以此来显示其政治的合法性。这样的一个信仰很难变成一般普通百姓的信仰，反而是祭祀祖先、敬重宗族的活动，后来逐渐变成了民众的基本宗教方式。祭祖是中国古代文化里一个非常重要的现象，它相当于中国人的宗教生活。对于中国人的祭祖，印度人、西方人就无法认作宗教。因为在他们看来，祖先跟后代有血缘关系，这种方式有着人间化色彩，不够超越。这种说法其实是对的。中国文化的一个最基本的、很普遍的特征，就是人间性。很严肃的宗教在中国也往往被生活化、人间化。最典型的，就是大家很熟悉的佛教中惠能和神秀的区别。

神秀是唐代高僧、禅宗五祖弘忍的弟子、北宗禅创始人。相传弘忍为付衣法，命弟子们各作一偈。神秀作偈云："身是菩提树，心如明镜台。时时勤拂拭，勿使惹尘埃。"弘忍认为未见本性，未付衣法。神秀的这个偈子讲的是什么？就是有一个干净的境界，我们要维持它，然后就可以躲到里面去过永恒的生活，不再轮回了。这是一种原教旨，就像印度宗教那样。印度文化至今仍然保持着出世的特点。古代印度人老了以后就离开喧嚣，躲到森林里清修，以求死后摆脱轮回，不再回到人间受苦。这类观念在印度古代文化中非常普遍，尽人皆知。但是，在中国到了惠能，就把神秀所要维持的那个所谓干干净净的、神圣的地方一巴掌打翻了。

被尊为禅宗六祖的曹溪惠能大师，对中国佛教以及禅宗的弘化具有深刻而坚实的意义。惠能得到五祖弘忍传授衣钵，继承了东山法脉并建立了南宗，弘扬"直指人心，见性成佛"的顿教法门。《坛经》敦煌古本所记的六祖呈心偈有两首。

惠能偈曰：

菩提本无树，明镜亦无台。佛性常清净，何处有尘埃？

又偈曰：

心是菩提树，身为明镜台。明镜本清净，何处染尘埃？

沿着佛家的缘起性空、一切皆空，干净的地方也经不住推敲，所以他说"菩提本无树，明镜亦无台"，这是空观哲学才有的。"佛性常清净，何处有尘埃"，要把所有的执念都打碎，打碎了之后，实际上并没有不干净的地方。这就要换一个态度了，世界就这一个，看你以什么样的心态来对待、来处，所以"佛法在世间，不离世间觉"，佛祖给世间人讲的道理，还得在世间觉悟。在没有悟道的时候，每天劈柴担水；悟了道之后怎么样呢？还是劈柴担水。这已经非常明显地中国化了。

我们再举一个印度大史诗的例子。印度大史诗有两部：《摩诃婆罗多》和《罗摩衍那》。《摩诃婆罗多》里讲，婆罗多族的两支后嗣般度族和俱卢族为争夺王位发动了战争。在战争中，比较受赞美的是般度族的阿周那。可是，阿周那看到对方的阵营里有自己的亲戚，就觉得不行，这仗没法打：怎么能杀亲戚呢？如果故事停留在这个地步，那是中国文化。连亲戚都敢杀，你还叫人吗？但是，阿周那的车夫叫克里希纳，是黑天大神下凡来度化他的，就跟他讲了一番道理：你要跟最高真理结合，如果你不把这种亲情关系斩断，怎么能够干干净净地、全心全意地跟上天的神沟通？所以，你现在的杀就是为了活。这和重视人间伦常的中国逻辑不一样。

所以，中国的佛教信徒们，包括士大夫，都喜欢读《维摩诘经》。《维摩诘经》讲的是毗耶离国的大乘居士维摩诘的故事。维摩诘是一个在家的俗人,有美女有财富,但是他悟了道,好像只有法力第一的文殊菩萨能跟他打个平手。他称病在家,想让佛派遣诸比丘、菩萨来看望他,借此机会与来问病的文殊师利等菩萨和比丘反复论说佛法。此经中宣扬的大乘佛教适应俗世人的观点,主张不离世间生活,发现佛法所在。维摩诘以世间为出世间,游戏人生,使那些既不愿放弃世俗享乐,又渴望体味出世真谛的文人士大夫找到了理想的人生哲学和生活方式,因而颇受欢迎。

祭祖就是这个人间化特征在中国古代的一个表现。虽然祭祖很平凡,但是也能祭出崇高。中国人认为崇高要看本质,而不能看形式。不是说有了佛的召唤,我们就四大皆空,剃了头发,不要爹妈,去过所谓神圣的生活,而是强调人间生活也能过得庄严、干净。所以,中国的"宗教信仰"——祭祖延续下来了,而祭祖是有价值的。当祭祀同一个祖宗的时候,人们到坟上或者庙里,不同的、分散的、血缘关系慢慢疏远了的人群,通过追寻共同的祖先造成一种整体性,实现凝聚。宋元以后,哪儿的经济文化发达,哪儿的祠堂就多!特别是在南方,因为人们是从北方整体迁移过去的。而人群迁移到达一个地方,就必须团结为家族。

我们要追寻祭祖的传统,就要看《诗经》。在《诗经》里,祭祖一方面要凝聚宗族,另一方面要在祖先身上崇仰一种德行、一种文治精神。这就涉及祭祀的性质了。

在《诗经》里,《周颂》是宗庙的诗、祭祀诗,但是我们仔细观察,这三十一首诗里,真正受到赞美的王屈指可数。在这里,我们要打破一个误解。好像在周代王死了以后,后人祭祀时都要用诗歌去歌颂他们，其实不是这样的。诗歌里祭祀的王就那么几个，像后稷、文王、武王、成王、康王等。相比来看，武王得到的诗歌待遇就比文王少多了。成王还有一首诗，到了康王就是一句"自彼成康，奄有四方"笼而统之了。再下边的王，一共十二代，有八九位都是没有颂诗献给他们的。难道是不祭他们了？不是。这些王也享受所谓的太牢祭祀，后人可能也会定期给他们上冷猪肉。另外金文显示，每一个王死后，好像都有个庙。但是，能不能得到诗歌的赞美，那得看这个王是不是有非凡的品德，是不是有值得大家怀念的地方。

《诗经》的祭祀诗有两种：一种见于《周颂》，是歌颂祖先的；另一种则见于《大雅》，是讲祖宗的来龙去脉的，比如周武王的爷爷是谁，周文王的爸爸是谁，周文王的奶奶、母亲、妻子又是谁。它们都是在祭祖时歌唱，有的献给神灵，有的则讲给神灵的子孙听。看！中国文化的特点又出来了，重视家庭、家族，所以这类诗比较多。

大家可能会觉得《周颂》很难。其实不是，它的难只在语言上。作为一个中国人，如果你看《圣经》，会发现好多地方的文字是看懂了，但反而理解不了，会不明白：他们怎么是这样想问题呢？而看中国的一些经典，字面佶屈聱牙，读起来就像啃骨头一样，比较麻烦，可是你把这一关过了以后，一种亲切的东西就出来了。这就是文化。我们先来谈谈祭祀周文王的诗。

祭祀像一出戏剧

　　祭祀文王的作品有不少,《周颂》的头一首诗《清庙》,就是大祭文王典礼的序曲。"於穆清庙,肃雍显相","於穆"是叹美之词,讲多么深远、庄严、肃穆。"於"修饰"穆",意为多么、非常。这个字形不能随便简化,做简化处理后读成 yú,是不对的。"清庙"就是祖庙清净。汉初的《尚书大传》里面讲,"庙"就是"貌",庙里边有容貌。谁的容貌?祖先的容貌。这个不难理解,哪个庙里不都做了一个或者几个泥胎?墙上还画着画,这就是"貌"。所以"庙"和"貌"是音近义通的。下面,"肃雍"就是严肃雍容;"显相"就是显赫的相,指的可能是清庙里那些庄严的形象。"象"就是形象,但是写作"相"。西周金文显示,周家的庙的墙壁上是有图案的。还有一种说法,认为这个"相"是助祭者,也就是帮忙的人。儒家典籍《士虞礼》记载,祝词里说"哀子某,显相某","哀子"就是主祭者,"显相"就是辅佐、助祭的人。只是,诗在开篇以后,不说主祭者,突然冒出助祭者,好像在文法上有点儿突兀。

　　"济济多士,秉文之德","济济"就是众多;"多士",这里指参加祭祀的文王的子孙。文王家的男子,包括一些诸侯、大夫们,只要是跟文王有血缘关系的都来了。结合其他作品来看,古人认为本家子孙众多是国家的祥瑞。所以,此处就是指主祭者这一方,不是助祭者。我们要注意区分庙里不同的人,主祭者就是事主,就像今天我们举办婚礼时主办的家庭——"主家的"。而婚礼中那些帮忙的人,北方称作"落忙的",和助祭者作用类似。"秉文之德",就是他们都秉有文德,也就是坚守美德。

接着,"对越在天"是指秉文之德的这些人们。"对越"就是对扬,是周代的一个固定用语,指他们跟上天之灵,也就是文王之灵相对。这是个过渡句,文王子孙"对越在天",那些助祭者也"对越在天",后面又专门说"骏奔走在庙",指的则是助祭者。他们轻快不乱地、肃静地进行着各自的执事。这个"骏奔走",根据《礼记》的一些文献,也叫"执笾豆骏奔走","执笾豆"就是指助祭者。

"不显不承,无射于人斯!""不显","不"通"丕",读作pī,意为大;"不承"是美好,"承"通"烝"。在《大雅·文王有声》里边有"文王烝哉!""烝"就是美。这里是说既显赫又美丽。"无射于人斯","无射"就是不厌倦,"人斯"指祭祀者;主祭者和助祭者都在不厌倦地从事着自己的事情。

我们疏通了诗的意思,可以明显地看到,它不是敬神用的,而是一个序曲。在祭祀正式开始以前,形容庙堂的庄严肃穆。它就像我们京戏里的导板,导板只有一个上句,列在一个正式唱段的前面,作为开导之用。是谁在庙堂里边准备参加祭祀?两拨人:一拨是文王的子孙,另一拨是"骏奔走"的。这些人构成了一个庄严美丽的场面,大家都在精神高度集中地做着自己的事情。祭祀马上要开始了。

你看,这不是后来的戏剧吗?如果把《诗经》的祭祀场面还原,配上乐,实际上就是一出大戏。很遗憾这出大戏始终在庙里,到了宋元时期我们才真正有了"戏"。

《大雅·文王》：祭祖的政治功用

《周颂》中有很多直接献给祖宗神位的诗，篇幅很短，配着舞蹈，音乐缓慢。其中，《维天之命》是赞美周文王的。

维天之命，於(wū)穆不已。於(wū)乎，不显(pī)文王，之德之纯。假(jiǎ)以溢我，我其收之。骏惠我文王，曾孙笃(dǔ)之。

直接赞美文王的诗

这首诗涉及天命。在周代的祭祀中，文王是一大重点，因为周人相信他是受命之王，而决定王朝的最高神秘力量是上天。一些王，比如商纣王的出现，古人认为是上天派来败坏王朝事业的。因为上天觉得那些王朝不行，对民众不好了。可见，古人相信我们这些民众的命虽然都不怎么贵，可我们是"天生"的。老天爷生了"烝民"

即"众民",《大雅·烝民》里就有"天生烝民"。可是老天爷又不能管理大家,它没手没脚,因此要找一个代理势力。它要在人间找一个对民众好的族群,于是就选了禹,选了商汤。所以,商汤伐夏桀能够以少胜多,背后是天命在起作用,不然是无法实现的。周武王伐商纣王也是如此。

被老天爷选中了叫受命,文王就在周人受命这件事情上有最直接、最伟大的贡献。继始祖后稷种粮食养活天下百姓、公刘率领周家重返中原、古公亶父迁居周原之后,到了文王,周族的势力大了,殷商人就册命文王做西方的方伯。这在周原(今宝鸡一带)出土的甲骨文里是有记载的,传统文献中也有。这个"受命"实际上是受命于商,表示商朝认可了他们,惹不起他们也灭不掉他们,就把他们合法化,相当于收拢、招安,让他们替王朝维持西部的政治秩序。但是后来周人得了天下以后,受命就产生了另外一层意思。周人认为这是上天开始眷顾周家的表现,认为文王受的是天命,成了上天在人间的代理人。

传说中文王之德最典型的例子就是他帮助虞国和芮国断案的故事,在后面讲《大雅·绵》的时候我们会讲到。文王感动了大家。从周家克商的大战略上看,武王才是直接伐商,而文王走的是柔性路线,但他实际上奠定了基础。这有点儿像曹丕和曹操之间的差别。历史学家翦伯赞说"曹操是把皇袍穿作内衣的人",意为曹操想做周文王,他自己也这样说,只是因为时机不成熟,才不敢挑明白。后来的文献说"文武受命",但是看《诗经》,周人祭祀的重点还真不是武王,而是文王。

"文武受命"承认了武王的功劳,那是在后期。早期周人的用心之处在于，祭祀文王起码殷商遗民不反感，因为文王是在殷商领导下做西伯的，而且他没有打仗，没有杀伐。武王伐商纣的时候血流成河，盾牌都漂起来了，肯定没少杀人。因此，总是褒扬武王，对说服殷商的贵族上层不要再敌对、一起过日子非常不利。因此，文王被选中、赋予天命是首要的。所以《维天之命》的头一句就是"维天之命，於穆不已"。

接着，"於乎"是叹词，"不显文王"，就是显赫的文王，这在《诗经》里出现了好多次。"之德之纯"就指他的德非常纯，这是赞扬。"假以溢我"的"假"，有些本子像《左传》作"何"，就是嘉美的意思。"溢"就是赏赐，实际上应读 xī。金文里把所有赏赐的"赐"都写作"锡"，它有一个字形就像往茶杯里倒水，所以也写作"溢"。"我其收之"，"收"就是受。以上几句意为文王之德伟大纯粹而有赐于我。"骏惠我文王"，"骏"意为大，"惠"即善良实惠。"骏惠我文王"就是我文王骏惠，有大惠。"曾孙笃之"的"笃"就是坚定地遵守，守住文王赏赐、遗留给我们的东西。在祭祀场面周王都自称"曾孙"。按照辈分来说，四五辈以后称"曾孙"。所以，这也暗示这首诗不会是西周早期的，当然这不是我们要谈的重点，这是个学术问题。

这首诗直接赞美文王：呜呼！你的德行纯粹，赏赐（实际上就是遗留）给我们，我们要接受它。有伟大恩惠的文王，我们曾孙（王）一定要坚定不移地守着、传着你的德行。这就是庙里边跟神灵的沟通，所以这个唱词是代表周王唱的，有可能是周王自己唱，也可能是周家同姓子弟，地位略低或者年纪轻的人在唱。

并不是对祖先磕头乞求

在《诗经》里有一首诗比较特殊,它就是《大雅》的头一篇《文王》。诗讲到在祭祀这样隆重的场合,仪式结束之后有一个对大家的要求。从现实层面讲,祭祀之后要吃胙肉,把献给文王的肉大家分头拿走吃。吃了祭神的肉要立誓,起到告诫的作用。这体现了祭祀的一种功能和价值。

文王在上,於(wū)昭于天。周虽旧邦,其命维新。有周不显,帝命不时(pī)。文王陟(zhì)降(jiàng),在帝左右。

亹亹(wěi)文王,令闻不已。陈锡(xī)哉周,侯文王孙子。文王孙子,本支百世。凡周之士,不显亦世(pī)。

世之不显(pī),厥犹翼翼。思皇多士,生此王国。王国克生,维周之桢(zhēn)。济济多士,文王以宁。

穆穆文王,於(wū)缉(jī)熙敬止。假(jiǎ)哉天命,有商孙子。商之孙子,其丽不亿。上帝既命,侯于周服。

侯服于周,天命靡常。殷士肤敏,祼(guàn)将(jiāng)于京。厥作祼将,常服黼(fǔ)冔(xǔ)。王之荩(jìn)臣,无念尔祖?

无念尔祖,聿(yù)修厥德。永言配命,自求多福。殷之未丧师,克配上帝。宜鉴于殷,骏命不易。

命之不易,无遏尔躬(è)。宣昭义问,有虞殷自天。上天之载,无声无臭(xiù)。仪刑文王,万邦作孚(fú)。

第一章,"文王在上",在天上,"於昭于天",昭昭于天,即他的光辉在天上闪耀。"於"就是叹美之词。说"文王在上",而不是"武王在上",体现了一个宗教观念,那就是天庭里边可能住着三皇五帝等人,每一个族群在上面只有一个祖宗,负责沟通神和自己族群之间的关系。所以古代祭祀要向上天求什么,不能直接向上天呼告,而要向在天上的祖宗求告,希求转达上天。

"周虽旧邦,其命维新",这个词写得非常好。周是一个老邦国,按照周人自己的说法,从尧舜时期开始,千年以前他们就是一个邦国。但是命运长新,这叫"其命维新"。"有周不显",周就是周族,"不显"就是显赫。"帝命不时","不时"就是"丕时",即帝命很合时宜,赞美周家得天命。"文王陟降","陟降"即升降,来来回回地沟通人间和上界。"在帝左右",即他是我们的代理人。

头一章写得很宏大,很庄严,这是祭祀文王的时候要赞美他一下。接着说,"亹亹文王,令闻不已。""亹亹"一词偏难,是勤勉不已的意思。"令闻不已","令闻"就是好名声,文王有德。"陈锡哉周"应该读成 shēn xī zài zhōu,意为重复赏赐周家,"陈"就是"申",言赏赐之多,"哉"通"在"。于是,"侯文王孙子"。"侯"是语词,这句意为文王的赐福落在他的"孙子"身上。将子孙说成孙子,是诗里的一个有趣的现象。我们说判断作品年代有些词很关键,这就是一个例子。我们现在都说子子孙孙、子孙,很少有把孙子当成后代的笼统说法,但是在西周金文里边大概有六十例出现了。因此"侯文王孙子"就是文王子孙。"文王孙子,本支百世","本",即大宗;"支"即分出去的大支小支;"百世"即百代,这是一个夸张的说法，也有学者把"百世"读成"百年"，也是可以的，因为在古代，一年一岁叫一世，"世"的本义就是树叶一年一落。说文王的子孙一直长长久久地传到了现在。"凡周之士，不显亦世"，凡是周家的男子、贵族们都是世代显赫的，"亦世"就是累世、永世。

"世之不显"是"不显世之"的倒说，与前一章的末句形成一种顶针续麻的修辞。后来的格律诗继承了这一点。格律诗的头两句是上下联，四个上下联就是一个七律或五律。格律诗后联出句第二字的平仄要跟前联对句第二字的平仄一致，这叫"粘"。在《诗经》时代，为了表情达意产生了"辘轳体"，上一章结束语是"不显亦世"，接着这一章来了一句"世之不显，厥犹翼翼"，即他们依旧很谨慎。其中，"犹"是谋略，"翼翼"就是谨慎的样子。"思皇多士，生此王国"，"皇"即大，"思"是叹美之词、语词。这么多的男子生在这个王国里。"王国克生，维周之桢"就是王国能生那么多男子，是周家的骨干。"克"就是能。"桢"也作"贞"，即吉祥如意。"桢"也可以理解为骨干，就是指有力的、起支撑作用的木头。"济济多士，文王以宁"，又回到文王，"济济"指有威仪的样子，面对这样多的子孙，文王的灵魂一定是安宁的，也就是说他欣慰，"以"就是因而。第三章还在赞美这么多的文王子孙，接着话题马上要转了，由周家的子孙说到了殷商的子孙。

劝诫、联合殷商的子孙

"穆穆文王"，还是粘着来，接着上一章末尾的"文王"。"於缉熙敬止","於",叹美之词;"缉熙"即持续不断地追求光明;"敬"是不断地恭恭敬敬;"止",语气词。整句意为文王是恭敬的。"假哉天命","假"是大的意思,天命是伟大的。接着"有商孙子","有商"指殷商。说殷商的子孙怎么样呢?"其丽不亿","丽"在古汉语里有一个特殊用法,指数量,有的时候也写作"鬲"(lì)。这是现代研究的成果、李学勤先生的发现。过去有人不懂这个词,就说"人鬲"指奴隶,是不对的。"不亿",难以亿数。在古代,十万为一亿。"上帝既命,侯于周服","侯"就是为;"服",服事。文义一转,就转到了文王子孙之外的殷商。

"侯服于周,天命靡常",露出这首诗创作的意图。除了赞美文王子孙多之外,它还有一个很重要的部分是陈诫,劝告殷商这些助祭者们放弃敌对,一起在文王光辉的照耀下,在上天光辉的照耀下,面向未来。"天命靡常",指天命无常。上天选了你,你好好干,便让王朝福祚连绵。但如果你欺负老百姓,上天听到老百姓的怨声载道,就会马上重新选人。"殷士肤敏,祼将于京",因为天命靡常,所以那些殷的男子们"肤敏",非常敏捷、勤勉地在周家的京里边"祼将",即倒酒夹肉。"祼"这个词我们现在很少用,它是献祭时候的献酒仪式,在金文里边的写法跟这个字形不一样,但是意思一样。"将"是把肉放到鼎里边,摆着作供品。《汉书·刘向传》记载,孔夫子读到"殷士肤敏,祼将于京"的时候,喟然长叹,说"大哉天命",天命真是了不得。一个强大的殷商王朝曾经做君做主,可一转眼他们的子孙就跑到别家助祭去了。"厥作祼将,常服黼冔",殷商子孙在"祼将"的时候,穿戴的还是殷商的礼帽、礼服。"黼"是古代的一种礼服,"冔"是殷商贵族戴的礼帽。这里的"常"意为永远,有"法定"的意思,他们这样穿戴,是周人特许的。与此不同,到了后代,前朝王的服装,让新朝那些吹拉弹唱的艺人们穿,让那些赶车的人穿,实际上是出于一种侮辱的心理。"王之荩臣,无念尔祖?""荩臣"一词常见于古汉语,"荩"为进用之意,指这帮殷商子孙:你们是王朝荩用的大臣,你们不想想自己的祖先吗?

接着就说,"无念尔祖,聿修厥德"。你们如果念祖的话,就应该知道努力修德行,这是周人的观点。"聿",语词;"修",修身养性;"厥德"即德行。"永言配命,自求多福",要做上天在人间的代理人,必须得自己努力求多福。接着下边有省略,言外之意是你们不自求多福了,不努力了,出商纣王了,虐待百姓了。"殷之未丧师,克配上帝","师"就是今天军队中军师旅团营那个"师",在这儿指大众。你们殷商没有丧失大众,以前你们是能够配上帝,即"配命上帝"的。实际上是告诉他们,不是我们周家打败了你们,是你们自己打败了自己,失去了上天的眷顾。这话说得入情入理。所以,要"鉴于殷","骏命不易","骏命"就是大命、天命,"易"有两种解释,一是改变;一是容易。我觉得第二种好。这是第六章,劝导殷商人,实际上也是一种陈诫。

"命之不易",指要得天命不容易,得自己努力。"无遏尔躬"是对殷商这些后裔讲的,虽然你们变成助祭了,也应该自求多福。"躬"就是躬亲,"遏尔躬"指遏止自己的努力。"宣昭义问","宣昭"是普遍地显示,"宣"有普遍的意思;"义问"就是"好闻",你们要不断显示好名声。对于"有虞殷自天",我的解释采取于省吾先生《泽螺居诗经新证》的说法,"虞"就是揣度,"殷"是依着。整句意为你要揣度、依循着上天的原则。而"上天之载,无声无臭","载"指运行；"无声无臭"，没有声响、没有气味。上天的原则是抽象的、不好把握的，但我们可以取法文王，也就是"仪刑文王，万邦作孚"。"仪刑"，取法、效法。西周经常出现"帅刑""刑效"等词，都带着"刑"字，指取法。"孚"是信的意思。取法文王就是取法天地，如此，才可获得万邦信任。

因为参加助祭的殷商人都是贵族，周人起码要在口头上承诺，他们如果好好做的话，还可以在新朝里做个君、拥有一块封地等等。这在金文中是有痕迹的。在西周中期以后，军队里边就有殷商的将军，还允许他们祭祖。琉璃河出土的一些器物显示，周家建国若干年以后有一个殷商的遗民，他的家里也有奴隶和少量的土地，俨然就是一个地主、一个主宰者了。这是周人要给殷商贵族后裔一些出路，谋求他们的合作。所以，"仪刑文王，万邦作孚"主要是对周贵族说的，但也没有完全排斥商朝贵族。

这首诗中有对文王子孙的陈诫，有对殷商旧贵族的劝导。由此可以看出，西周的祭祀诗的确不简单，绝对不是我们想象的对鬼神磕头乞求，而是把死人还原为各种模范来宣扬威德，它的政治作用也就可想而知了。

《周颂·思文》：周家何以得天下？

思文后稷，克配彼天。立我烝(zhēng)民，莫匪尔极。贻(yí)我来牟(móu)，帝命率(shuài)育。无此疆尔界，陈常于时夏。

对华夏文明重建的历史性书写

《诗经》中祭祀后稷的篇章不像祭祀周文王的那么多，只有《周颂·思文》和《大雅·生民》两篇。其中，《思文》是歌颂后稷的大功德，《生民》讲的是后稷如何立下大功。两首诗有内在关联。虽然篇章不多，但是周人很重视，因为它们有重大的意义。这位始祖是周家（周贵族）得以主宰天下的关键。

为什么这么说？这里有一种中国式的"吉庆有余，子孙福报"的意识。在《国语·郑语》中，记载了一段西周晚期的史官谈话。当时，郑桓公任周幽王的司徒，很得西周民众和周土以东百姓的心。

他问史伯说:"周王室多灾多难,我担心落在我身上,到哪里才可以逃避一死呢?"史伯回答了一段话,大致是这个意思:远古的祖宗为天下人建立了大功勋。作为一种回报,他们的子孙都会彰显。"唐尧虞舜"的虞和"夏商周"三代都是如此。虞的始祖能够听到春天的风什么时候来,辅助万物生长;大洪水出现了,土地被冲得乱七八糟,夏禹能够填平水土,使万物有了生存的地盘;商契能"和合五教",教化百姓。周家始祖弃能种植百谷和蔬菜,让人民有粮食吃。因为这些人积了大德,他们的后代都是王公侯伯。这种话出自周代文献,代表了自西周以来关于"周家何以兴旺发达"的一个观念。

《国语》清楚地说他们的始祖播殖百谷,给人民饭吃,这种认识跟我们现在的一般常识是矛盾的。因为后稷的时代不论多么古老,也很难由一个人发明农业、给人民粮食。尤其是在考古学看来,一万年前左右我国的农业就开始发祥,比周人的历史要早得多。那么,古人的观点是怎么来的呢?打开中国的"五经"之一《尚书》,头一篇就是《尧典》。《尚书》断自尧舜,古人相信孔子编《尚书》是从《尧典》开始的。而尧舜之前的"五帝",连《史记》也认为缺乏真正可信的资料。司马迁说过去谈黄帝"不雅驯","雅"是正确,"驯"通"训",指准则。"雅驯"就是事有所依,文辞又美。只是因为在司马迁的时代,人们对黄帝很崇拜,所以《史记》写了一笔。按照古人的说法,在尧舜时期中国发生了一件大事,就是大洪水暴发了。前面不管是伏羲、女娲还是神农氏、祝融氏所建立的文明秩序、成果,遭遇了这次重大灾害以后都要重建。后稷是从这个时候开始种粮食的。

但是,从后稷开始,周人能够想起来的祖宗才有十五代,而一个殷商王朝五百年就有三十代君主。按照现在的学术研究成果，尧舜时期大约在夏之前的一两百年。而夏朝是近五百年，商朝也是近五百年，到了周代，前面还有二百年。这一千多年的历史中，他们的祖宗才十几代人，这是不合理的。

但这种不合理中也有它的合理性，那就是周人对自己历史的追溯、他们认为祖宗积德的信念，是一种历史书写。在全世界范围内，任何经典文献或者其他的史书都是人写的，在一定的观念下写的。所以，这里非常鲜明地显示了周人的意识。

周人写自己的祖宗十五代，每个人都活近百年，向上追溯到尧舜时期，这是一种搭车行为。他们首先承认尧舜这个族群是一个伟大的系统，然后一定要把自己的始祖搭上去。这是一种精神建构，说它是史学不如说是政治学。所以，在这样一个情形下，后稷在周人精神世界里面的地位可就崇高极了。这样就有了《周颂·思文》这首诗。

这首诗的创作时间需要注意。周人想搭这个车并不是一建国就想到了，而是慢慢发展到了一定程度以后，要进行精神上的建设时才想到的。有不少人相信这种诗是记后稷的，不会太晚，甚至有人把它归到周人建国以前。我们见过二十世纪五十年代写的文学史，就把写商代的作品放到商代去，把写后稷的作品放到周家十五辈以前，说是史前文学，这是忽略了文本的年代性。

对后稷的直接颂扬

"思文后稷","思"是语词;"文"是文德,在古代,"文德"这个词是一种最高的评价。后稷就是周人的始祖弃。"克配彼天"是说后稷的德行能跟天地相齐。后稷当时是在尧舜的朝廷里做官,但周人认为他的德行是可配天地的,为什么?

诗接着就回答说:"立我烝民","烝民"就是普通老百姓。这个"立"字有两种解释:一种是"立",使烝民得以立在这个世界,也就是安定的意思;另一种是同"粒","粒"字是名词作动词,意为用粮食喂养天下人。接着,"莫匪尔极","极"就是极大的德行;"尔"就是"您"。这是对后稷的直接颂扬,而且人神交通,用了第二人称形态。

当时,上天为了赏赐后稷,"贻我来牟"。"贻"就是给予,"来牟"就是大麦和小麦。这就涉及中国作物的历史了。中国是两种农作物的故乡,一是小米,就是粟;二是稻子。考古在八九千年前裴李岗文化的贾湖遗址和五六千年前的河姆渡文化遗址,都发现了人工培植的稻子。但中国却不是小麦的故乡,小麦应该是从西边传过来的,而周人有一段时间属于西边的戎狄,所以小麦很有可能就是通过他们传来的。到今天学者们还在讨论周人的历史,到底他们是戎狄转化过来的,还是原来属于尧舜时期的人民,在那儿做过官,"自窜戎狄"变成西部边地人群之后再返回来的呢?现在学术界有这两种看法,一时半会儿还难以定论。周代一些文献提到过,他们是在夏朝衰落了以后,由一个叫不窋(zhú,也有读作kū的)的老祖宗带领着,变成了草原人群。后来,直到后稷之后若干代,公刘又

貽我來年
傳年麰麥傳來小麥年大麥也
豐年多黍多稌
傳稌稻也○見稻

《周頌·思文》：周家何以得天下？

率领周人回来。钱穆《西周地理考》就说，周人最早的时候就在山西一带生活，后来跑掉了，他相信周人在中原待过。另外，在陕西长武县亭口镇碾子坡遗址，也发现了先周的一些文物，比如碳化高粱、青铜制作的鼎、甲骨等，说明那个时候他们就有中原文化。回到本诗，"来牟"应该是来自异地，在后稷的时候就开始种植了。可见，中国种小麦的历史可以推到西周以前，甚至可以推到夏代，当然这还需要更多证据。

"帝命率育"，"帝命"就是上帝命我们，"率育"就是普遍地种植。"无此疆尔界"，不要区分你的疆界、我的疆界。"陈常于时夏"，"陈"就是田，作动词用；"常"就是恒久的，普遍的；"时"就是时下；"夏"就是华夏。要广泛种植大麦和小麦，让华夏到处遍满。这是继承后稷事业的意思。

这首诗赞美后稷的德行，中心句子就是"立我烝民，莫匪尔极"。这个话，是话里有话的。诗要给周人确立一个根基，在尧舜时期后稷立了德，所以今天他的子孙为君为主有合法性。说《周颂》很厉害，就在于它是一种政治的修辞学。

诗中所祭祀的后稷，已经是很古远的始祖了，按周人的记载已经是十五辈以上了。今天，没有一个中国人可以知道自己祖上十五辈是谁。当然，家谱里可能会造一些，比如我姓李，李广可能是我的祖先，李广还有一个祖先就是老子，因为他也姓李。其实是很不可靠的。因此，必须向子孙介绍祖宗的历史。所以，中国的史诗有着非常鲜明的特色，它诞生于宗庙，诞生于对祖宗的描绘和勾画之中。诗也是史，中国最早的史学著作，我们可以说有一个很重要的部分是在《诗经》里。

《大雅·生民》：诞生在宗庙里的史诗

《大雅·生民》写周人祭祀自己的始祖后稷，是一首祭祖诗；诗中追忆后稷的业绩，叙述他从神奇的降生、屡弃不死、不教而能，到后来给周家创业垂统的过程，又是"史诗"。只是中国的史诗和古希腊史诗的概念完全不同，我们用这个词时千万要小心。

在周代，祭祖并不是把祖宗当成完全的鬼神，不是怕鬼神闹腾他们，而是追溯自己的传统，追忆祖先的功绩来感动后人。商朝人对祖宗的理解和周人不一样。日本学者伊藤道治指出，从甲骨文可以看出殷商的祖先是精灵，而且嗜血，如果不祭祀他，他会找子孙的麻烦。这是商周之间的差异。

厥初生民，时维姜嫄(yuán)。生民如何？克禋(yīn)克祀(sì)，以弗(fú)无子。履帝武敏歆(xīn)，攸(yōu)介攸止。载(zài)震载夙(sù)，载生载育，时维后稷(jì)。

诞弥(mí)厥月，先生如达。不坼(chè)不副(fù)，无菑(zāi)无害，以赫厥灵。上帝不宁，不康禋祀，居然生子。

诞寘之隘巷，牛羊腓字之。诞寘之平林，会伐平林。诞寘之寒冰，鸟覆翼之。鸟乃去矣，后稷呱矣。实覃实讦，厥声载路。

诞实匍匐，克岐克嶷，以就口食。蓺之荏菽，荏菽旆旆。禾役穟穟，麻麦幪幪，瓜瓞唪唪。

诞后稷之穑，有相之道。茀厥丰草，种之黄茂。实方实苞，实种实褎，实发实秀，实坚实好，实颖实栗。即有邰家室。

诞降嘉种，维秬维秠，维穈维芑。恒之秬秠，是获是亩；恒之穈芑，是任是负；以归肇祀。

诞我祀如何？或舂或揄，或簸或蹂。释之叟叟，烝之浮浮。载谋载惟，取萧祭脂，取羝以軷。载燔载烈，以兴嗣岁。

卬盛于豆，于豆于登。其香始升，上帝居歆，胡臭亶时。后稷肇祀，庶无罪悔，以迄于今。

后稷出生又被反复丢弃

"厥初"指当初，"厥"字是助词。"生民"指生下周人的那个人。她是谁呢？"时维姜嫄"——是姜嫄，"时"在《诗经》里表达的往往就是"是";"维"是表判断的语助词。周贵族的姓是姬,他们和姜姓是世婚。所以,姜姓人群在远古应该也是一个大族,周人用缔结婚姻的方式去联合他们。诗里写到始祖后稷的母亲姓姜,说明周人知道他们这支人群的姥姥家最初是姜姓。后来《鲁颂》里边有一首诗《閟宫》,也是祭祀姜嫄的。该诗讲到在一个很神秘的宫殿里边,供的就是姜嫄。至于姜嫄的丈夫是谁,就不再提了。可见,诗追溯到只知有母、不知有父的非常荒远的时代。"生民如何?"她怎么生的民呢?"克禋克祀,以弗无子","克"是能、尽心尽力的意思。这层意思我们今天也在用,比如"克勤克俭"。"禋"字现在比较少见,按照传统文献解释就是精诚祭祀,大致是用火燃烧一些牲畜的油脂,让烟气上达。"克禋克祀",就是她非常虔诚地祭祀。干吗呢?"以弗无子","以"表示目的。"弗"就是消除,可能是个通假字,通"祓"。通过祭祀消除病灾。也有学者说"弗"就是"不","弗无子"就是"不无子",消除不生子的毛病。接下来,出了一件神奇的事情:"履帝武敏歆,攸介攸止。"姜嫄为了祈求生子曾做过一个活动,就是踩帝的大脚印。履就是拿脚踩。帝指谁?不好说,应该就是神。"武"就是足迹,就像今天说"踵武";"敏"就是大拇指,踩的是大脚趾头。"歆",歆然而动。踩了之后,激灵一下,感应了。此处讲姜嫄得这个孩子,是通过一种踩脚印的仪式,实际上伴随着不可明说的男女之事。下面是"攸介攸止","攸"是语助词;"介"就是休息、停留;"止"也是停留。停留在这儿,于是"载震"。"载"用在动词前面,就像"载歌载舞"的用法。"震"就是娠,我们今天说的怀孕、妊娠期。《左传·昭公元年》说"武王邑姜方震","震"就是怀孕的意思。"载夙"的"夙"也是说怀孕,也有一种解释说"夙"是肃静，怀了孕以后非常恭敬地养胎。"载生载育"就是又生又育，育这个字最早的象形就是人生孩子。"时维后稷"，这就是后稷。

"履帝武敏"是一种不可思议的文化现象，渊源很古老。中国远古时期就有这种传说，上帝在人间留了一些痕迹，人们祈求生殖，要踩大脚印。有文献记载，新中国成立以前，西南有一个兄弟民族还有踩先人大脚印祈求生子的仪式。这种活动引起了学者的好多解释，有七八种之多。但是，它到底意味着什么，就我们现在的人类学研究，还不足以非常合情合理地解释，所以大家在不断地猜测、研究，可能需要宗教人类学的一些合作。踩脚印意味着原始的婚姻对孩子的父亲是谁并不重视，只要是本族的就行，所以有一些野外的仪式。古代对这个现象的解释是"感天而生"。比如夏代的始祖禹，也不是他父亲的孩子，是他的母亲吞了一种叫苡的草籽儿生下来的；商朝的始祖契（xiè），也是感生。他的母亲春天到河水中去沐浴，以消除不祥。结果有一只燕子"玄鸟"，也是一种神鸟了，下了一个蛋，落在她身边。她把蛋吞到肚子里，变成了小男孩的胎。后来的三月三上巳日，其实也是一个男女相会的日子。

在"上博简"中有一则孔子跟学生的谈话。古代的帝王舜是有父亲的人子，他的父亲叫瞽叟，是一个盲老头，人盲心也盲，在大夫人死了之后娶了一个小老婆，又生了儿子象，就开始偏心眼儿。孔子的学生问：舜的朝廷里，禹、契、后稷都是感天而生、来历不凡。他们是神的儿子，是半神，为什么要服从舜这个人子的领导？孔子答得很干脆，因为舜有德、有才、贤明。这就是儒家的观点，体现了中国文化的人间性特点。无论你是吃草籽、吃鸟蛋，还是踩大脚印出生的，无论你出身多高贵，如果还不够贤德，就要接受人子的领导。这就是尚贤的中国人的一种很有趣味的思维方式。贤人政治通着现代的民主。民主选举不就是选贤人吗？

　　这就是后稷的出生。后稷没有父亲，这是周人在祭祀始祖时说的。但是后代有文献说，姜嫄不是没有丈夫，她的丈夫是帝喾。帝喾的大夫人是姜嫄，二夫人是商朝的女祖简狄，就是那个吞鸟蛋的女子。这就和《生民》的说法矛盾了。实际上，周人一开始很弱小，后来投奔一个大族，认了干父亲。于是，后人就附会成姜嫄是帝喾的大夫人。在古代文献中记载过类似的事情，西周时期，楚国的族长认周文王做干爹，像儿子一样侍奉文王。

　　诗从后稷感天而生开始讲，起笔是非常悠远的。从第二章开始，就讲后稷是如何孕育的。"诞弥厥月"，"诞"是发语词。过去周汝昌先生写过一篇文章，说"诞"就是当，当……时候。当然，这是一家之言了。弥月就是足月，满十个月了；"厥"是一个代词，在这儿跟"其他"的"其"作用是一样的；"弥厥月"就是弥月。"先生如达"，这个"先生"就是初生、头胎子，和我们今天说某某先生的意思不一样。这个"达"字可就麻烦了。我们现在遵循的是清代学者马瑞辰《毛诗传笺通释》引的陶元淳的说法：凡婴儿在母腹中就有皮包裹，即所谓胞衣。"先生如达"是指人出生的时候，胞衣破了，然后手足就出来了。有现代学者干脆说，后稷出生的时候是"肉蛋"，用胞衣包着，所以后面说后稷的母亲虽是头胎，但是产门都没破。有的学者认为，就是因为他"先生如达"，胎盘包得像个肉蛋，不像个人，所以后来他母亲就扔他。这种解释倒是有民俗学的依据。比如，传说宋朝包公之所以叫老包，不是因为他姓包，而是因为他生下来就是一个肉蛋，被母亲扔了，后来又被他嫂子给捡回来。"达"有畅的意思，也可以简单理解为生头胎非常顺利。

接着，"不坼不副"，"坼"就是裂开，"副"是拿刀剖，这句说产门没有裂开。一般来讲，生头胎是非常痛苦的。但是后稷生得很容易，母亲的产门都没有裂。"无菑无害"，没让母亲受苦；"以赫厥灵"，可以连着前面读，我们的始祖，一出生就现出赫赫的威灵。然后周人比较感慨地说："上帝不宁，不康禋祀，居然生子。"这可以作为一种反问，照应了前面的"克禋克祀"，说如果上帝不是很安宁、不喜欢女祖的祭祀，她怎么会生儿子呢？其中，"康"就是喜欢；"居然"就是竟然，表示意外。这几句诗体现了自豪之情，甚至有点儿吹嘘的意思，把姜嫄顺利生产解释成天意了。

接下来，不可思议的事情发生了。这个孩子生得这么顺利，姜嫄为了他又克禋克祀，难道不应该当作宝贝似的养着吗？不，扔。她把这个孩子"寘之隘巷"，"寘"就是置，放置在狭窄的巷子里，不准备要。结果怎么样？"牛羊腓字之"，"腓"就是遮蔽、庇护。"字"有乳的意思，就是喂奶。后稷被扔到隘巷里边，牛羊给他遮盖取暖，还给他吃奶。后稷不是狼带大的孩子。在西方的罗马，甚至突厥人的历史中都有这样的传说，孩子从小在山里边被狼带大，但是《诗经》里只说到"牛羊腓字之"。唐宋以后有些文献中说，后稷是在甘肃庆阳一带被扔到山谷里，有狼给他喂奶。这大概是受了其他民族的影响，《诗经》的文献并不这样说，因为中国是农业文化，狼出现的频率并不高。

母亲一看他不死，就干脆一狠心，扔得远点儿。"诞寘之平林"，就是"平林漠漠烟如织"的平林，一片莽莽的林子里边，结果"会伐平林"，"会"就是恰巧碰上，碰上人们去伐林子，就把肉蛋给抱回来了。第三次扔，"诞寘之寒冰"，把他扔在寒冰上，结果，"鸟覆翼之"，来了一只大鸟，用翅膀覆盖他，等于穿上羽绒了，就冻不死了。鸟覆翼着一个像蛋一样的生命，有点儿像卵生、孵化。结果怎么样？鸟一孵，"鸟乃去矣，后稷呱矣"。鸟飞走以后，后稷这个小男孩终于从胎盘肉蛋的包裹状态下出来，变成人了。他哇哇大哭，"呱"就是大哭。"鸟孵蛋"这个意象，有些学者就认为是一种暗示或象征：一粒种子经过太阳照射破土而出。这就是后稷的形象，很奇特。奇特的内核就是一粒种子的破土而出。接着说他的哭声，这个声音"实覃实讦，厥声载路"，"覃"，长；"讦"，曲折，哭声又长又高又曲折，充满了整个道路。这小男孩一出生好几天不会哭，被妈妈扔来扔去，这一下憋足了劲大哭一声，惊动了世界，这就是周家健康的始祖。

孩子到底为什么被扔？一直到现代，还有诸多纷纭复杂的说法。过去有人说是杀首子。在全世界范围内都有这样的故事，把孩子扔掉，但是后来孩子千方百计地又回来了。古希腊戏剧《俄狄浦斯王》就讲述了一个这样的故事。有人研究古罗马、古希腊神话中的这种现象，说在远古时期，小男孩生下来之后归母族，后来父系社会到来，男孩要归父族，就要重新命名，等于死了一次重新来。后稷的传说中，姜嫄丢他，可能是指周家要独立，男的要自强。小肉蛋变成了小男孩，就是周人脱离了母亲：周族母亲是姜姓，周人早晚要脱离姜姓成为姬姓，被母亲扔就是脱离，之后才自己独立。当然，对这个问题的猜测还会继续下去，但是不会有结论，因为那个时代过去了。这也是这首诗令人着迷的地方。总之，这个孩子的出生不平凡,他妈妈反复地扔他。周人在祭祀祖宗的时候,已经有了这个传说,他们说起来的目的也不外乎形容始祖神奇、皮实、健康旺盛。

无师自通的稼穑

后稷从胞衣里出来了,作为一个独立的人开始了他的生活。如果按照古希腊神话的概念,他的父亲可能就是天神,他应该是一个半神。希腊神话中有很多半神,比如赫拉克勒斯,是主神宙斯与阿尔克墨涅之子,神勇无比、力大无穷。他生下来以后要完成十二件常人无法完成的事情。但是后稷出生之后的情形却完全不一样。

"诞实匍匐","实"就是当时,"匍匐"就是爬,后稷活了之后自己爬,然后逐渐地站立起来,"克岐克嶷"中的"岐"和"嶷"都是指站立。站起来后"以就口食",自己找饭吃,这就是一种不学而能的本事。作为农神,先来解决吃的问题。不仅如此,他还无师自通地开始种庄稼。在西方的神话传说中,半神身上往往会发生一些非常奇异的、在今天很难理解的事情,比如阿克琉斯要成为大英雄惊天动地,必须得短命,他还有一个命门,就是脚后跟。但在中国,半神出生之后做的第一件事就是老老实实种地。这体现了民族文化的气质不同。"蓻之荏菽,荏菽旆旆","蓻"同艺术的艺,这个"艺"好像中外有相通的地方,都是指种庄稼。所以,"艺术"的意思起源于种地,种得好,种出本领来,种出色彩来,就变成了一种艺术。"荏""菽"都是大豆类。中国是豆类的故乡。我们今天的"豆"字是借字,借一种容器名称的用字。最早的豆子其实是菽,而菽的古音应该就和豆相近。在"叔"的下面加一个"目"字，就成了督 dū，和豆的读音就相似了。那么"蓺之荏菽，荏菽旆旆"就是说后稷种豆子，豆子茂盛茁壮；"旆"字本来是指旗子，这里是茁壮的意思。"禾役穟穟"，"禾"就是禾苗，"役"就是禾穗，"穟穟"就是低垂的样子。他种禾苗，穗子沉甸甸的。"麻麦幪幪"，"幪幪"是蓬勃。"瓜瓞唪唪"，"瓜瓞"就是大瓜小瓜，瓜结得离秧根越远越大。"唪唪"就是圆滚滚。后稷种什么，什么就丰收，可谓天生的农业神。"后"是帝王的意思，"稷"是指粮食。用这个名字指自己的始祖，是强调他在农耕稼穑上的本领。

接着说他的稼穑。后稷种庄稼，"有相之道"，有帮助苗子生长的道。所以，传说中国最早的农书是后稷留下来的。"相"就是帮助的意思，过去典礼上的盲艺人，身边都有扶他的人，那个人就叫"相"。后稷是怎么做的呢？"茀厥丰草"，"茀"是拔除，拔除那些草。然后"种之黄茂"，种上好的种子。因为种子好，长得茂，所以成熟的时候是黄色的。粮食种下去怎么样呢？"实方实苞，实种实褎，实发实秀，实坚实好，实颖实栗"，五句排比鱼贯而出，形容粮食的生长过程，那种喜悦之情不必添加其他色彩就能显示出来。其中，"实"字是结构语词；"方"就是指苗初生，刚从土里钻出来；"苞"指苗破土时含苞未放的状态；"种"是苗出地皮后，齐刷刷、短短的样子；"褎"就是拉长，变长了；"发"就是抽茎；"秀"就是吐穗，现代北方话里也把吐穗叫秀穗；"坚"是慢慢变坚实，比如小麦先拔节、扬花、灌浆，凉风一吹，到端午节前后，粒子就开始变硬；"好"就是饱满，肉多；"颖"指出穗；"栗"是谷粒坚实。《诗经》形容粮食生长有个特点，都是一套一套地说，为什么？周人喜爱农耕，

蓺之荏菽

傳荏菽戎菽也箋大
豆也○管子山戎出
荏菽布之天下註即
胡豆也胡豆一名戎
菽

維秬維秠 秬見前

傳秬黑黍也秠一稃二米
也○孔疏秬秠是黑黍之大
名一稃二米者其嘉異者
別名為秠稃音孚穀皮也

維穈維芑

傳穈赤苗也芑白苗也集傳穈赤粱粟也芑白粱粟也

观察得细。这几句中间不能打句号，会断掉文气。写完这些之后突然来了一句："即有邰家室。"从后稷的时候，周人就开始在有邰建立了家室。因为他种粮食种得好，所以得到了帝的赞美，有了一块封地，周家独立了。邰字的耳朵旁不是指耳朵，而是指地点。这个"邰"在哪？根据谭其骧等人编绘的《中国历史地图集》，"邰"就在今天的陕西武功。而钱穆《周初地理考》则认为在今天的山西西南部。

第六章还是在讲后稷稼穑的神奇，说他不仅会种地，还获得了很多优良的粮食品种。"诞降嘉种"是说因为后稷能种地，所以老天爷给他降下了非常好的种子。这是得天助，其实是说他有所发现，引进新品种。现代农业通过杂交和培植，是可以获得优良品种的。至于新的粮食种类，往往都是从其他地方引进。历史上，引种也是不断发生的。棉花并不原产于中国，是在秦汉之际或者更早，通过新疆或者云南、海南岛等地进入中国。玉米传入中国比较晚，按照现在流行的说法，是在发现了美洲之后。在北方，玉米很长时间内都是主食，后来被小麦取代了，而地瓜是救荒食品，它的特点是旱涝保收，种在高处低处都好收。到了清代，地瓜就成了民食之半。那么，周人所说的嘉种都包括什么呢？还是谷物，"维秬维秠"，"秬"就是黑黍，西周赏赐有功之臣总是有"秬鬯一卣"的话，指的就是用黑黍子做的香酒，"卣"是盛酒器。"秠"就是一个谷壳子包着两粒米，像双黄蛋一样。"维穈维芑"，"穈"是赤色的黍子，性黏；"芑"是苗和秆都为白色的谷物。总而言之，他们把秬、秠、穈、芑等新作物的耕种都归功于自己的始祖。在《周颂·思文》中也强调小麦是后稷得到的赏赐。

"恒"是满地、遍地,"恒之秬秠",到处都在栽谷物;"是获是亩"就是成亩地收获;栽了就收,后稷种什么就熟什么。"恒之糜芑",成片地种上红色的黍子苗、白秆的白苗;"是任是负","任"就是抱,"负"就是背,因为粮食打得很多,就得又背又抱。后面"以归肇祀"这句话很关键,说周家还在后稷的创造下,开始有了自己的祭祀,也就是有了自己的精神生活、精神传统。古人认为"国之大事,在祀与戎",一个人群,要有自己的军队和祭祀。在后稷时期,国家形态应该萌生了,有权利祭祀神灵,是一个人群得到承认的表现。这和前一章末尾的"即有邰家室"是并列的,是一句话分成两句说。因为后稷粮食丰收,周人在有邰建立了家园,也有了神灵的守护。强调始祖起家不是靠武功,也不是靠商业、建筑等其他事业,而是靠种地,无言地强调了种地是这个人群得以存在、发达、得到权力的条件。这是周人的一种觉醒。

对"我是谁""我和其他民族的分别是什么"的问题,我们现在还在思考。二十世纪八十年代就有人出书,讲英国人、法国人、德国人等的特点。实际上,每一个文化人群,因为生活、经历不同,都会有一些特殊的品性。法国人浪漫,英国人板正,德国人理性,都是有历史渊源的,是文化的塑造。这种分别意识最早可以追溯到《诗经》时代。西周时期,人们就有这种"我是谁"的意识,说自己是后稷的子孙,是靠种地起家的。祭祀这些对死人的礼节都是做给活人看的,他们的重点是告诉后代子孙不要忘记传统。

西周时期的重农精神对后代影响非常深远。西周时地广人稀,学者们推测人口不足几百万,整个黄河流域都需要繁殖人口、繁荣农业,但是到了春秋战国时期,这种老传统慢慢变成了一种负担，变成了农业高贵、商人奸诈，出现了本末的概念。认为农业是本、商业是末，这还是好话。到了商鞅变法之后，就把商业打成了类似罪犯的职业。我们今天还有"无商不奸"的意识。实际上，古代中国很少有人能认识到，真正的商业是组织社会化大生产的无形的手。这双手被历史上一个目光如炬的人——司马迁看到了，他在《货殖列传》里写商业，说塞北有成千棵枣树，江南有成千棵的橘子树，这些果实都是当地人自己吃吗？不是，是在生产、消费、运销，这就是区域化生产。在司马迁的记载里，从先秦到汉初，都是有区域化生产的苗头的。到了宋代，"苏湖熟，天下足"，苏州、湖州这一带，今天的太湖地区盛产粮食。后来这句话慢慢发展成"湖广熟，天下足"，粮食生产主要在湖南、湖北及广东一带，因为苏湖地区开始种棉花、纺织。那么，他们的粮食从哪来？从湖广来。这个时候已经有区域分工。很可惜，后来的封建王朝，一直到清代，尤其是雍正皇帝，总是掰着手指头算账，市场上少一个商人，田里就多一个农民，要抑制商业。实际上，这是一个很土的思想。我们经过几十年的改革开放之后发现，商业组织一个社会有机地调节生产，有巨大的作用。

通过《诗经》可以了解中国文化。在周代重农是非常健康的，周人重农，我们不称为"主义"，而称为"精神"。重农一旦变成了主义，比如汉代以后采取歧视商人的措施，延续了近两千年，就影响了民族的健康发展。

在祭祀中缔造自己的历史

下面两章的篇幅都是讲周人怎么祭祖,这是一种文化记忆。"诞我祀如何？或舂或揄","诞"是发语词,到了祭祀的时候,有人在舂,有人在揄。"舂"就是舂米,指在石槽中脱壳子；"揄"就是舀出来。"或簸或蹂","簸"就是簸箕,用簸箕掂,有风就把糠皮子吹出去了；"蹂"就是揉,搓揉使糠与粒分离。然后"释之叟叟",用水淘,"叟叟"就是淘米声；泡软了,才能蒸熟。"烝之浮浮","烝"在这儿就等于"蒸",用米蒸饭；"浮浮"就是蒸饭时热气往上升腾,这是要把粮食做熟。接着下边就开始说"载谋载惟","谋"就是商量；"惟"就是思考,祭祀前一定要计划好。饭蒸好了之后还有一种动作,"取萧祭脂","萧"是香蒿,取动物肚子上的"脂"即肥油,在干了的香蒿上烧,让香气升腾,神就享受到了。然后"取羝以軷","羝"是公羊,"軷"是祭祀名。古代的"軷"都是祭路神的,分两种。一种是出行之前祭祀,在路上做个小土堆,拿草木编成神主,祭品用狗,祭祀之后让车轧,表示路途顺畅；还有一种是在冬天祭祀鬼神的时候,也要堆积土坛、设神主,祭品用羊。二者都是送神走的意思。之后,"载燔载烈,以兴嗣岁",讲的是又烧又燃,是为了来年兴旺,"兴嗣岁"就是引起来年的丰收。

西周到了一定时期,人们开始反思始祖创立的祭祀形式是什么,这在《诗经》里并不罕见。农事诗里经常讲周人是如何祭祀的,比如《楚茨》就讲得特别仔细,男子先上肉食、生食,然后女子围着锅台爨,"执爨踖踖",脚步轻盈敏捷地司灶。上完食物之后,祖宗托巫祝人员传达他们的满意,并赐孝子福气。仔仔细细地记录仪式,目的是让后代子孙知道如何祭祀。它的背后有一套文化理念。

"卬盛于豆","卬",就是扬起头来,高举;"于豆于登",把粮食盛在"豆"和"登"里。"豆"和"登"都是容器,一般来说"豆"是木制,"登"是瓦制,登似豆而较浅。"其香始升",香气就开始向上飘。"上帝居歆,胡臭亶时","上帝"就是上天;"居歆"是安然地享受。"胡"就是多么;"臭"就是香味;"亶"有实在的意思;"时"是及时。祭祀要及时、恰到好处,上帝降临才能祭祀。诗说上帝安然享受,而且很高兴,实际上是跳开一步,说后稷创立的这个祭祀不是要祭祀他自己,而是祭祀上天,这就是神权了。接着后边说:"后稷肇祀,庶无罪悔,以迄于今。""以"和"于"是虚词,迄今就是一直到今天,怎么到今天?我们遵循着后稷开创的礼节。"肇"就是创始,"后稷肇祀"说这是后稷创立的祭祀;"庶无罪悔"说我们周人遵循祭祀,没有差错,"罪"和"悔"就是指祭祀中犯错误,这是很严重的。在印第安部落里有记载,在祭祀神灵时犯错误是要被处死的。诗千叮咛万嘱咐,要遵循后稷的传统,最终落到尊重仪式上。

西周是个礼乐文明,认为礼讲差别,在祭祀中,谁先谁后、谁大谁小,是分得很清楚的。但是音乐一起,大家共同欣赏,达到精神的和谐,这是一个很高的理想。任何社会中都有差别,当然这个差别要符合正义。礼乐文明和后来文明的区别是特别讲究仪式,祭祖的时候怎么说话、怎么走路、该有什么样的表情、什么时候保持沉默,都有一套程式。这套程式影响到日常生活,贵族们平时的行住坐卧都很有规矩。这就是贵族文化。我们并不喜欢贵族阶级,因为到了一定时候他们会堕落、没落。但是贵族文明对全人类产生了重大影响。创造古希腊文明的就是当时的贵族;印度的婆罗门也是贵族；我们的《诗经》《尚书》《周礼》，哪一个不是周贵族作的呢？在那个时代，有一批有闲的人，他们敬奉神明，过着高雅的生活。有一位哲学家说："贵族的文明给芸芸众生提供了样板。"我们的追求是，不论身份、地位高低，每个人都过高雅的生活，而不是把高雅的东西打倒。《诗经》和所有的人类文学都一样，它表达人类对高雅的追求，这是生活的标准，如果没有这种东西，生活就变得枯燥乏味了。礼乐文明对中国人的影响非常大，甚至可以说是中国文化的底色。

这首诗最后的用意在于为什么要讲述后稷创业。所以，我们现在不要把周人理解得很糊涂——整天跳大神、瞎折腾。不是，他们祭祖有一种凝聚精神的意思。

通过这首诗，我们了解到周人是如何表达自己的传统，以及从什么时候开始表达的。缔造自己民族的历史，是一种精神层面的东西。后稷是不是诗中所写的样子，是一个次要的问题。主要的问题是，周人在创建生活时，把始祖张出来、重视农业，这种重农精神在当时十分有价值。了解一个民族的过去是必要的，要采取真正理性的态度，不要让传统束缚我们，也不要任意践踏传统。不能像"五四"以来那么激烈地一味打倒，而是要研究它从哪儿开始，它有哪些特点，这样才有办法慢慢引导、慢慢宣传。对一些不适合当代生活的老传统，要摆脱它也是一个非常缓慢的工作。

我们今天不必抱着迷信的态度去祭祀天地，但是要知道这是一个传统，所以过年的时候，仍要拿出一些粮食、肉食来做仪式，它的渊源非常古老。

《大雅·绵》：太王迁岐，为王朝奠基

绵绵瓜瓞(mián dié)。民之初生，自土沮漆(dù cú qī)。古公亶父(dǎn fǔ)，陶复陶穴，未有家室。

古公亶父，来朝(zhāo)走马。率(shuài)西水浒(hǔ)，至于岐(qí)下。爰(yuán)及姜(jiāng)女，聿(yù)来胥(xū)宇。

周原膴膴(wǔ)，堇荼(jǐn tú)如饴(yí)。爰始爰谋，爰契我龟(yuán)。曰止曰时，筑室于兹。

迺(nǎi)慰迺止，迺左迺右；迺疆(jiāng)迺理，迺宣迺亩。自西徂(cú)东，周爰(yuán)执事。

乃召(zhāo)司空，乃召司徒，俾(bǐ)立室家。其绳则直，缩版以载(zài)，作庙翼翼。

捄(jù)之陾陾(réng)，度之薨薨(duó hōng)；筑之登登，削屡冯冯(xiāo lǚ píng)。百堵皆兴，鼛(gāo)鼓弗胜(shēng)。

迺(nǎi)立皋(gāo)门，皋门有伉(kàng)。迺立应(yīng)门，应门将将(qiāng)。迺立冢土，戎丑攸行。
肆不殄厥愠，亦不陨厥问。柞棫拔矣，行道兑矣。
混夷駾矣，维其喙矣。
虞芮质厥成，文王蹶厥生。予曰有疏附，予曰有先后，予曰有奔奏，予曰有御侮。

岐山之下，苦菜吃起来都像糖一样

  这也是一首周族史诗。一共九章，主要讲述了周文王的爷爷公亶父（名亶父，属于周家得天下以前的列祖，被称为先公）所做的一件大事，就是把周人群从豳，即今天陕西彬州、旬邑一带迁到周原，即今天的宝鸡一带。在岐山、扶风的山岭之下拥有一片肥沃的平原，给周家的发达奠定了雄厚基础。《毛诗序》说："《绵》，文王之兴，本由太王也。"文王兴，它的根本在太王，也就是公亶父。"亶"这个字在《诗经》里经常出现，《小雅·常棣》里有"亶其然乎"。亶父是尊称。他率众迁岐，很了不起。

  "绵绵瓜瓞"，"绵绵"就是绵延不绝，"瓜"是大瓜，"瓞"是小瓜。陆佃《埤雅》就说："近本之瓜常小，末则复大。"越接近瓜秧的根，瓜越小；越接近稍，瓜越大。诗人拿它起兴，特别像"孔雀东南飞，五里一徘徊"，结果后面孔雀再也不出现了。这是歌唱时的一个起头，说他们周家绵延不断，小瓜之后是大瓜。"民之初生"，指过去的祖先，从哪追起？倒没有从始祖，而是从太王说起，"初生"

就是指过去，不是姜嫄的时代。"自土沮漆"，"土"读作 dù，是一条水。"沮"是通假字，通"徂"，往的意思，在《诗经》里常出现。土水和漆水，是两条河。对"从土到漆"的解释古来就说不清楚。根据清代大学者王引之《经义述闻》中的说法，土水就是今天的漆水河，而漆水是今天的横水河，前者在周原以东，后者在周原以南。之所以采取他的说法，是因为两者方位正好符合周人迁移从东北到西南的路线，翻过一座山，就来到岐山之下。这是没有办法的办法，《诗经》里面有很多问题今天没法解决，其中就包括这些古地点、河流，因为古代的河道会发生变化，尤其是北方由过去的润泽变得干旱，很多河可能消失了。接着，"古公亶父，陶复陶穴，未有家室。"古公亶父未迁移到岐的时代是什么样的？"陶复陶穴"，"穴"就是屋洞。这是指制作类似窑洞的和半地穴式的住房。挖好洞之后，因为里面潮湿，所以要拿火烧、把土烘干，这就是"陶"。还有一种说法，认为"陶"就是把贝壳、螺壳铺垫在筑室当中，为了让洞子结实、防潮，以及防虫防鼠。"复"应该写作覆，指地穴口上加的屋顶子，防止灌水。考古发现过这种古代建筑，是半地下的。当初，公刘把先民从戎狄迁回豳地，因为是在陕北的高原，所以要挖洞子，生活非常艰苦。这个"未有家室"，和《生民》里说的"即有邰家室"并不矛盾。有邰这个地方应该是在平原上。不论它是哪，周人后来又迁移过，这应该是确定的。按照《逸周书》的记载，周武王即位时奏的音乐篇名是《崇禹生开》。"崇"，指嵩山一带，那里的禹生了开，开就是启。这个曲子透露了周家的老底子，他们受夏人的影响。甚至，周人最初可能是夏人的一支，后来独立出来了。当然这是远古时期的事了，是一种猜测。后来，夏王朝衰落，殷商人的势力往西发展。实际上，殷商势力后来到了陕西了，这个考古可以证明。这样，周人没办法，就向边远地区逃跑，又失去了家室。再后来，公刘回到豳地之后，就没有宫殿，也没有平地上盖的大瓦房。所以，从后稷"即有邰家室"到此处的"未有家室"，讲了一种变化。

第一章的起调是非常悠远的，类似于 long long ago，是叙述古老事情的语气。中国的史诗篇幅都很短，《诗经》里有这么几首，叙述周民族是怎样发展起来的。从始祖到公刘到太王即亶父，再到文王、武王克商，这个过程很漫长，但是诗一般是九章以内、每章六七句，一共不到百句。和《荷马史诗》相比差远了，和印度的《罗摩衍那》和《摩诃婆罗多》相比也非常短。这种史诗的创作形态，不是盲艺人弹着琴到处游走，去说故事给大家听。它是在宗庙里祭祀的时候，讲祖宗的故事和功业。这种叙述历史的方式必须非常简要，抓关键，抓重点，告诉大家是怎么回事就可以了。所以虽名为史诗，但和西方史诗区别很大。现在有些西方学者，拿着一些研究《荷马史诗》的理论到中国来套用，是非常糟糕的。

第二章，"古公亶父"，古代的公叫亶父的，指太王。"来朝走马"，"朝"就是周原，这个字也可以直接读 zhōu。"走马"，按照传统的解释，"走"就是驱、驱赶，赶着马。还有一种说法是骑着马。因为考古发现商代就有单人骑马的现象，所以说骑马也不违背历史。马这种动物来自西北，暗示周人曾有一段时间游牧，以至于到太王时期还养马。"率西水浒"，"水浒"就是水边。《水浒传》起名很有意思，那一帮人上不能成神，下不能成魔，而现实世界又不能容他们，所以跑到水边待着去。水泊梁山，也得宜，象征意思也是在这个世界边缘的一群人。"水浒"这个词，如果要找它的词根、起源，就是来自《诗经》。水浒指河岸，此处就是指漆水上游的河岸。这个河在今天陕西麟游县以西的山地，大致走向就是东西流。这实际上说的就是前边那句自土水往漆水走，是沿着河边走的，翻过高地，来到了周原。"至于岐下"，按照传统的解释，岐山就是指山顶上有两个尖，分着叉出去。迁到岐山，对周家来说是大吉祥如意。凤鸣岐山，有人以此取名，是吉祥的。在文王时期，就说凤凰来到了岐山。现在周原出土的甲骨上，在岐山一带的地名，和凤凰有关的有好几处。据说当时还养凤凰，但是现实中哪有这样一种神鸟呢？我个人的观点，凤凰就是孔雀。当时气候变迁，孔雀从南方飞到了北方。在有些青铜器物上，尤其是在西周中期，讲周家受命吉祥如意，出现了很多长冠大尾的鸟。商代器物上也有鸟，但那个鸟吓人，瞪着俩眼睛，像要吃人一样。周代的鸟没有那种凶猛的感觉，而且，有的器物刻得比较真，就是凤凰的翎子。所以，古人可能不太认识孔雀，以为是凤凰。孔雀飞到天上，是五彩的，和凤凰也接近。总而言之，凤鸣岐山未必全是神话。周人认为，老天爷派凤凰来了，意味着周家要兴旺了。

接着，"爰及姜女"，亶父娶的夫人也姓姜，在这儿他还带着他的姜女。"聿来胥宇"，"聿"是语词，西周中期特别喜欢用；"胥"，观察的意思；"宇"就是屋檐。姜女也来了，来看什么？宅基地，就是他们生存的空间。这里有一个有趣的故事。孟子想用仁义说服齐宣王。这个齐宣王是一个糊涂蛋，他说他施行不了仁义，因为贪财，孟子就说贪财也可以行仁义，你贪财让民众也贪财，让民众的求利之心获得满足就可以了。齐宣王说还不行，寡人好色。你看这个王，为了躲避仁义，什么丑事他都承认。然后，孟子就说好色不是毛病，你看周文王的爷爷就好色，去看周原还"爱及姜女"，一会儿也离不了老婆。孟子为了说服当时的混蛋王，就引经据典，使劲往上贴，说太王带着老婆去看周原是好色的表现。那些暴虐之王也不愿意得罪孟子这样的老先生，因为得罪之后有可能贤士就不来了。这真是没了辙了。儒家就有这个毛病，总是想和当权者合作，可有权力的人才不愿意施行仁义呢，这是与虎谋皮。

这首诗很讲究上下关联，上一段结束于姜女，太王和夫人一起看周原的这个空间，那么看到的是什么呢？下面一章就开始说了。"周原膴膴，堇荼如饴"，岐山之下，一片广大肥沃的黄土地。"膴膴"，形容土地广大肥美。"堇"和"荼"都是苦菜，"饴"就是一种黏糖，甜甜的。诗说这里产出的苦菜吃起来都像饴糖。这使我们想起《圣经》里说迦南之地是流着奶和蜜的。说奶和蜜一看就是畜牧人群，而此处表现的是周人对大地的喜欢，看到肥沃的土地他们很兴奋。于是毫不犹豫，"爰始爰谋"，"爰"就是于焉；此处，清代有些学者说"始"有谋划的意思，但是也可以整句笼统地理解为开始谋。"爰契我龟"，"契龟"就是刻龟，指在龟壳子上刻纹占卜。这是寻求神意，指示周人在这住吉利不吉利。答案是什么？"曰止曰时"，止在这里，停在这了。"时"就是"是"，《诗经》里当是讲的词大多数都用"时"来代替。"筑室于兹"，前面不是说没有家室吗？那就抓紧在这儿盖房子。这几句说得了一个非常吉利的地盘。诗虽然写得很平稳，但是兴奋之情难以言表。接着就开始写怎么筑室、划分田地了。可见，周人作为一个农业人群，确实有坐地生根的本领，来到一个地方发现适于生存，马上就行动。

堇荼如飴

傳堇菜也集傳堇烏頭也○孔疏謂堇即烏頭集傳從之然此堇非烏頭古義辨之唐本草注堇菜野生非人所種葉似蕺花紫色此云思蔞列也茶苦菜

在一片沸腾的土地上建城

"迺慰迺止","迺"字是语词,是"乃"的异体字,但是要不要直接用"乃"字替换呢?不必,因为故老相传。从汉代传下来的《诗经》,一直到唐代,都是这样刻的,不必因为和我们今天写法不同就修改。今天也承认异体字,保存它,是对经典保持一种基本的敬意。"慰"的意思是居住,这是比较罕见的。汉代的《方言》中说:"慰者,居也。""止"就是停止。"迺左迺右",周族停在这儿之后,把土地划成两片,左边右边住着。"迺疆迺理",划出田地的界线。"迺宣迺亩","宣"就是使土松动,今天常说馒头"宣腾",就是发起来了。"亩"是为田地打垄亩。接着,"自西徂东,周爰执事",从西往东,都在那儿干活。"周"就是全面、到处,"执事"就是各自忙碌自己的事情。这一章用很简短的文字写大场面,非常有画面感。

"乃召司空,乃召司徒,俾立室家。""司空"是负责土地工程的官员,金文里就写作司功,这两个字的读音在古代应该是相近的。周王亶父召来负责工程的官员。"司徒"在金文里写作司土,是负责组织和号令民众的官员。耕种、打猎都要组织人群,后来司徒演变成宰相的职责,就是管民事。"俾立室家",让他们盖房子,立室立家。"其绳则直,缩版以载","绳",用绳子丈量、划标准,盖房子总要丈量土地。"缩",是用绳子捆绑。"版",用来打墙的木板。"载"就是树立。我们今天盖大楼都是用水泥,把它搅成以后,先打版,缩起来往上一灌,这叫现制版。古代人盖房子和这有点类似,用木板编成槽子,然后填土夯实,板槽要用木桩加固,所以要用绳索捆绑。"作庙翼翼",就是先建宗庙,这是强调神权,"翼翼"就是高耸的样子。这一章是讲在土地之上建起宗庙,接着第六章就开始叙述劳动场面。

"捄之陾陾,度之薨薨","捄"就是把土装在运土的器具中,"陾陾"指的是频繁,也有人说是象声词,指运土的那种状态、声响。"度"是投土的意思,把土放到版里面去,薨薨作响。"筑之登登,削屡冯冯。""筑"就是夯实,"登登"形容夯土的声音。古代用版打墙有些地方会鼓出来,就是"屡",隆起来的意思。需要把高出来的地方削掉,就是"削屡"。"冯冯",这个词古代经常做象声词,实际上就是"砰砰"。"百堵皆兴,鼛鼓弗胜",上百堵的墙,一堵就是一版,都兴起来了。这里写出了劳动场面的热烈,声音响成一片。"鼛鼓"是一种大鼓,《周礼》记载,组织大众的活动要敲大鼓,让声音传得远,而这个声音都压不住劳作的声音。这就是一个根植于土地的民族,一写起土地上的事业,精神上就饱满得很,旺盛得很。这一章用非常经济的笔触,把一个大场面写得如火如荼。

下面就写城门建立了,"迺立皋门"。在西方历史上,罗马城的建立是罗慕兄弟拿着犁在那里耕,凡是耕过的地方,把犁抬起来就建城门。中国古人到一个地方先建城市,而且建的速度非常快。这是中西建筑的一大差异。一个西方的教堂可以建好几百年,但《诗经》里讲周人建灵台,不日成之,没几天就建成了。汉代刘邦定都长安以后建都城,也只用了十几年。为什么?就地取土,建得快与它使用的材料有很重要的关系。这源于周代,周人在大地上生活,建土木建筑,不用石头。中国人很忌讳石头。在北方盖房子用石头打地基,但是不会把房子全部建成石头的或者用石头做拱券。中国人不喜欢,可能是觉得用石头太客观、太冰凉。在汉代有拱券,但石头做拱券主要用于建坟，和西方建筑用在宗庙及其他大型建筑，并且做出百般花样、做得很漂亮是很不同的。就地取土的好处，还在于把城建起来以后，在城外就形成一条沟，变成护城河。这里，"迺立皋门"，"皋门"就是外城城门。古代宫殿，包括今天的北京城就是这样，外城是一套，里面有紫禁城，进去后，还有宫门。到了故宫，从天安门进去之后就能见到皇帝了吗？还早着呢，从天安门进去之后，又是端门、午门、一系列的门，这些门层层叠叠。在周代，实行的是三门制。这里先说立了皋门，接着就写皋门是什么样的，用顶真格，"皋门有伉"。"有伉"就是伉伉，《诗经》里有时用"有"字就是为了在语词方面进行变换。"伉"是高耸的意思，城门高耸。"迺立应门"，"应门"是内城门，对着朝堂的大门。实际上，里面还有门。周代有一个青铜器物叫小盂鼎，记载了一次军事胜利，押着俘虏进献周王，从最外一层门，走到中间一层门，走进最内一层门。另外，王在朝堂上发布政令的时候，沿着门口有人传话，一层一层往外传，也是很壮观的。所以，嗓门大在古代可能占便宜。《诗经》表现生活，有时就是只言片语，选择其中一部分。这里就说到，立了皋门，皋门有伉；立了应门，应门怎么样？"将将"，也是高耸的意思，形容高大庄严的样子。"迺立冢土，戎丑攸行。""冢土"意为大土堆，最早是祭天地的，到了《周礼》里叫圆丘。"攸行"就是所行，戎丑要从这儿经过。什么叫戎丑？戎是戎狄，丑就是抓来的俘虏。可能要审讯他们，还有可能杀了他们来祭天。这个"乃立冢土"是宗教活动，建城门时不忘记在附近立一个高大的土丘，象征神权。

在西周时期，所谓神权实际上就是政权，一个政权如果没有神的庇佑，就没有合法性。所以在《诗经》里，才会经常看到周人千方百计地说"我们周家得天命"。可天命是一开始就在周人手里边吗？要知道，当人们推翻商纣王的时候，他也问："我难道不是有命在天吗？"言外之意，老天爷不是要保佑我吗？周人有感于这一点，就把天的意思换了，说老天爷的确是保佑某些政权，但是有一个条件，这个当权者要有德，你商纣王失了德了，还以为老天爷会保佑你，你就是笨蛋，毕竟天命无常。这个思想观念，现代学术界一般都认为是周人为了说明自己的合法性而提出来的。中国人信天，但是天和政治的关系，需要周人建立自己的王朝以后，再去修改一下，往前推一步，出一点新意。这是思想史的变化，它是缓步向前走的，而不是旱地拔葱，突然来一个新局面。

这一章强调都城建成了。前面强调的都是辛勤的劳作，这个劳作是群体性的，先民是主体。在《诗经》的战争诗篇中，很少塑造单个的英雄，看不到像阿喀琉斯、赫克托耳那样的大英雄，或者足智多谋的谋臣。在国家典礼上也把重点放在一般民众。那么，在讲述祖先历史的时候，它也把整个过程变成一个复数行为，虽然在祖庙里歌颂的中心是太王，但是没有忘了太王领导的民众。实际上，这就建立了一种广泛的联系，太王领导了很多民众，而这些人的子孙都在，他的基础就比较牢固。这不失为一种政治上的聪明。总是把自己和别人孤立起来，不是好办法。

诗歌无亲，唯德是歌

第八章，"肆不殄厥愠，亦不陨厥问"，对这个句子的解释历来分歧众多，我们只采用其中一种讲法。"肆"是发语词，"殄"就是灭绝，"厥"是指下文的混夷，"愠"是恼怒。这是说"我们也不断绝他的恼怒"。"陨"，陨落、坠失，句中第二个厥是指周人，"问"是问候、来往。混夷是边地的一个带有草原色彩的文化人群，他们对周人有侵扰，欺负周人弱小。诗在这里讲的是，对混夷，周人一方面不会一味地巴结，另一方面也不会缺失了问候，也就是和他们敷衍。这说的是过去。那么现在呢？"柞棫拔矣"，"柞"是一种山杂木，过去的农具如铁锹等，那个木杆一定要细、硬，有弹性，往往都用山里的柞木。"棫"的学名叫白桵，是一种丛生灌木，枝干还有刺，虽然是硬杂木，但有时可以做锹、镐。"拔"就是拔掉。杂木杂草被拔除了，所以"行道兑矣"，"兑"就是通畅的意思，大道开出来了。这是周人把岐山开辟出来的表现。这个时候，"混夷駾矣"，"駾"字现在比较少见，在甲骨文里有。二十世纪七十年代，在太王迁岐的地方周公庙附近发现了很多甲骨文，其中有一些相对完整的上面就有这个字。现在的字体是马在左，兑在右，甲骨文正好相反，马在右，兑在左，指惊慌逃奔的样子。这句是说混夷跑了。"维其喙矣"，"喙"的本义是突出的嘴巴，此处引申为气喘吁吁的样子，讲混夷像丢了魂一样，屁滚尿流地、慌不迭地就跑了。这是说周家强大了，突出太王迁岐的含义。然而，这首诗的立脚点、着眼点却不是太王。接着看下面一章。

"虞芮质厥成，文王蹶厥生"，这里突然说到了文王。实际上，太王迁岐之后周家还有一辈人，就是周文王的父亲，名叫季历，又叫王季。有些文献记载，这个季历被殷商人杀死了。诗的叙述隔着一辈人。为什么？诗叙述太王，按《毛传》是推本的意思，讲怎么出现了文王，我们家祖上是怎么回事。当然，做诗的不一定就是周文王自己，但是他们是为王朝做诗，讲文王的事业是谁奠的基。所以第九章落在了周文王身上。

虞、芮是两个小国，虞在今天的山西省平陆县境内，芮在芮城县，两个县相邻。黄河在陕西、山西交界是南北流向，在交界的南端，突然拐了个弯向东流。这个弯曲处的北侧，靠近黄河的一片地区，就是虞国和芮国所在地。这两个国家在殷商时就存在了，因为离得近，就出现过一件事情。"质"就是取信，怎么取信？交换信物，在周文王这儿交换，实际上并不是真的交换，就是讲周文王感动了他们，他们互相取得了信任。"成"，就是成功。这个故事在《史记》及一些相关文献里有记载，《毛诗》注释时也说到了。虞国和芮国争一块田地，打不清官司。这时正是周文王在位，当时他还是西伯。虞国和芮国听说文王很有德行，国家治理得不错，就去找文王。结果他们一进入周家的地盘，就看到耕田的人你让我一分我让你一分，当官的人也是你让我我让你，于是两人良心受到感发。他们反思自己，发现跟周人一比，自己实在太差了，于是开始互相谦让。据说这个地方一直到后来还有个名字，叫闲田，双方都不要，就空下来了。这件事情发生之后，西方的小国都纷纷投奔周文王。于是，周人就把这件事情当作周家受天命的一个征兆。所以诗第九章开头就是这句话。然后，"文王蹶厥生"，"蹶"，《毛传》解释是"动也"，隋唐之际陆德明作《经典释文》，给这个字用反切方式注音，读 guì。g、k、h、j、q、x 这几个读音经常串，在我们现在的一些方言里还是这样。比如湖南人把鞋子读成 hái zi。此处"蹶"的读音就与此有关。这句的意思是说文王动了他们的性，感动了他们的品性。自此以后，"予曰有疏附"，"予"是指"我"、周家，"曰"是语词，"疏附"就是辅助，是一个联绵词；"予曰有先后"，"先后"就是鞍前马后的追随者；"予曰有奔奏"，"奔奏"就是奔走、侍奉；"予曰有御侮"，"御侮"就是抵抗外来侵略者。也就是说，周家有了不少跟随者，文王获得了很多诸侯的拥护。

乍一看，最后一章好像是猛地跨越到周文王了。宋代苏辙在《栾城集》中提到此处"连山断岭"，看出了这一段的问题了，说这个事情不接，上下的文字也不相连，就像画画，连着山，但是有断岭。然后又说虽然它不连，但看文章的气象，确实一脉相承。实际上，这首诗的祭祀仍然以文王为中心，顺次上推到文王之前的王。它和《大明》《皇矣》两首诗一起，上勾下连，展现了周家得天命的高潮，以及预备阶段、完成阶段、发展阶段这样一个系统，直到后来周武王灭商，就是天命终于转移完成。另外，到了文王，突然换了句式，前面都是四言，四言是庄重的，而此处开始节奏变了，突然改用五言，变得激动起来、欢快起来，还用了排比的句式和相近的词，跳跃性非常强，显示了情感的波动。为什么这样做？因为这首诗结尾要落在文王上，文王是如何生根的？是他的祖先打下了一个很好的基础。

太王迁岐是周家克商之前四五十年时间里，周家发生的一次很大的变化，对文王获得天命是有重大帮助的，所以祭祖的时候，要歌颂太王。再往前，会歌颂公刘，因为周人一开始自窜戎狄，从戎狄转回农耕文明，公刘的功劳大。而周家之所以有政权、有祭祀，创业垂统的功绩要归于最老的祖先后稷，所以祭祀他。可见，周家的祭祀不是平均地使用力量，并非只要是先公先王就一定祭祀、歌唱，重要的是有德。诗歌无亲，唯德是歌。

这是周人和殷商祭祀的一个很重要的区别。在殷商的祭祀制度里，有周祭制度，用五种祭奠方式对各王轮流祭祀。到了周代，变成歌以德发。歌是宣扬你的德行的，不是说做了领导人，好事也不干坏事也不干，坐在那儿，工资没少拿脸没少露，死了以后就可以享有赞美，门都没有。所以，诗是重德行的。它最大的特点在于对土地以及在土地上落地生根的描述，那是力透纸背的。它不是写征战，在《诗经》里缺少那种对暴力的歌颂，对那些事三缄其口，不愿意多说。什么叫德行？太王一开始弱小，挨戎狄的欺负，他们就走，寻找更肥沃的土地，等在新的土地上落地生根以后，混夷不战自溃。周人是这么解释历史的，这代表中国人对生活的看法。这是不是历史真实？未必，但是诗篇弘扬这种价值取向。中国人是读着四书五经建构自己的文化的，经典对后来的中国产生很大的影响，对武力、暴力的事情基本保持低调的、缄默的态度。我们如果到西方旅游，比如到了伦敦塔的白厅里，在它的三四层楼里可以看到全都是用剑摆成的大扇面，这是王室突出宝剑、武力，他们颇有点"武治天下"的气派。这到故宫里是看不到的，因为中国强调"文治天下"。

《周颂·天作》：没有鬼神的祭祀诗

天作高山，大王荒（tài）之。彼作矣，文王康之。彼徂（cú）矣岐，有夷之行（háng）。子孙保之！

岐山下有了通畅的大道

《诗经》祭祖诗的实际情况颇为复杂，内涵非常丰厚。除了祭祀文王之外，还祭祀文王的祖辈、父辈，包括祖母、母亲，比如《大雅·思齐》。另外，在其他祭祖诗篇，如《周颂·天作》等中，还展现了其他内容。

"天作高山"，说高山是老天爷创造的。"天"可以理解为大自然，也可以理解为"神"，不必拘泥于古人的说法。"大王荒之"，是大王开荒、垦辟的。大王指公亶父，周文王的祖父。他做了一件很了不起的事情，在《大雅·绵》中讲述过，就是带领周人迁移到肥沃的周原。所以,"天作高山,大王荒之"是一大功劳。"彼作矣"的"彼"指大王,说是他开始了这个工作。"文王康之"有多种解释。"康"有空的意思,比如"萝卜糠了",指里面空心了。"糠",就是"康",只多了个米字旁儿而已。另外,"康"也有通达的意思,空就通达。所以"康之"可以理解为大王创业开了个头,文王把这件事情做通畅。另外,按照传统解释,"康"意为安置,今天的"康居"工程,就是安居之意;"康"也可以读成戊己庚辛的"庚",有继续、继承的意思。总之,大意就是垦殖高山(指岐山),这个工作是由大王开始的,文王把它做完,安居下来了。

"彼徂矣岐"的"彼"在这儿可以虚化理解,不要太做实,"徂"通"岨",指崎岖、险峻。"有夷之行","夷"是平坦的意思,"行"就是大路。也有人把这两句理解成"彼徂矣,岐有夷之行",这样的话,"徂"就不要解释成通假字了,而是"往"的意思,也就是文王和他的祖父大王都成为过去了。这两种解释都是可以的。意为他们两代过去了以后,岐山下有了通畅的大道。"诗无达诂",有的时候诗没有固定解释,因为这属于上古文学,所以在标点上是有分歧的。

古人怀古

"子孙保之"是一种陈诫。祖宗垦殖高山,开辟岐山之地。我们子孙们要"保有之",要保有这个地方,享有这个功劳,还要继承这种精神。

这首诗很显著的特点之一是没有鬼神。《诗经》很"干净",不论讲多么遥远的历史,讲多么不可理解的事情,比如后稷生下来就被母亲抛弃,都没有鬼神出现。《天作》虽然是祭祀诗,但讲人间的事很明白。第二个特点是,诗好像是在祭大王,实际上是大王和文王一块祭,主要还是说文王。"大王荒之","文王康之",是说这个事业成于文王之手,开辟岐山的事业成了,周家受命就有基础了。整体联系起来,就是说周家成为天下的主宰是几代人累积的,到了周文王有了征兆。从历史角度说,他被殷商人授命为西伯,成为主宰西方的诸侯;从一种理念或者古代的宗教信仰来说,这是上天的选择。上天跟鬼神不是一个概念,不是牛鬼蛇神那类东西。当然,在我们今天看来,上天也算荒诞不经的迷信,但是相对干净。这一点没有根本性的改变。

这首诗有可能是在高山下祭祀,然后表演一个仪式,但是并没有直接把神请过来跟它交谈,接着就开始讲述往古的历史了。这又是一个特点。所以,到岐山去祭祖,很有可能就是追寻文王受命于天的历史来历。也可以说,中国的历史意识在《诗经》祭祖诗里有长足的发展,这是讲史学史应该注意的。

《周颂·载芟》：男耕女织的传统何以形成？

《周颂》里边农事作品颇多，而且不论多长，都是一章。它不像雅和国风是分章的。我们先看《载芟》。

载芟载柞（zài shān zài zé），其耕泽泽。千耦其耘，徂隰（ǒu yún cú xí）徂畛（zhěn）。侯（hóu）主侯伯，侯亚侯旅，侯彊（qiáng）侯以。有嗿（tǎn）其馌（yè），思媚其妇，有依其士。有略其耜（sì），俶（chù）载南亩，播厥（jué）百谷。实函斯活，驿驿其达。有厌其杰，厌厌其苗，绵绵其麃（biāo）。载获济济，有实其积，万亿及秭（zǐ）。为酒为醴（lǐ），烝（zhēng）畀（bì）祖妣（bǐ），以洽百礼。有飶（bì）其香，邦家之光。有椒其馨，胡考之宁。匪且有且，匪今斯今，振古如兹。

王率领百官、农夫一起耕作

"载芟载柞",这个句式和我们熟悉的"载歌载舞"相同,就是又芟又柞的意思。"芟"就是除草,"柞"是除去杂木,拔去那些老树根、树桩子。这是讲开垦土地。"其耕泽泽",这里有一个问题,到底是读 zé zé,还是 shì shì。按古老的解释应该读成 shì shì,指拿木制的农具去翻、戳土壤,土壤经过翻耕变得疏松。如果直接读 zé zé,那就坏了。以我的经验,在收完小麦要种玉米时,把土地先用水浇然后晾得差不多干了的时候,拿犁翻过来,那个土是光面的,倒可以形容成 zé zé,但是我们不敢那么解释。因为这个作品创作于西周时期,犁还没有运用到土地的耕种上。古人开始用犁是在春秋时期。孔子的弟子冉耕字伯牛,从这儿可以看出开始用牛耕地了,因为古人的名和字字义往往相关联。但是那个犁的铧也不像后来的那么深,它实际上是用拱的力量把土翻过来。所以,这里还是读成 shì shì,疏松的样子。

芟除了草,把土地翻一翻,让它疏松。接着,"千耦其耘,徂隰徂畛"。"千耦",我们在讲《噫嘻》时说过"十千维耦",耦耕是两人一组使用农具耕作,一边翻土一边播种。当代西南一些兄弟民族还用这种古老的耕种法。"耘",也是耕种的意思。"徂",就是往、移动,"隰"是下湿之地,到低洼之地去。"畛",指用田埂把土地方方正正地封起来,在这儿是指熟耕的土地。对这几句诗要灵活理解,就是说有荒地有熟地,有高地有低地。"徂隰徂畛",就是锄耕遍满的意思。唐代元结写文章说到,在唐代整个地方能开垦的土地都开垦了,到处都被耕种了,强调不让土地有遗漏。实际上,每个时代的情况都不同。周代人口少，他们说土地都被耕完了，是一种夸张的说法。到了春秋时期，在今天的开封到商丘一带，还有八个邑是空闲的土地。不过这不要紧，文学可以夸张。

下面"侯主侯伯，侯亚侯旅，侯彊侯以"是排比句，"侯"在这里当维讲，是个结构性的词。"主"和"伯"就是王者、诸侯。西周王朝有一些直属地带，也封建了很多诸侯，把土地给这些大小贵族。这种土地的领主叫伯，他和那些被封出去守土一方的外部诸侯国不一样。像鲁国、齐国等诸侯国的国君，就被称为侯。这句诗说大小贵族都出来了。接下来，"侯亚侯旅"，"亚"和"旅"在传世文献《尚书·牧誓》中有比较可信的记载。周武王灭商的时候，在甲子日的早晨来到牧野，向他的军队发表誓词，就提到了"嗟！我友邦冢君，御事、司徒、司马、司空、亚、旅、师氏、千夫长、百夫长……"其中，友邦就是盟军，冢君也是大君，御事就是给王做事的，司徒、司马、司空，并称"三公"，接着就是亚、旅，可见这首诗里的"亚"和"旅"也是高级贵族。接着，"侯彊侯以"，"彊"是强的异体字，指成年人；"以"在古汉语里有携带的意思，就是被领着、被引导着，代指小孩子。在这里运用了一个修辞手法，说成年人和没成年的，都来了。这三句描述的是亲耕的时候，上层的君主们、贵族们、官员们，下层的农夫，男女老少，一起上阵，不分贵贱高低，讲劳动的场面。

接着，"有嗿其馌，思媚其妇，有依其士"。这首诗很多地方都是三句为一个表达意思的单元。"嗿"字说白了，就是吃饭时嘴发出的声音。人多了，吃饭声响成一片。"馌"，就是送到田间的饭。在《诗经》里反复出现"馌彼南亩"，就是指送饭到田头。一直到当代，中国北方实现机械化之前，人们种地都要在田间吃饭，但这里的馌字意味着饭不是各家送的，而是王朝送的。西周金文器物令鼎能证明王者亲自下地去劳动。令是一个人名。令鼎记载，令陪着王去下地耕种，回来时跑在王的马车前边。王让令和另一个人奋比赛跑步，从大田一直跑到宗庙，谁赢了就可以得到"臣十家"的奖赏。铭文里还写到了王在典礼的时候射箭。《国语》里也谈到，亲耕大典的时候，王家要送大家一顿饭。在有些诗篇里还可以看到，如果王高兴，还推开左右，把农夫的饭拿过来尝一尝。这让农夫很感动，说是收买人心也好、亲近民众也好，这种行为在三千年前就有了。"有馌其馌"，就是喷喷地吃着这个送到田头的饭。"思媚其妇"，"思"是语词，"媚"就是漂亮的、可爱的。谁呢？妇女们。亲耕在古代是盛大的典礼，所以农妇们也把自己打扮得很漂亮。"依"，可以读成殷，就是众多的意思。"士"就是男子。吃饭的人是打扮得漂亮的女子们和众多的男士们。

"有略其耜"，"略"在这儿当锋利讲，也有解释成"长"的。"耜"就是农具耒耜，在甲骨文里可以看到这个形象，实际上就是古代的铁锹，但它不是铁器，是把一个木桩子削尖，在下面安一个横杠，拿脚踩。"有略其耜"就是男子们操着锋利的耜。"俶载南亩"，"俶载"这个词到今天也只能作为一个固定语解释，就是指开始翻耕，南亩就是向阳的田地，一向阳，田地就好。这是写真正从事劳动的男子们和他们漂亮的媳妇们，也就是劳作的主体。他们拿着长长的耒耜，开始翻耕。

"实函斯活"，"实"是指种子，"函"就是指含在土壤里。种子被土包容着，就活了，发芽了。"驿驿其达"，"驿驿"，成行的、成趟的；

"达"就是钻出来了。"有厌其杰",就是有些苗子很高,老早就出来了。接着,"厌厌其苗,绵绵其麃","厌厌"是满的意思,田亩里满是这个苗。"绵绵",不绝。"麃",指锋芒,粮食如果长得好,会有很多尖;也可以解释成穗子,粮食开始结穗了。"载获济济","载获"就是开始收获,"济"就是众多。"有实其积",是果实堆积。"万亿及秭",成万成亿的禾捆子。这些粮食用来做什么呢?"为酒为醴",把这些籍田所产出的粮食,做成酒做成醴。"醴"也是酒,比较甜,含糖高,酿造的时间短,也可以叫作薄酒。这句意为做成浓酒做成薄酒,干什么呢?"烝畀祖妣","烝"是进献,"畀"是给予,进献给祖妣。"祖"就是男老祖,"妣"就是女老祖。我们今天说"如丧考妣",其实是个错误,因为考是父亲,妣是女老祖,在金文里从来没有把考和妣连用,那是差了辈了。"以洽百礼","洽"是周洽,周详地完成了各种典礼。

写春耕,但不是用于春天的典礼

诗从春耕写起,最终落笔到秋冬之际大祭祖先。于是,问题就来了:这首诗到底是什么时节的乐章,它到底用于哪个典礼?这就有古今分歧了。《毛诗序》说"春籍田而祈社稷也",说这是春天举行籍田典礼祈求社稷神的时候唱的。注意,这明显和作品"为酒为醴……以洽百礼"相矛盾。到了宋代的欧阳修和朱熹,开始对毛序的说法提出质疑。

宋代人解《诗经》,和我们今天注解的一些态度是一样的。在朱熹之前，欧阳修写了一本讨论《诗经》的书，叫《诗本义》，书名之意就是探求诗篇的本来意思。欧阳修不相信《毛传》《毛序》，甚至郑玄的说法，他都不事先相信。他解诗的原则是先读诗，然后再看《毛序》《毛传》，觉得他们说的合理就接受，觉得不合理就废弃。这叫"据文求义"。这有点儿像马丁·路德，他并不是反对基督教，而是反对教皇等洋和尚们解释经典，并且规定经典不经他们解释就是非法的。教皇们因为有这种特权，向人们收免罪券，横征暴敛，所以马丁·路德说要回到《圣经》本身，不再听他们的解释，引起了宗教革命。欧阳修著《诗本义》也是这样，他不相信汉代经生的说法。回到这首《载芟》本身，他就发现：不对呀，你说是春天籍田典礼祈求赐福多产粮食，可是怎么写到了"为酒为醴……以洽百礼"、写到秋冬之际了呢？朱熹继承了欧阳修的怀疑精神，说"此诗未详所用"，他也不相信毛序，但也没找到合适的说法，就干脆先存疑。宋代人的这种精神是值得我们肯定的。学《诗经》不能像现在有些人那样，整天拿着《毛传》《毛序》之类的旧文献抄来抄去。

朱熹的学问很大，但是很遗憾，有一个材料似乎没有引起他的注意。这个材料就记载在《礼记·祭统》里面："天子亲耕于南郊，以供齐（粢）盛，王后蚕于北郊，以供纯服。……身致其诚信，诚信之谓尽，敬尽然后可以事神明矣。"这是《礼记》里面儒生讨论周礼的文献。《礼记》应是汉代儒生搜集成书的战国儒文献。这段话是说：天子为什么要到南郊亲耕呢？因为南郊这点粮食可以做"齐盛"，献给祖宗。齐字通粢，"齐盛"就是装在容器里边的粮食和贡品。王后亲自到北郊去参加养蚕的仪式。这样的话，蚕丝才能织成布制成衣服，王者祭祖的时候就可以穿。也就是说，对祖宗真正的尊敬不是进献粮食，而是对其亲自劳作的传统的继承。别人产的粮食，不能用来祭祖。

这个观念我们明白了，再看这首诗也就明白了。这首诗是用于秋冬之际祭祖的，它的特殊性，也正是让人困惑的地方，就是从春耕开始写。而之所以这样写，就在于他要写出王者、诸侯春耕的场面和过程，并以此强调祭祖的粮食是亲自劳作所得。它要表达诚意。

《载芟》和《噫嘻》《臣工》有区别。《噫嘻》是作者在典礼上告诉成王，他要按照老祖宗留下的规矩，率领农夫去种地了。但是《载芟》的时间稍后，它特别强调没有忘记老祖宗的法度。实际上是翻了一层意思，意味着周人开始自觉地反思自己的传统，着意表现自己的传统。诗篇里包含着一种思想观念的重要变化。忽略这种变化，对研究中国传统的形成是一种损失。有很多学者写中国思想史的著作，忽略了《诗经》里边的这种变化，而到其他地方去找所谓最可信的材料，是很可惜的。

这首诗应是西周中期，亦即建国一百年左右时的作品，很可能作于穆王、恭王时期，作于恭王时期的可能性尤其大。因为周穆王好大喜功，在外打仗，在内修礼乐。他死了之后就有人说他是丹朱（尧的一个不肖子）在世，见于《国语》的记载。有人认为他有点儿像汉武帝，和外族打来打去，一会儿封禅，一会儿干这干那，最后把国库掏空了。周人到恭王时期又开始注重农业，在金文里有种种表现，比如《史墙盘》里就谈到天子特别重视农业，农业特别丰饶。前面有一个忽略传统的王，隔一个阶段以后，再有新王，就要表示他一定尊重传统。认为诗作于恭王时期还有一个证据，在结尾部分。"有飶其香，邦家之光。有椒其馨，胡考之宁。""飶"是浓郁的芳香，香得要命,这是邦家的光辉,我们拿着祭祀先王;"椒",也指香气浓烈。"胡考","考"是自己的父亲。《逸周书·谥法解》说长寿的人叫胡考。而在历代周王里边,周穆王是一个特别长寿的人。所以,这个"胡考"很有可能指周穆王,他的儿子就是周恭王。

更多的证据在下边:"匪且有且,匪今斯今,振古如兹。""且"的意思就是此、此时,"振"就是自从。我们不是此时才如此,重视农业不是从今天才开始,而是亘古如兹,打那天起就如此。从道理上推测,这种语言也不会出现在早期政风淳朴的时候,那时王都按照季节去参加亲耕大典。后来慢慢地观念发达了,王者脱离劳动,才需要提醒。

《周颂·良耜》：秋收之后，祭祀以回报万物

《良耜》和《载芟》有点儿像姊妹篇，它们的创作时代应该是相近或者相同的，因为诗中有很多句子的构思、格调、用词、句法高度相似。二者的区别在于一为外祭，一为内祭。

《礼记·祭统》中说："外祭，则郊社是也；内祭，则大尝禘是也。"其中的郊指南郊，都城之外有高土丘，是祭天的。社是土地庙，也就是社稷神，是管农业收成的。天和周人的祖先不是一回事。有些商代人认为自己的远祖是河流、山岳，到了周代也有类似的观念。如果推源人类的根本处，天地、山川、大自然就是我们的祖先。但是，毕竟人类发展了，在祭祀时不能把天地之神和祖先完全等同。从商代后期的那些王开始，就这样区分了。"大尝禘"，尝就是让祖宗尝粮食；禘就是祭祀始祖——周家所自出的远祖，像后稷等。

《载芟》属于内祭，所以祭祀者尤其注重向祖宗表白自己尊重传统，体现了《诗经》作为礼乐文明的一个重要价值。这些歌唱不是单纯的娱乐。《毛诗序》说《良耜》"秋报社稷也"，是可信的，它承认这首诗属于外祭，主要祭祀以社稷为代表的帮助过农业的自然神

灵。这样的祭祀体现出农民的厚道。

畟畟良耜，俶载南亩。播厥百谷，实函斯活。或来瞻女，载筐及筥，其饟伊黍。其笠伊纠，其镈斯赵，以薅荼蓼。荼蓼朽止，黍稷茂止。获之挃挃，积之栗栗。其崇如墉，其比如栉，以开百室。百室盈止，妇子宁止。杀时犉牡，有捄其角。以似以续，续古之人。

比较详尽的农耕场面描写

"畟畟"，有两个解释。有人说是锋利的样子，也有人说是耒耜插入土中时唰啦唰啦的声音，很顺畅，很悦耳。可见，《诗经》时代的劳动工具是不断进步的，不然不会有这样的句子。杨宽先生在《西周史》一书中说到，在周家建国百年之后那样一个鼎盛时期，农业工具似乎有进步了。他的设想是当时的木制农具，比如起土农具的周边可能包了一层青铜金属，就像我们平时戴手套，或者弹琴戴假指甲一样。因为当时青铜造价很高，所以还不能铸造全为金属的农具。

这涉及文化史上一个争论了很长时间的问题，就是西周时期有没有铁，有没有铁制农具，有些学者说应该有了，因为在《尚书·禹贡》里就谈到了今四川一带向朝廷供铁。关于《尚书》的年代判断，我本人做了一些工作，认为可以相信《禹贡》是西周中期文献。仔细想来，西周中期文献《尚书·禹贡》里有供铁，意味着铁还是比较珍贵的。虽然那会儿已经开始使用铁了，但是能不能大规模投入到农耕生产中还是一个悬案。但是，从西周后期到春秋时期，铁器大量运用到农业还是可信的。这是"畟畟良耜"让我们联想到的问题。新工具的出现，体现了科技是第一生产力。虽然人是生产力，但是有了高科技，人才能更好地发展生产。铁器在当时就是高科技，冶铁、炼钢等技术，对中国农业和社会发展的作用非常大。

"俶载南亩"，这个句子在《载芟》篇就出现了，《小雅·大田》里也有，大概意思就是开始翻田，把僵硬的土地弄松软。然后"播厥百谷，实函斯活"，"播厥百谷"也是从周初的诗就出现了，比如《噫嘻》，一直到中期还在使用，播种各种谷物；"实函斯活"，种子含容在湿润的土壤里边，孕育、成活。《载芟》篇后面还有"驿驿其达。有厌其杰，厌厌其苗"，但是《良耜》就写到这里为止了。因为两首诗的用处不同，虽是同时代写的，但一简一繁。为什么在《载芟》里要繁写？因为王要表达自己见证了粮食的生长，强调籍田从耕种到收获的整个过程中，他参与了每一个环节。但是《良耜》是外祭，祭祀的不是本族祖宗，而是天地神灵，不需要说明王亲自参与劳作。

接着，"或来瞻女，载筐及筥，其饟伊黍"。"或来"就是有人来；关于"瞻女"，清代马瑞辰据下文两句来看，认为不是说"看你"，"瞻"应该读作赡，意为"给你送饭"。用什么送呢？"筐"和"筥"，都是竹子或者柳条编的，圆的为筥，方的为筐。"饟"就是饭食，通"饷"，在金文《令鼎》里出现过。伊就是"是"。还是讲籍田典礼上要给大家送一顿饭。

"其笠伊纠","笠"就是斗笠,"纠"就是斗笠编织的那种纠纠缠缠、纵横交错的样子。"其镈斯赵","镈"是锄草的工具。根据唐代陆德明的《经典释文》,"赵"在这儿读tiáo,指两刃刀,用来削草的。这个字在甲骨文里就出现了,写作"肖",又有"肖田"的卜辞。这两句讲农夫们戴着大斗笠,拿着锋利的两刃刀,干什么呢?"以薅荼蓼"。"荼蓼"就是杂菜、杂草;荼本来有苦菜的意思,在这里也指一种野草。"薅"这个字现在还在用,指拔草,拿手揪着根拽折。在这首诗里则是用"赵"削。"荼蓼朽止,黍稷茂止。"荼蓼烂了,黍稷就茂盛了。这是很符合生活准则的。朽和茂之间,似乎包含了古人的一种发现,这些杂草、野菜可以当肥料,当然诗没有明说。朽是烂了,也可以理解为草没了。"获之挃挃,积之栗栗。""挃挃"形容用镰刀收割的声音;"积"就是累积;"栗栗"是众多的样子,层层叠叠、堆堆垛垛。秋收的场院上,堆着各种各样的粮食。

"其崇如墉,其比如栉。""崇"就是高,"墉"就是城墙。粮食堆得像高大的城墙一样。可以想见,古代的城墙都很高。"比"就是挨着、排列着,像栉,即梳头篦子。古代有一种梳头用的篦子,齿非常细密,用来篦头发里的虱子、虮子,一刮就刮下来了。这句说谷物堆放得非常密集,像梳子齿一样。然后"以开百室",打开百间仓房。"百室盈止,妇子宁止。""盈"就是满,"止"是个虚词,哉的意思。这个句子上下结构一样,是重叠的,表示一种赞叹。另外,还用了顶针格,节奏比较快,表达喜悦的心情。接着,"杀时犉牡","杀"就是杀掉,"时"就是"是"、这个,指代词。"犉"是黑嘴唇、黄色的牛。"牡"是公牛。"有捄其角","捄"是弯曲的样子。这是一头成年的牛,它的角要有一尺长。古代用于不同祭祀的牛是有区

以薅荼蓼

傳、蓼水草也集傳荼
陸草蓼水草一物而
有水陸之異也今南
方人猶謂蓼爲辣茶
或用以毒溪取魚即
所謂荼毒也○孔疏
蓼是穢草茶亦穢草
非苦菜也釋草云茶
委葉郭氏引此詩則
此荼謂萎葉也

别。《论语》中说"犁牛之子骍且角",是说牛的角短,刚露头,像个小蚕茧。与这首诗讲的牛不同。最后一句,"以似以续,续古之人",讲我们在延续古人的做法。强调这个典礼是老传统,我们今天不忘记。似是继承,也有人说通"嗣"。"续"就是延续。这个地方又和《载芟》高度相似,《载芟》讲"匪且有且,匪今斯今,振古如兹",也是强调老传统。两诗都是西周中期周人对自己的礼乐高度自觉、试图将其加以记录的表现。

淳朴的感情,理性的精神

这首诗着重刻画戴斗笠耕种的农民,强调丰盈,表达对天地神灵的感谢。但它并不说神灵如何帮助人们耕种,因为任何神灵都不能代替劳作。这就是《诗经》的理性精神,非常明朗。《诗经》虽然重祭祀,但其中并没有牛鬼蛇神,对神灵往往点到为止,也不说他们在天上如何互相斗争,没有那些东西。这一点可以和《楚辞》做比较。《离骚》里就有很多鬼神出场了,龙啊虎啊,驾车上天等。《诗经》没有屈原那样汗漫的想象力,但保存着一种纯净、质朴、实在。

在《礼记·郊特牲》里讲到了一年到头要对天地、自然回报,称"蜡"(zhà)。把包括天地神、农具神、邮(路上的标记)、表畷(田界的标志)、沟、猫(帮着吃老鼠)和虎(帮着吃野猪)等各种神灵都请过来。这从尧时就开始了,展示了淳朴的天地之情。这样做也是为了使明年的农耕生活顺利进行。

外祭也用粮食,但是粮食并不主要,主要的是杀一头牛。从甲骨文看，商代的祭祀有时杀几十头甚至上百头牛。但是，周人珍惜粮食，对酒是节制的，对帮助人民耕种的牛也很在意，祭天祭地就只用一头牛。这也是商周文化的差别。周人来自黄土高原，比较简朴，而殷商人在大平原上生活，比较烂漫，好喝酒，另外可能牧业更发达，所以杀牲多。

《周颂》的创作到了西周中期，虽然不分章，但已经把文学描写的眼光转向了现实生活，转向了耕种的场景。如果我们去比较，就会发现《噫嘻》里说"千耦其耘"就完了，而《良耜》中则出现了"其笠伊纠，其镈斯赵"，开始描写谁在耕耘，怎样耕耘，他们穿什么戴什么。至于抒发天地情怀更雅致、更清新，更全面地展现农耕生活的作品，在《小雅》里还有。

《小雅·大田》：报答天地赐予丰年之恩

《信南山》《甫田》《大田》是《小雅》里的几篇农事诗。其中，甫田的甫也是大的意思。在我们现在看到的《诗经》本子里，它们都被排在《小雅》的后半部分。古代的毛传、郑笺都认为这是因为它们是衰世之作，是用思念古代来讽刺周幽王不重视农耕。到了宋代，有人怀疑这一说法，朱熹指出这是错简导致的。古代编连竹简的绳子断了之后，内容发生了颠三倒四的错乱，这几首诗才被错误地排列在靠后的位置，实际上它们应该是西周比较强盛时期的作品。我们今天同意宋人的看法，因为如果真有讽谏的意义，《诗经》时代的文学还是会把批评的意见说出来的。

这几首农事诗是一组，产生的时代相同，内容也有大同小异的地方，在结构和风调上十分接近。《信南山》给人印象最深的是对上天降雨的充满温情的描写。《大田》篇也有这样的句子，讲天地是我们的衣食父母，我们在享有利益的时候不能独占，要关怀弱者。

《大田》直接关涉的是收获时节的报神典礼，以牛羊祭祀天地，报答天地赐予丰年之恩，与《甫田》以牛羊之祭祈求甘雨相映相续，构成农事祭祀的一个有始有终的格局。但诗篇与《信南山》《甫田》一样,并不是用所有篇幅写典礼场面,而是重点叙述农业生产过程。与《甫田》篇不同的是,这首诗叙事的重心在于作物生长季节的病虫害防治,以及秋季的收获。

大田多稼。既种既戒,既备乃事。以我覃耜,俶载南亩,播厥百谷。既庭且硕,曾孙是若。

既方既皁,既坚既好,不稂不莠。去其螟螣,及其蟊贼,无害我田稚。田祖有神,秉畀炎火。

有渰萋萋,兴雨祁祁。雨我公田,遂及我私。彼有不获稚,此有不敛穧。彼有遗秉,此有滞穗,伊寡妇之利。

曾孙来止,以其妇子。馌彼南亩,田畯至喜。来方禋祀,以其骍黑,与其黍稷。以享以祀,以介景福。

修农具、播种、除虫害

这首诗的长度和《信南山》差不多。

诗的第一章从春耕起笔。"大田多稼","大田"指王的籍田千亩,因为面积广大,称为大田。"多稼",是说庄稼多。头一句单独成句,很像比兴的句子。"既种既戒","种"意为选取种子,名词做动词用。"戒"就是修理耒耜农具。按照古代历书《夏小令》的记载,到了快开春的时候,王要发布政令,令农夫开始为春耕做准备。所以,诗接着就写道"既备乃事","备"就是准备好、完备,"乃事"是大家的事,"乃"在这里是助词。

下面又是三句。"以我覃耜","以"就是用;"覃"是个假借字,应该写作剡,是锋利的意思。这句诗说"拿起我锋利的耜"。"耜"是古代翻土的农具,最早的耒耜就是用树杈子做的,样子有点儿像铁锹,有圆形的,也有方形的。它的前端是木制的,把木头叉子削尖了,旁边有脚踏的地方,有肩膀、小横梁,便于着力。新石器时代的耒耜都是用动物骨头或者木头制成;商代出现了青铜打造的耜,但是比较珍贵、比较少;到了西周,有学者说人们会在制作耒耜的木头或者骨器上镶一层金属套,以使它更加锋利。总之,"工欲善其事,必先利其器",人们在劳作过程中,千方百计地把自己的农具做得更加锋利。而夸耀自己的农具特别锋利,显示的是积极生产的心态。"俶载南亩","俶载"二字是一个固定语,没法单独解释,笼统地说,它有开始的意思。开始干什么呢?翻土压草,"播厥百谷"——播种那百谷。"既庭且硕","既……且……"的句式有点儿像"载歌载舞"。这个"庭"意为挺拔,"硕"就是大。"曾孙是若","若"就是满意、顺心,"曾孙"是自称,指周王。周王在祭祀天地、祖先的典礼上自称曾孙。把祭祀时王的自称,比如《噫嘻》里的"噫嘻成王,既昭假尔"解释为"噫嘻,我成王已经祭祀了上天"是不对的,因为对古人来讲,即使地位尊贵,也不能在神的面前自称周王,那是不礼貌的。古人有一个老观念,认为人类最早的祖先就是天地。所以,王祭祀天地的时候也自称曾孙,就是指远孙。马瑞辰《通释》中说:"'曾孙是若'盖谓曾孙择其稼之善者而劝之。""曾孙是若"也表明这个田地的归属,它是曾孙家的,被称为籍田。籍田的籍字就意为借民力而耕。这块田地在最古老的时候,是大家用的。进入王权社会之后,田地的收获实际上被王占有了,贡品就出自这块田地,但还保留着原始的形式。这样大家必须一块来劳作。大家去籍田里劳动又叫租,这就和祭祖有关,后来的社会人们交租子名义上也是祭祖用的。可见,经济学一些概念的起源可能和祭祖有关。这句话中出现了曾孙,是说他在年终的时候代表大家祭祖。第一章从农事劳作开始,写得既简单又概括。接着就写田间管理。

第二章描写作物生长、去虫害。"既方既皁,既坚既好",四个"既"字,就是"已经如何如何,又将如何如何"的意思。"方"就是苞,指作物开始长出地面时一苞团团然的样子。"皁"指庄稼长到一定程度,要吐穗、结果子,籽粒刚刚长成的样子。"既坚既好",果实开始饱满了,好就是坚硬。第三句"不稂不莠"我们今天也在用,比如"稂莠"这个词。作物有穗而不结籽粒,叫"稂","莠"则指形状似苗而非苗的稗草;二者都是假庄稼。在现代农村还有这些东西,比如玉米地里,有些秧就长出一个秸秆子,却不产棒子,只长出一种像玉米形状的东西,里面是黑的,一摸都是黑粉。这句是说庄稼地里没有杂草。接下来,"去其螟螣","螟螣"指各种各样的害虫。《毛传》说,吃庄稼心的虫子叫螟,吃叶子的叫螣,都是能飞起来的。还有蟊贼,也是害虫。《毛传》说,吃根的叫蟊,吃节的叫贼。一直到今天,病虫害仍然是农业的一个很大的问题。所以我们要打农药,导致吃个水果都必须削皮。在几十年前的农村,过了清明,人们就可以背着筐子剜野菜,但是现在不行了,再到田地里看看,什么草都不生,这就是运用高科技的结果。但这种庄稼还是让人感觉挺害怕的,因为它一定使了药。"无害我田稚",这个"稚"就是嫩庄稼。

去其螟螣及其蟊賊

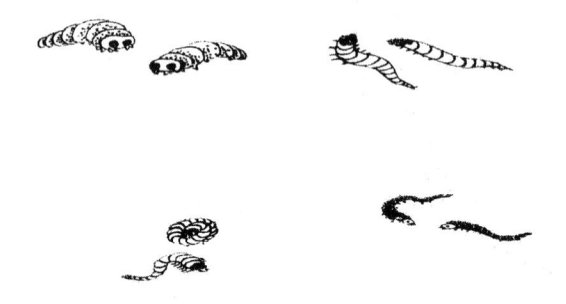

傳食心曰螟食葉曰螣食根曰蟊食節曰賊集傳皆害苗之蟲也〇捷為文學曰此四種蟲皆也實不同故分釋之爾雅蟲翼蝗也今食苗心者乃無足小青蟲云食其葉又以絲纏集眾葉使既不得展言其橫生又能穗逆之橫集音如橫災也然按蝗字通有橫音以為物雖不同皆害稼之屬也按蝗災方如實咸然則害禾稼之螽類此義皆可施四名不必辨其形說蝗橫災之蟲皆可也

这就说到了病虫害的管理，古代不用杀草剂，接着就写怎样去除病虫害。

"田祖有神，秉畀炎火。"对田祖的解释在《诗经》阐释史上还有些分歧，有神农说、后稷说等，也有人认为是指后稷之前的一个叫祝的人。这里我们知道它是指过去对农事活动有功劳的始祖就可以。诗说"我们靠着田祖的神威"，"秉畀炎火"，"秉"就是持，"畀"是交给、付与。干什么呢？用火烧杀害虫。昆虫有向明扑火的习性，古人利用这一点，在晚上点起火来，火边挖坑，一边烧一边埋。唐玄宗时有个著名的宰相姚崇。姚崇主变，办法比较多。开元四年，山东东部平原大旱，蝗虫成灾，姚崇奉皇帝的命令做捕蝗使，就利用《诗经》中的办法治蝗虫。挖坑，点火，一批一批地烧。结果有大臣向皇帝告状，说杀生太多。姚崇就说唐朝祖宗积德，用不着蝗虫这点儿和气，该杀还是杀，获得奇效。这是一段掌故。中国农业发祥早，积累了很多经验。通过这一段，我们可以了解一点儿治虫的历史。在这首诗里，蝗虫完全被看成消极的事物，与《七月》里"莎鸡振羽"、蟋蟀鸣于床下，把昆虫当成一种光景、一种自然的物象不同。

仁义就是人意

第三章写的是天气，"有渰萋萋，兴雨祁祁"，"渰"是云彩聚集的样子，"萋萋"意为密集。"兴雨"两个字，有一些古书引《诗经》时写作"兴云"，是"兴雨"还是"兴云"，古来多有争议。根据文义,说下雨,"兴云"或许更好。云彩兴起来的时候,"祁祁",齐刷刷的,甚至还带有一点儿慢慢移动的样子。当然,用"兴雨"也不算错。这雨很善解人意,"雨我公田,遂及我私",先下到公田里,接着下到私田里。这是一种诗性的说法,实际上当然不可能这么下。这和《信南山》里说"益之以霢霂"一样,是说老天爷帮忙。

这涉及中国人的世界观,认为"生生之谓道",天地是生生不已、不断繁荣的。天地对我们有一大德行,这种哲学判断是在千百年的农耕实践中形成的。在中国传统哲学里,基本上找不到"世界是物质的,我们要征服它以创造财富"的观念。那种哲学到了荀子才有一些端绪,也就是勘天役物。这和古希腊不同。赫西俄德的《工作与时日》,就把天地自然当成财富的提供者,认为财富带来光荣,而贫穷是耻辱的。财富的观念在《诗经》里也看不到,诗里写作物的形状、气味、名称,但是没有抽象的财富的概念。

接着就写收获时应该怎么处理这些收成。"彼有不获穉,此有不敛穧。""穉"就是稚、嫩庄稼。一片地的庄稼,绝大部分都熟了,只在田间地头,由于湿润或者别的原因,还有青着的,怎么办?不收了。这叫"不获穉"。"穧"就是禾捆子,禾苗收割之后,捆成把子。那些不收的,就扔在地里了。"彼有遗秉,此有滞穗,伊寡妇之利。""秉"就是禾把。"滞穗"是散落的禾穗。"伊",是个语助词,有点儿判断的意思,但也不必理解得那么死板,可以解释为"这是"。这是寡妇的一点利益。此处的寡妇代指鳏寡孤独,也就是失去劳动力的、生活比较困苦的人们,让他们捡一点儿。这是一种非常古老的习俗。前面说过"兴雨祁祁……遂及我私",人有收获靠的是天地的恩德,要真正感激天地之恩,就不能独占利益,要给弱者一点生存的机会。这是一个人类的社会，对失去劳动能力的人要有一点关照。在很多地方，我们看到在野驴的世界中，会把病驴踢出去，因为驴病了有味，能把野狼招来。诗在此处强调了一点人心，有这点人心，社会就敞亮。这点人心没了，社会就黑漆漆的了。不必把它视为虚伪，这是我们的一个老理。儒家提倡仁义，实际上仁义就是一点人意，也就是一点人心。诗篇显示的正是一点柔嫩的心肠，很值得我们珍视。

对大地和各方神灵献礼

第四章，"曾孙来止，以其妇子"，按照礼法，作为周王（曾孙）一年四季都得下地，所以从春耕到秋收都有籍田典礼和记录周王到田间去参加典礼的诗歌。而只要周王来，总要送一顿饭给大家，也就是"馌彼南亩"。"田畯至喜"，"田畯"就是官，"喜"是饎的假借字、饭食之意，这句诗说农官分发饭食给大家。也有些学者说喜是很高兴的意思，可以解释通，但好像有点儿上下不顺。我们最好还是把它放到语境中去理解，不能把意思弄拧了。这两句话有点儿像成语，在农事诗中经常连着出现。可能是为典礼制作诗歌时为了省事，也对现成的语句进行组装。

接着，"来方禋祀，以其骍黑，与其黍稷"。这才是典礼，是诗的内核。这一类诗都是写农事，在写到某个环节的时候，周王亲自下地，主持典礼。这首诗是秋收之后的典礼，"来方"就是以方，就是祭祀四方之神。在《甫田》里也讲到了"以我齐明，与我牺羊，以社以方",说周王拿起了"齐明",就是献给神的饭食;牺羊就是献给神的牛羊。干吗呢?"以社以方","社"就是祭土地神,"方"是祭祀四方神。四方神起源很早,在甲骨文中就出现了,甲骨文说东方风是什么,风背后的神是什么。东之外的南、西、北三方各有其风,各有掌风的神灵。各方风刮得适当,风调雨就顺;不适当,风不调雨不顺,就是灾,农耕就受到影响。这样的意思,起码是可以从甲骨文中看出的。周人继承了这样的观念,所以在一定的农耕时节,要对四方神报以祭献。"以其骍黑",和"与我牺羊"不太一样,《甫田》是祈雨的,而这首诗讲庄稼已经收完了,不再祈雨了,这个时候,要用红黑两种贡品。"骍",指全身赤色。孔子说过:"犁牛之子骍且角,虽欲勿用,山川其舍诸?"周代祭祀天地的时候,有一种礼用浑身赤红的小牛,没有一丝杂毛,而且犄角长得周正,合乎规格。"黑"是说通身黑色。按照《周礼》,祭天和宗庙叫阳祀,用红色。祭地和社稷叫阴祀,用黑色。其实,到底用骍还是黑不必那么较真,此处是说按照颜色对大地和地方神灵进行祭祀。"与其黍稷",还有用黍和稷做的米饭。"以享以祀,以介景福","享"和"祀"都是奉献的意思、上供,以祈大福,祈望来年还要有大收成。我们从天地那里把粮食收走了,不能把天地晾在那儿不管,那就是有始无终了。

这首诗中渗透着一种人和自然的关系,多少年了,我们都是这样做的。按照老礼,按时耕种、管理,在各个环节,给神灵献礼。瓜熟了,大自然给我们那么好的味道,怎么办?要祭祀。等到求雨了要祭祀,秋收之后还要祭祀。这是一点情分。老礼可以凝聚大家的精神和生活的节奏,过节让生活变得有滋有味,否则就太寡淡了。

诗的价值在于展示一种农耕生活的神事活动，今天我们并不把它完全视为迷信。它是一种风俗、一种文化。

《诗经》特别注意表达王在每一个环节下地劳动都要予以歌唱，这与祭祖观念有关，同时也向全体民众宣扬：这是传统，连周王都遵循它。有些生活习俗，如果没有刻意的提醒，久而久之就会被忘记。比如，《论语》里讲"慎终追远，民德归厚矣"，这是我们的传统。如今清明节放假，给大家时间，意味着国家对这个传统是在意的，我们应该把它延续下去。所以，人是文化的动物。一个人长期生活在一种文化氛围里，他就是这个文化造就的。尽管我们有改造传统的责任，但并不是说不要传统，有些好传统还要坚持。

这首诗的节奏并不是激昂的、热情奔放的，句子比较典雅、安详，和《信南山》《甫田》《楚茨》一样都带着毓秀的气质，不急不躁，透出农耕生活的平静，又充满了温情。把难懂的字句读妥了之后，能感到它是很动人的。

《大雅·民劳》：执政贵族的政治宣言

民亦劳止，汔(qì)可小康。惠此中国，以绥(suí)四方。无纵诡随，以谨无良。式遏寇(è kòu)虐，憯(cǎn)不畏明。柔远能迩，以定我王。

民亦劳止，汔可小休。惠此中国，以为民逑(qiú)。无纵诡随，以谨惛怓(hūn náo)。式遏寇虐，无俾(bǐ)民忧。无弃尔劳，以为王休。

民亦劳止，汔可小息。惠此京师，以绥四国。无纵诡随，以谨罔极。式遏寇虐，无俾作慝(tè)。敬慎威仪，以近有德。

民亦劳止，汔可小愒(qì)。惠此中国，俾民忧泄。无纵诡随，以谨丑(chǒu)厉。式遏寇虐，无俾正败。戎虽小子，而式弘大。

民亦劳止，汔可小安。惠此中国，国无有残。无纵诡随，以谨缱绻（qiǎn quǎn）。式遏寇虐，无俾正反。王欲玉女，是用大谏。

封臣的封臣，不是王的封臣

《诗经》里有一种记载西周王朝衰落时期抗议权臣、抨击社会黑暗的诗篇，也可以叫政治抒情诗。

根据现在的断代，西周王朝一共延续二百七十多年，从武王到幽王一共十二代王。西周的衰落是有内在原因的，可谓"成也萧何，败也萧何"——封建本身孕育的矛盾，是西周衰亡的原因。西周封建，大量划分土地给同姓、异姓的盟友，比如鲁国、卫国、晋国等。周王把一块土地交给一个封建出去的诸侯，诸侯也要建立自己的军队，列国的外交都是相对独立的。周王可以管一管诸侯的事情，但是不能够干涉太多、太深。

宣王时期，鲁国的老君主死了。宣王喜爱老君主的一个儿子，就把他立为君。结果，宣王的使臣前脚一走，鲁国人后脚就把这个君杀掉，立自己认可的君，还指责周王。文献记载，其他诸侯也不赞成宣王这样做。所以，封建制下西周王朝的君主是最高政治权力的占有者，但不是所有权力的占有者。诸侯国有相当大的独立性。

东汉何休注解儒家经典《公羊传》，就说道："王者据土与诸侯分职，俱南面而治，不纯臣之义。"意为周王和诸侯国的君主像同事，你占一块土地，我占一块土地，南面而治，并不是完全的、纯粹的君臣关系。这和秦汉以后皇帝和郡县官员们的关系不一样。秦汉以后的郡县，皇帝说撤哪个就撤哪个，说换哪个就换哪个。这是郡县制的特征。周王直属的一片地方相当大，叫"王畿千里"。这个"王畿千里"到底有多大？主要是今天陕西关中一带，还包括洛阳及周边地区。但是，我们看金文和一些传世文献，在王畿千里之内也封建，这些被封建的长官往往被称为邦伯，而不是诸侯。

　　封建制是以土地换忠诚的。西周两百多年不断打仗，周王不断地让贵族办事，这些人立了功必须分得一块土地，或者一些财富。这样赏来赏去，周王朝内部就孕育出了一个庞大的贵族阶层，而且这个阶层一般会累积很多辈。比如西周初年的周公家族，一直到春秋后期还传着。《论语》中讲到季氏家族敛财时说："季氏富于周公，而求也为之聚敛而附益之。子曰：'非吾徒也。小子鸣鼓而攻之，可也。'"《论语》中此处的周公，不是指周公旦，而是指他的后代，他们累世做周公，家族累积了大量财富。因为传了很多代，子子孙孙都在大家族网络里，当然势力浩大。再比如，殷商时期的一些史官投诚周家以后，也能传许多代，这见于《史墙盘》等铭文记载。王畿千里之内的一些家族，他们累积的势力早晚有一天要超过王室的直属势力。

　　还有一点特别有意思。在《国语》里记载，栾氏家族出了问题，逃跑了。执政正卿就下令说，栾氏的家臣应该"从君"，不要跟着栾氏跑。结果，有一个人叫辛俞，他就跟着栾氏跑。后来被抓住，问到为什么跟栾氏跑，他说自己这是听从国家的大令，执政要他们跟着自己的君主跑，而他们家三辈给栾氏做家臣，按照周家的规矩，栾氏就是他的君。你看，独立性多强。另外，多友鼎和禹鼎上的金文记载，多友和禹两个人是武公的手下，西周后期多有征战，有一次攻打狁狁，周王需要多友和禹出兵，必须通过武公；多友立了功，在战争胜利后，周王要赏赐他也必须经过武公。

这就是西方谚语所说的："封臣的封臣，不是我的封臣。"这句话描述了西欧封建制度下采邑制中的从属关系，各级封建主之间只效忠于直接上级，隔级之间则没有效忠关系。而在西周封建制下，君与封臣、封臣与封臣之间，也不能够越级管理，周王也不可以。我们在讲战争诗《周南·兔罝》的时候，就讲过这一点。说来说去，就是一个庞大的贵族阶层慢慢形成了以后，他们分割朝廷的势力，就像一个人肚子里长了很多瘤子吸收养分，所以王室的经济状况越来越差。任何社会都有这个特点，贵族贵久了就开始奢侈。这种奢靡导致诸侯和王室的财政开始紧张，而周王又是天下的王，要各种排场，还要打仗，所以经济上更早出现拆东墙补西墙的势态。

西周衰世，政治抒情诗高涨

从西周中后期开始，王室就有衰落的迹象，这个迹象到厉王时期就变得很明显了。厉王是个胆子大、性格比较刚猛、想做事的人。他为了加强王朝的财政，任用荣夷公搞"专利"，把一些本来大家可以共同利用的山川薮泽之利硬性归公。比如本来是允许人们到湖泊里打鱼的，但厉王就强制规定，湖泊由国家控制，谁再要去打鱼，就必须交税。于是，原始的、古老的自由就消失掉了，王朝的权力在扩张。

王要"专利",肯定对小民不利,可是我们不要抽象地理解这些小民,这些小民和贵族有着千丝万缕的联系,甚至有些诸侯国的基本民众有一部分属于王室,还有一部分属于贵族的基层。"专利"伤害了他们,实际上也间接地伤害了那些贵族,最终引起整个社会的不满,将厉王驱逐了。国人暴动给我们的感觉好像是最穷苦的平民造反,实际上有贵族在操作着。金文里显示有些官员也参与到驱逐周王的行动当中,新出现的战国竹文字《清华简·系年》记这段历史说:对周厉王,是"卿士、诸正、万民弗忍于厥心",意思是高级贵族与万民合作,与周王对着干。著名的召穆公就是代表。过去,孙作云老先生在他的《诗经与周代社会研究》里说国人暴动是农民起义,其实不是。后来的农民起义,从西汉末年的绿林赤眉到明末的李自成,全是起义者想做皇帝,但是在西周,"国人"是把王驱逐了,然后再立一个王,与这件事情最符合的是贵族的利益。王压榨了他们,他们把王驱逐,再立一个新王,就是周宣王。所以,这是一次"中国特色的贵族与平民起义"。

在古希腊、古罗马也都有王政时代。在古罗马,按照他们的历史记载,君主制是从罗慕路斯和他弟弟哥俩把罗马城修起来开始发展,到了小塔克文时代,因为小塔克文强奸妇女,平民起义把他推翻。推翻以后就是贵族共和时代,然后再由贵族政治慢慢向平民参与政治、民主时代过渡。古希腊也大致如此。在中国很有意思,这些贵族只共和了十四年。当然,这个"共和"的意思在《竹书纪年》和《史记》中的说法也不同。《史记》中讲周公和召公有事商量叫"共和",而《竹书纪年》记载,"共和"是个人名,即"共伯和",是一个诸侯,伯是他的爵位。国人把周厉王驱逐了以后,由共伯和代行王政。实际上，这两种解释都属于贵族共和。因为一个共伯和夺了王位以后代行王政，要是不跟其他贵族商量着办事，一天也待不住。所以，这个性质是可以判断的。

宣王即位之后，一开始在这些大贵族的辅佐下有所谓"中兴"，实际上就是贵族按照自己的意愿开始抗击狁猃，也恢复了一些旧政。等到宣王亲自主政，召穆公等从厉王朝一直做到宣王朝的老贵族大臣，可能就老了，慢慢退出舞台了。王政马上露出了衰落的本相，《国语·周语》中说"自我厉、宣、幽、平，实食天祸"。平王是东周的第一代王，《国语》说厉王、宣王、幽王、平王都是贪天祸的家伙。其实，在宣王后半段就看出来要败了，所以那时大小贵族的抗议声不断，形成一个政治抒情诗创作的高潮。这个高潮一直延续到平王时期，到了平王三十几年，还有像《小雅·十月之交》这种诗出现。

过去都认为《十月之交》是骂周幽王的，其实它作于平王时期。这是根据它所记载的一次很严重的日食来推断的："十月之交，朔月辛卯。日有食之，亦孔之醜。"按照现代天文学的推算，这次日食发生在平王三十六年。古代认为这首诗是刺周幽王的，其实不然。

《大雅·民劳》在政治抒情诗里是比较早的，按照传统的解释，它是召穆公所作，或者以他的名义创作。《毛诗序》说这首诗是刺周厉王，那它是不是厉王时期所作呢？我的理解不是，应该是宣王初期，在国人把厉王驱逐、贵族共和的十几年也结束了之后。周厉王跑了十四年，一直在山西待着。他的太子叫静，国人暴动的时候躲在了召公家族，也很有可能是召公把静给控制起来了。古代有一部名戏《赵氏孤儿》，据说就是以这个故事为原型，因为《国语·周

《大雅·民劳》：执政贵族的政治宣言

语》记载召穆公后来把自己的儿子代替太子献了出去，被国人打死了。共和结束后，这位年轻的太子被立为周王，在位四十六年，死后称宣王。诗应该创作于宣王刚登基的时候，以召穆公的口吻号召群臣辅佐新王、有所作为。

当家就知柴米贵

第一章，"民亦劳止"，"劳"，劳苦，痛苦；"止"，语词。民众活到今天，经历了周厉王的压榨，经历了丧乱，是很痛苦的。"汔可小康"，"汔"，乞求、愿；就是希望能够有个小康。这里的"小康"是指能够稍微安定一点儿。我们今天说的"小康社会"中的"小康"这个词就出自《诗经》。后来儒家文献《礼记·礼运》中有"大同"和"小康"，"小康"的意思又发生了变化。儒家认为尧舜时期是大同，夏商周则属于小康。诗的开头很稳，看口吻，特别像出自一位经历了大难的老成持重的大臣。"惠此中国，以绥四方"。"中国"这个词的诞生距今已经有三千年左右了。它最早出现在西周早期器铭《何尊》上时，指的是洛阳。但在本诗中，中国应该指京师一带，也就是周王的直属地、中心邦国。"惠此中国"就是我们要从朝廷直属的这一代安顿起。"惠"是行惠政的意思。"以绥四方"，"绥"是安定的意思，也就是说我们要把京师的工作做好，由此去安顿四方。这也是一个纲领、一个大原则。"以绥四方"包括外攘夷狄，就是尊王攘夷。尊王攘夷其实是春秋时期的语词，但是在西周就面临这样一个问题。在北方有一个强大的人群猃狁，在文化上并不完全属于游牧人群。他们也有战车，能制造青铜器，能力很强，对西周北部构成了严重的边患。另外在江淮一带，汉水的下游、淮水的上游及下游地区，有所谓南淮夷。西周宣王时期的青铜器师衰簋铭文记述了宣王命令师衰率师讨伐淮夷的事件。其中以王的口吻说，淮水一带的东夷，也就是南淮夷，是我们的"帛晦（亩）臣"（就是交布帛和田亩税的），但是现在他们也开始不听话了，所以在南方也有战争。这就是当时的情形。

接着下边就说"无纵诡随"，不要放纵那些诡随现象。"诡随"就是欺诈，是个联绵词。"以谨无良"，"谨"，谨防、警惕，对坏人坏事坚决防范。"式遏寇虐"，"式"是语词；"遏"，遏止；"寇虐"，就是侵盗、暴虐的人和事。对偷抢打砸之类的暴虐一定要制止。"憯不畏明"，这种现象是一点儿也不畏惧法度的。"憯"这个字我们今天很少用，在《诗经》里反复出现，"憯不"就是一点儿也不；"明"，法度。这句说这些无良现象都是不畏法度的表现，也就是说我们要恢复法度。"柔远能迩"，这个词在西周中期的器物里就出现了，比如在《史墙盘》里。"柔"和"能"都是指安抚、怀柔；"远"指远方，"迩"指近处，意为远近都要安顿。"以定我王"，就是要捍卫我王，安定我王。注意，这个"我王"不可能是周厉王，因为他被驱逐了，只能理解为新上台的宣王。

这首诗后边各章的意思都差不多，只是略有变化。我们读头一段，就能看出老贵族上台以后要辅佐新王，号召全体大臣开始安顿局势。诗的口吻是语重心长的，很沉重，也显示了贵族想有所作为的心态，也就是说"当家就知柴米贵"了。只是我们仔细看，"无纵诡随，以谨无良。式遏寇虐，憯不畏明"，这里没有根本的制度性改变，只是打击坏人坏事来安顿局势。

第二章，"民亦劳止，汔可小休"，意思跟前边相似，民众很苦痛，让他们略得休养。"惠此中国，以为民逑"，"逑"就是法度，这里意为要设立法度。"以谨惛㥏"，"惛㥏"是扰乱社会秩序的行为。"惛"，古同"昏"，迷乱、糊涂。"㥏"指扰乱。"式遏寇虐"，遏止暴虐的盗贼等现象，"无俾民忧"，不让民众产生忧虑。最后两句跟第一章的后两句意思相同。"无弃尔劳"，不要怕劳累而放弃治理邦家的努力。"以为王休"，"王休"在金文里经常出现，指王的美善、王的好。如果周王赏赐了大臣，大臣表示感谢，总要"对扬王休"，就是"高扬起王的休美"。根据上下文理解，此处就是不要放弃操劳、使王休美的意思。这一章仍然鼓励同僚：你们要努力。

这首诗体现了所谓"宣王中兴"时期的时代特点。有些学者说"中兴"就是"重兴"，第二次兴、再兴的意思。中国历史上有很多"中兴"，比如光武帝刘秀被视为中兴之王，汉宣帝和唐玄宗也是中兴之主。但是周宣王的中兴实际上只有开头几年，宣王早期之后，召穆公、程伯休父、尹吉甫、方叔、仲山甫、虢文公等一帮老贵族、有经验的大臣慢慢凋谢了以后，朝政就很差了。所谓中兴，其实是周王朝的回光返照。

"民亦劳止，汔可小息"，"小息"跟"小休"意思相同，让民众稍微喘息一下。"惠此京师，以绥四国"，还是要从京师做起，安顿四方邦国。"无纵诡随，以谨罔极"，"罔极"，意为没有极限、没有原则，指不讲原则的人和事。"式遏寇虐，无俾作慝"。这个"慝"字在《论语》中出现过，是邪恶的意思。下面，"敬慎威仪"就是号召群臣注意自己的威仪，"敬慎"就是要谨慎。贵族的威仪在《左传》

中就谈到过:鲁昭公去晋国访问,整个典礼中他做得都非常好,有人就说他有威仪。后来人们发现,他不是真的有威仪,只是虚有一个外表。贵族所讲究的威仪,威是威慑力,仪是仪表、德行。所以,除了仪态要有风度让民众喜欢之外,贵族还要可敬,另外还要向百姓施舍。中国后来的儒学研究中有这样的争论:《论语》到底以"仁"为中心,还是以"礼"为中心?在孔子的思想中,二者哪一个更核心?实际上二者是一体化的,内在要有人道精神,外在要有仪表、风度。这是典型的周文化,而儒家之所以和周文化不同,就在于提出了仁心的问题。我们在前边讲宴饮诗的时候,就谈到过民众为什么跟执政者走,是因为他们给民众好处,能施舍——在《左传》中,"施舍可爱"是威仪的一部分。后来到了儒家,把这种对小民的关心提炼成一个核心性概念——"仁"。这一章的最后一句"以近有德",就是接近有德的人,向他们学习,仍然是对贵族提出的一种号召。

第四章,"民亦劳止,汔可小愒","愒"是喘息、休息的意思。"惠此中国,俾民忧泄",这个话实际上是针对"防民之口甚于防川"来讲的,特指让民众能够把怨气抒发出来,得以排遣。这在打造古代政治中是一个非常有效的方式。比如,《邹忌讽齐王纳谏》中,邹忌照完镜子问:"我与城北徐公孰美?"然后他的妻子、小妾和客人都说他比徐公美。后来他明白了,妻子爱他、小妾怕他、客人有求于他,所以都没有说真话。他把这个道理告诉齐王,提醒君主照照镜子,让民众把真实的意见说出来,能解决的解决,不能解决的解释清楚。这种做法未必能根治政治的弊端,但总是更聪明一些。

这里要多说一点,贵族们在反对王权的时候,很可能发动了一场运动,就是让一些身份并不高的采诗官去采集民间疾苦,然后唱给王听。这成为一种手段。"天听自我民听，天视自我民视"，是《孟子》引的《尚书》中的一段话。它是什么意思呢？统治者要想了解上天对他治民的看法、对他的王朝的政治效果的看法，就听听民众怎么说他。在这样一种基本逻辑下，召穆公就提出献诗制度、传言制度、讽谏制度。所以，我特别怀疑"采诗观风"实际上是由贵族策动的，这个运动一直延续到春秋中期。

鼓励年轻贵族好好努力

接着"无纵诡随，以谨醜厉"，"醜厉"就是丑恶现象。"式遏寇虐，无俾正败"，"正"，等同于政治的"政"，"无俾正败"就是不要使政治大坏。中国的"政治"这个词很有意思，体现出中国特点。《论语》中就有"政者，正也"，说政治就是正确的东西，实际上是引导民众走正确的路。而古希腊的政治为"polis"，指城邦的事情。这里体现出中西差异。下面，"戎虽小子，而式弘大。""戎"就是汝、你，在《诗经》里出现了几次，都是第二人称形式。"小子"指的是清贵子弟，从下级幕僚做起的。在很著名的西周毛公鼎铭文中就有"小子"，位列"三有司"之后，"师氏""虎臣"之前，因为他们的前途很好。"而式弘大"，"式"在这儿就是责任的意思。诗人专门嘱咐"小子"们：你们虽是年轻人，但是责任重大，要好好努力。

"民亦劳止，汔可小安"，这不用解释了，"小安"就是略为安定。"惠此中国，国无有残"，"残"是指破坏性的人和事，是要消除的。"无纵诡随，以谨缱绻"，"缱绻"指反复不定的纠缠。"式遏寇虐，无俾正反"，"正反"和上一章的"正败"也是一个意思，让政治变得是非颠倒。注意最后一句，"王欲玉女，是用大谏"，仍然是针对前边说的那些"小子"，亦即年轻的臣僚们。"玉女"是造就你、对你好的意思。清朝马瑞辰作《毛诗传笺通释》，引用乾隆年间阮元的话，说玉、畜、好，在古代都是一个意思。"玉汝于成"，今天我们还在用这个词。大谏的"谏"字，我们后来说是指下级对上级提意见，在《诗经》里不能这么理解，这个"谏"就是指建言、劝告。"大谏"就是郑重的劝告。这句是说王要用"小子"们。最后两章落在年轻人身上，甚至也可以说，这首诗是以老臣的身份对他的后辈们进行鼓励和开导，让大家赶紧刷新政治。

从诗中可以看出，当时的贵族想挽救西周王朝的衰落。但是，最终他们没有实现这个目标。在中国古代，"共和"只是历史的一刹那。为什么没有像西方那样，真正形成长期的贵族共和，进而引起古典民主时代的到来？这是一个耐人寻味的问题，也是一个很值得追究的问题。这首诗的格调很凝重，在艺术上还是有可称道的地方。另外，它的口吻，它塑造的一个公忠体国、心怀忧患的形象，也非常鲜明。

《小雅·节南山》：最早实名批判权贵的诗

节彼南山，维石岩岩。赫赫师尹，民具尔瞻。忧心如惔，不敢戏谈。国既卒斩，何用不监！

节彼南山，有实其猗。赫赫师尹，不平谓何！天方荐瘥，丧乱弘多。民言无嘉，憯莫惩嗟？

尹氏大师，维周之氐。秉国之均，四方是维。天子是毗，俾民不迷。不吊昊天，不宜空我师！

弗躬弗亲，庶民弗信。弗问弗仕，勿罔君子。式夷式已，无小人殆。琐琐姻亚，则无膴仕。

昊天不傭，降此鞠讻。昊天不惠，降此大戾。君子如届，俾民心阕。君子如夷，恶怒是违。

不吊昊天，乱靡有定。式月斯生，俾民不宁。忧心如酲，谁秉国成？不自为政，卒劳百姓。

驾彼四牡，四牡项领。我瞻四方，蹙蹙靡所骋。

方茂尔恶，相尔矛矣。既夷既怿，如相酬矣。
昊天不平，我王不宁。不惩其心，覆怨其正。
家父作诵，以究王讻。式讹尔心，以畜万邦。

上天降灾，当局者还不知警醒

《小雅·节南山》比较长，有十章，是一篇感情非常强烈的抨击现实的作品，应该作于西周崩溃之际，比《民劳》还晚。在《民劳》中贵族还想有所作为、刷新政治，但到了《节南山》，政治已经拿不起个儿了，所以诗人们将矛头直指那些不负责任的权臣，最后自报家门，说"这诗是我写的，我可以负责"。在当时，这种诗篇的战斗性是很强的。

"节彼南山，维石岩岩"，"节"字又写作"巀"（jié），形容高峻的样子；"南山"指终南山；"岩岩"指岩石堆叠的样子。大山嘛，就是石头层层累累的。诗以终南山起头，是比兴手法，且有着某种含义，要指向下文那些权贵人物：你们像高山一样握着大权。"赫赫师尹"，"赫赫"是说身份显赫。"师尹"，王国维在《书作册诗尹氏说》中说，师和尹是两个官员。西周中晚期之交大克盨的铭文中有"用献于师尹、朋友、婚媾"，其中的"师尹"是指高官。《大雅·常武》里也有"王命卿士，南仲大祖；大师皇父……"其中的"大（tài）师"是高级军事长官。在先秦文献里"师"也有分别，"大师"指高官，还有一种"师"是教人歌唱、奏乐的，往往就是盲人。在这首诗里，师尹泛指文武高官。"民具尔瞻"，"瞻"就是看着，因为山高，所以大家都看得见，"具"就是俱。这句话跟前边的"节彼南山，维石岩岩"是相应的。

"忧心如惔"就是忧心如焚，"惔"是燃烧的意思；"不敢戏谈"就是不敢当儿戏谈论，不是闹着玩儿的。"国既卒斩"指的是西周崩溃。在周幽王死后，到周平王东迁之间，还有十二年的时间，有一个二王并立的时期。《节南山》这个作品很有可能就是在这一时期创作的。当然，"国既卒斩"是说国已经差不多要完蛋了，也可能是一种预测，倒不必一口咬定。但是我本人还是倾向于"二王并立时期"，矛头直接指向了最高官员。幽王死后，有一个辅佐周王的虢公翰，诗也有可能就指向他们这些人。阅读文学作品，要先搞清楚它的年代，然后才能够结合当时的生活来谈论它的内容和表现。

"二王并立"的情形记载在古本《竹书纪年》里。周幽王宠爱妾室褒姒和褒姒的儿子伯服，为此竟然废黜王后申后和太子宜臼，于是宜臼就跑到舅舅家。公元前771年，申后之父申侯联合鄫国、犬戎攻打周幽王，周幽王、伯服被杀于骊山之下，褒姒被犬戎掳走，西周灭亡。在幽王死后，朝中一些大臣直接扶立了周携王，有人说这个王名叫余臣。跑了的周平王（即宜臼）在外又自称天王，也有不少诸侯支持他。于是，这十几年的时间有两个朝廷并列，史称"二王并立"。

按照过去的说法，到了幽王时期，雅、颂的创作就结束了，其实不是。《小雅·十月之交》就作于平王三十九年。也就是说到了东迁以后，还有小雅诗篇的创作。汉代以来，给《诗经》断代基本上都是两分法，在周公时期制礼作乐，出现了大批诗歌，被称为正风、正雅。到了厉王、幽王时期王朝衰落，大量讽谏诗、抨击现实的诗出现，被称为变风、变雅。我做《诗经》研究这么多年，觉得如果自己在学术上还有点儿小贡献的话，就是提出在《诗经》断代上不是两分法，它的中间还有一个高潮，就是西周建国百年后的穆王、恭王时期。周初有一个高潮，但是周初的诗反而没有中期多。到西周晚期诗篇创作高潮则以抨击现实的作品为多。

第一章末尾说"国既卒斩"，就是国家已经被彻底斩断了。可是，王朝"何用不监"？为什么还不警惕？其中的"监"就是"鉴"，觉悟、警醒的意思。

第二章，"节彼南山，有实其猗"，"实"是广大，"猗"就是山阿、高山的曲隅之处，意思跟第一章前两句差不多，说终南山很高大，上面有大片的石头。"赫赫师尹，不平谓何"，"不平"指执政不公，"谓何"就是奈何。然后就说道"天方荐瘥"，"荐"就是重复地降下，"瘥"指灾害；"丧乱弘多"，"弘"就是大；"民言无嘉"，老百姓没有一句好话。"憯莫惩嗟"，"憯"就是"曾"，"憯莫"就是"曾不"、一点也不，意为：难道你们一点儿也不知惩戒吗？看着老天爷在降灾，老百姓在骂街，你们的内心难道就不为所动吗？"惩"是惩戒、改悔的意思，"嗟"是嗟叹。这是用上天降灾提醒当政者。

有些学者研究西周思想发展史，总喜欢说中国古代像西方一样有一个从神本到人本的转变，说西周一开始信上天，到了崩溃的时候就不信上天了，认为上天不平，比如这首诗的后几章就提到"昊天不傭""昊天不平"。但其实不能这么讲——周人还是相信上天的，这里说得很清楚：老天爷在降灾、在惩戒我们。所以"不平""不傭"不是天不可信的意思。将"不平""不傭"解释为天对我们不公这个观点,是当年郭沫若在《西周天道观念之演变》中提出的,这么多年还一直有人在遵循,这是不对的。还有人说春秋时期子产提出"天道远,人道迩"也是这个意思,其实"天道远"只是说"远",而不是说没有天道,这句话的新意在其更强调人事。在中国思想发展史上,经常会出现这种"移步不换形"的情况。

第三章就开始说:你们这些"尹氏大师",是周家的"氏"。"氏"就是根底的意思,指根本;"秉国之均","均"的本义是制陶模具的圆形底盘,引申为均平。就是说你们把握着国家的公正,手里有大权;"四方是维",维系着四方。"天子是毗","毗"意为辅助;"俾民不迷",你们应当使民众清醒,而不能把民众导入混乱和迷惘。接着突然来了两句,"不弔昊天,不宜空我师",这是一个突击的方式,前面说师和尹本来应该干什么,但下边不说了,断了。言外之意就是,你们彻底失去了应有的担当,干脆我们怨上天吧。在西周早期文献中,"不弔上天"是一个固定语,但不是骂老天爷不善,而是指"对我们不善的天哪"。比如有人去世,列国的使臣去吊唁,总说"不弔天",就是指不眷顾人的天,并不是否定天。"不宜空我师","空"就是陷入绝境,"我师"就是民众。前面说你们这些高官不负责任,让民众迷惘了,而此处诗有个跨越,说老天不应该让我们民众受苦啊,其实就是说老天爷怎么让你们在台上。

权臣当道,王陷入困境

第四章主要讲大局,君主大权旁落了。"弗躬弗亲"就是君主不能够躬亲执政,指师尹把君主架空了,所以"庶民弗信",民众不再信任他们。"弗问弗仕"的"问"指考察和了解情况;"仕"就是明察。"勿罔君子"就是欺骗、迷惑君子,君子在这儿可能指周王。在《诗经》里,以君子称周王不是一次两次。"式夷式已",你们应该停止作恶,把心摆正,"夷"是平的意思,"已"是停止;"无小人殆",不要做小人做的那种危险的事情,这是一种解释;还有一种说法,"小人"就是小民,"无小人殆"指不要危害小民。"琐琐姻亚,则无膴仕","琐"是卑琐,"姻"指姻亲,"膴"是厚的意思,"仕"指任用,就是说不要搞裙带关系。这里讲政治昏暗,七大姑八大姨的孩子们全都因为亲戚关系爬上来了,指责权臣欺骗周王,让他们停止。

上天已经不再保佑周王朝了,第五章的开头就说"昊天不傭,降此鞠讻"。"傭"就是往常;"鞠"是大,"讻"指凶险、灾害。接着,"昊天不惠"就是上天不再给我们施恩惠了;"降此大戾","戾"也是灾难。因为周王朝政治昏暗,老天爷通过灾害对执政者发怒。历史上,很多王朝崩溃时都伴随天灾。最典型的就是明朝灭亡时持续多年的大旱,陕西的老百姓没有饭吃,只能吃观音土,所以他们造反。在古人看来,这就是上天显灵了。这种观念在汉代时就已经形成了"天人感应"之说,在大灾害面前,人们总是战战兢兢,总有一种"是不是上天在惩罚谁"的想法。可见,西周这个老观念的影响很深远。在西方,基督教人群中也有把天灾视为上帝惩戒的言论。比如按照《旧约》的说法,索多玛城就是被上帝毁掉的,而那正是政治意见蜂拥而出的时代。在古代,闹天灾往往就是人们说话的机会,这个事情比较复杂。

在这儿我们发现,诗人认为,西周初期周人能够执掌天下,是因为得了上天的"俾"和"惠",也就是得到上天的眷顾。这样说是强调周王朝的合法性,是王朝的修辞。可是到了西周后期,事情发生了转变。尺子可以用来打人,同时也可以用来衡量。在这里,诗人就操起当年西周政权的装饰物"天命观"抨击现实。西汉扬雄在《法言·吾子》中就说过"诗人之赋丽以则",《诗经》中的此类作品就又美丽又符合原则。在历史的断裂当中,有些东西其实没有断。

所以,为什么要讲这些政治抒情诗?因为它们走向了后来的儒家。在西周崩溃时有两种人:一种是对王朝崩溃痛心疾首的诗人们,他们想拯救国家。后来儒家热心肠地要救这个世界的精神,可以从这些不平则鸣的诗里看到一些端倪。还有一种是史官,这在《国语》里有记载。这些史官们就应了那句老话:"眼看着他起高楼,眼看着他宴宾客,眼看着他楼塌了",非常冷静。后来演变成老子哲学,或者说,类似于老子的冷情调的东西。可见,从《诗经》到诸子百家,其间是骨断筋连,笔断意不断的。

"君子如届"的"届"指有定则,我们今天还说"某届毕业生",那个届就是到达的意思;"俾民心阕"的"阕"字当停止、平息讲,后来人们还说歌声有"一阕""两阕"。如果君子们内心有定了,老百姓也就不再胡思乱想了。"君子如夷","夷",平静;"恶怒是违","恶怒"是忿争之情,"违"是离去、消除,是说愤恨之情也就消除了。

这就是中国古典的一种非常强大的思维方式,总是将政治的好坏寄托于君子的人品。从《诗经》时代,我们就看得非常清楚。可实际上,一个国家政治的好坏主要不取决于主宰者,而是取决于被统治着的民众。我们应该明白这个道理,读诗可以帮我们了解自己的长和短。

第六章,"不弔昊天,乱靡有定","定"就是安定下来,停止下来。"靡有"就是没有。"式月斯生","式"在这儿是结构助词,不是表愿望的。因为前面刚说"乱靡有定",下面不可能说"愿每月都生"。"俾民不宁"就是使民不安宁。接着诗人说"忧心如酲","酲"的本义是喝醉了以后脸红,在这儿是用酒醉来形容人的内心世界。形容"忧心"古代有很多说法,比如"忧心如捣",就像在洗衣服、砸衣服,过去洗衣服都是用木棒子砸;再比如说像衣服在揉搓一样,等等,都是用形象的情状比喻抽象的内心痛苦。"谁秉国成"的意思就是没有人"秉国成";前面讲过,"秉国之均"是指掌握国家大政,这里的"国成"和"国均"意思相同。周幽王死后朝廷混乱,虽然二王并立,但是没有真正拿大主意的人。接着,"不自为政"倒是有可能指周王,因为幽王在废原配夫人、立褒姒这个事情上,还是有些权威,但是真到了二王并立时期,两班大臣闹分裂,把小王架空起来,也是可能的。"卒劳百姓","卒劳"就是苦害。"百姓"这个词要注意,是指一般的贵族和有发言权的民众。在先秦时期,百姓都是有姓氏的,指那些平民化的贵族,追他们的老底,可能都跟周人有千丝万缕的联系。这种人和我们今天说的草民、平头百姓还不一样。这一章仍然在抱怨政治,王朝里没人拿主意。

第七章只有四句。"驾彼四牡"这种句子在《诗经》里反复出现,就是驾起四匹马拉的车,结果怎么样?四匹马"项领"了。什么叫"项领"?就是马脖子肥大。有人说这是指马病了,跑不动了;也有人说是因为马长期不跑,肥了。如果是后者,隐含着主人被废弃、排挤,很久不见任用的意思。这可能就指二王并立的两派中,有人被废弃了。"我瞻四方"就是我看四方。西周时期有一个"天下"的观念，就是由四方和中国——四方之国和中央之国组成的。诗人想排遣、去四方出游，但是"蹙蹙靡所骋"。"蹙"就是狭窄，"靡所骋"就是没有地方可以驰骋车马。所以这四句诗的要点就在于无处可逃，无路可走，前途黯淡。

在中国文学史中也有一个出行、游走的主题。屈原的《离骚》《远游》中都写到，诗人为了排遣苦闷而四方远游、"路漫漫其修远兮，吾将上下而求索"。这个主题到了屈原的作品大放异彩，但是这种为了排遣苦闷而游走的端倪，萌芽在《诗经》中。

接着，因为想排遣、想走又走不掉，又回到了现实。"方茂尔恶"，"茂"就是用力，意为当你们努力地相恶的时候；"相尔矛"就是找自己的矛和戈，抄家伙打架的意思。"既夷既怿"，"夷"就是平，在这儿就指心情平静下来，也可以引申为喜悦，"怿"本身就是高兴的意思；"如相酬矣"的"酬"是互相敬酒、交换。这几句形容朝廷里政治分分合合，没有永久的敌人，也没有永久的朋友。他们为了利益，今天拉帮，明天结伙，没有原则。

"昊天不平，我王不宁"，又是在捍卫"我王"。这首诗反复强调要捍卫王，也说明它非常有可能作于二王并立时期，因为不论是平王还是携王，实际上都没有掌握实权，他们都被权臣操弄。"不惩其心"，"不惩"就是不惩戒，眼看着天下的局势那么糟糕，这些执政的大臣们还在恶斗，没有一个人悔改；"覆怨其正"，"覆"在这儿就是反而的意思，同"复"；"正"就是正派人。也就是说正派人反而遭到怨恨。这里的抨击意味更加浓厚，篇章也短了。

这支箭是我家父射的

最后一章开头说"家父作诵,以究王讻"。卒章显志,而且自报家门,这是西周晚期的一个现象。在强烈地抨击现实的诗篇中署上自己的名字,是很有胆识的做法。

在中国,作诗署名经历了一个过程。周初的作品,比如《大武》乐章,过去都说是周公作的;《民劳》据说是召穆公所作,可是在作品中都没有显示。到了西周后期,的确有些诗点明"家父作诵""吉甫作诵"。尹吉甫作诵,还说"穆如清风",夸作得好(出自《大雅·烝民》)。不过我倒觉得那是乐工演奏的时候给署的名,因为诗人不太可能自己夸自己。如果说作诗署名是一个新现象,又很奇怪,到了春秋时期,尤其是国风的写作中,这个现象又消失了。其实,那是因为"王官采诗",有一批专业人员到民间去采集故事,像写报告文学一样把故事演绎成诗篇。《诗经》中很多作品都是出自乐工的手笔,他们不好意思署自己的名字,因为自己出身并不高,有时就会把诗赠予贵族。无论如何,在那个时代能写诗应该是一个荣耀的事情,所以才会署名。就这个作品而言,还有另外的含义,就是这支射向权臣的箭,是我家父射的。他要骂人,要抨击现实,可能真是自己署上的名。当然,这个诗保存着歌唱的形式,可能是家父家的乐工班子演唱,由家父署名,表示行不更名,坐不改姓。

"家父作诵",要做的是"究王讻","究"就是究讨,要追究、谴责王讻;"王讻"是使王困难的那个凶手。这是抨击王身边的坏人。"式讹尔心"的"讹"在这儿当变化、变动讲。在《小雅·无羊》中也有这个词,形容牛羊在那里摇头摆尾,也是变动的意思。"尔心"

就是你们的心。抨击你们,是要使你们改换一下心术,还要用良心来办事;"以畜万邦"的"畜"本来是养活,在这儿引申为挽救、延续;万邦是天下。

家父这个人也很有意思。在这首诗中他的表现是抨击大臣。而在《小雅·十月之交》中,诗人借天的变化来抨击朝廷里的奸臣、权臣,就出现了"家伯",有人说这个家伯就是家父。我们说过,《十月之交》是平王三十六年,也就是公元前735年的作品,可能要比《节南山》晚。那么,很有可能是家父因为做《节南山》这个诗,后来就得了势,到了平王时期,变成了权臣,又被别的诗人抨击。当然还有另外一种可能,就是他的后人成为了权臣。这是学术界的两种看法。

通过《节南山》这首诗,我们明显地感觉到那个时代的贵族发言权更大,跟后来的王朝中的大臣们不太一样。后来王朝的大臣们要抨击现实,总是用追究前朝的形式,而对当朝的君主说话往往要含蓄得多。

就在跟家父同时代,还有位芮良夫,做过《桑柔》。据《逸周书》记载,他抗议周厉王,就说过这样的话:君主要是像个君主的样子,就是君主;如果不像个君主的样子,就不是君主。还说君主只有一个人,而人民有千千万。什么意思?如果你做得不好就可以废掉你。这种精神倒是我们应该继承的。我们建构中国文化,应该从这个地方重新建起,从不论你是谁,都应该坚持真理的基本精神建起。这也是我们读经典应该寻找的有价值的东西。

《大雅·荡》：社会何以混乱至此？

荡荡上帝，下民之辟。疾威上帝，其命多辟。天生烝民，其命匪谌。靡不有初，鲜克有终。

文王曰咨，咨女殷商！曾是强御，曾是掊克，曾是在位，曾是在服。天降滔德，女兴是力。

文王曰咨，咨女殷商！而秉义类，强御多怼。流言以对，寇攘式内。侯作侯祝，靡届靡究。

文王曰咨，咨女殷商！女炰烋于中国，敛怨以为德。不明尔德，时无背无侧。尔德不明，以无陪无卿。

文王曰咨，咨女殷商！天不湎尔以酒，不义从式。既愆尔止，靡明靡晦。式号式呼，俾昼作夜。

文王曰咨，咨女殷商！如蜩如螗，如沸如羹。小大近丧，人尚乎由行。内奰于中国，覃及鬼方。

文王曰咨，咨女殷商！匪上帝不时，殷不用旧。虽无老成人，尚有典刑。曾是莫听，大命以倾。

　　文王曰咨，咨女殷商！人亦有言：颠沛(diānpèi)之揭，枝叶未有害，本实先拨(bō)。殷鉴(jiàn)不远，在夏后之世。

托言文王，谲谏厉王

　　唐诗中有一句"板荡识忠臣"，宋代岳飞给皇帝上书也曾说到"中原板荡之际"，其中的"板荡"都是动荡之意。这个词来自《诗经》的两首诗《板》和《荡》。两首诗的内容都是大臣们在乱世提出抗议。

　　《荡》是一个地位很高的贵族抨击厉王的诗。诗人不是直接骂厉王，而是假借当年周文王如何骂商纣王来旁敲侧击、指桑骂槐。在古代，这叫谲谏。《论语》中说："齐桓公正而不谲，晋文公谲而不正"，其中的谲意为诡诈。什么叫谲谏呢？举个例子，老师最反感学生迟到早退，当有学生迟到了，老师不直接批评他，而是拿出《学生守则》来让他自己念，其中第一条就是不许迟到、早退。老师并没有说学生，只是在说原则，但学生根据原则就知道自己不对了。"主文而谲谏"，是《毛诗序》里的一句话，文就是文雅、含蓄，它的要点在于"言之者无罪，闻之者足鉴"。这就是中国文学中的一种重要的表达方式，含蓄的、曲折的、隐晦的，让对方自己去明白。

　　大臣批评周王，说话可要小心了。像周厉王，就是一个很凶暴的人，因为根据《逸周书·谥法解》，敢杀人叫作"厉"。所以，这首诗就托言文王骂纣王的暴行，让厉王看看，和他是不是有"合辙押韵"的地方，因为历史总是有惊人的相似。这样抨击君王，就是留体面了。

第一章，"荡荡上帝"，就是浩荡的上帝，"上帝"就是上天。周代信天命，也宣扬天命。"下民之辟"，"辟"是法度、主宰。谁主宰着世界呢？不是你周王，而是另一股更了不起的力量——上天。这涉及中国古代历史的一个概念。"革命"这个词有一个最早的含义，就是上天变化其命。现在到了周代晚期，诗人又拿出这一点来，重新谈上帝的问题，说当年我们周家获天命，是因为殷商的纣王做得太差了，失了德，于是上天把大命收回，表现在人间就是武王用很少的人就把商朝干掉了。实际上，这种上天的力量就表现为人民的心思和向背。那么强大的殷商，当时比周朝强大多了，但是烂到一定程度，拿手指头一捅就倒。

"疾威上帝，其命多辟"，"疾威"就是震怒，对失德的王朝不满。"辟"有两种解释，一种是变化，比如开辟，就是对一种旧有状态的改变。还有一种解释是邪恶，说上天对一个王朝不满之后，会降很多邪恶，刮风、下雨、闹地震、发洪水，这种邪恶实际上是惩罚。这两种意思是一样的。接着，"天生烝民"，《大雅》中另外一首歌颂仲山甫的诗里也有这个句子，"烝民"就是众民，"烝"就是众的意思。天生了众民。"其命匪谌"，"谌"有多种解释，我相信的解释是"信"，而且是傻信、一个心眼地信。"匪谌"就是不要过分耽于既有的天命。不能说因为周家过去有德，现在失了德以后老天爷还帮我们。如果你这样相信，就是"谌"了，就是耽溺地信了。就像小孩子对父母，觉得无论怎么气他们，他们都喜欢自己，这就是耽溺。天生烝民，它的命可不是说一定要降给谁，商纣王就不明白这一点。《尚书》里说，周文王已经开始攻打黎国了，商纣王还在说："我生不有命在天乎？"老天爷不是应该帮我吗？他已经失德了，老天爷要拿走他的命了，这时他还信天命会帮他，就叫谌。

诗接着说，"靡不有初，鲜克有终"，"靡不"就是无不，无不有初；"鲜"就是少，少到极点了，"克"就是能，"有终"就是能够善始善终。这个句子非常警策。中国历史上的王朝有长的有短的。几十年的、几百年的王朝都是这个德行。开始时老主子爷拼了命地打江山，接着坐几年江山就死了，然后就来了一拨少爷羔子统治国家，不懂装懂，把江山折腾没了。打天下的时候说得好着呢，等到坐上君位，一开始也还战战兢兢一段时间，老百姓也还有几天好日子过，可没多久，就开始盘剥老百姓，什么时候把百姓逼得造了反才算完。中国历史上的王朝就这么回事，一个轮回，再一个轮回，政治智慧上一点儿长进都没有。

诗从天命和根源讲起，就是在给周王讲他听得懂的哲学。诗最终结束的时候说了一句"殷鉴不远，在夏后之世"。殷商的借鉴可不远啊，就在夏朝崩溃的时候。你要看前车之鉴啊。诗写得非常宏大，也非常沉痛。

王朝倒塌，因为横暴

第一章是个序幕，接着第二章。"文王曰咨"，这个"咨"是提醒对方听着，嗟叹的意思。"咨女殷商"，叹息你们殷商，曾经是如此强大。"曾是强御","强御"是一个词,强横的意思,可以正面解释为强大。"曾是掊克","掊克"就是聚敛、搜刮。"曾是在位",你们曾经在位、主宰天下。"曾是在服","在服"是行王政。"服"字解释起来比较麻烦。我们比较熟悉的是,古代亲戚分五服,其实政治上也按照距离王朝中心的远近划分五个等级,叫五服。服就是王朝行政的意思。诗用了四个以"曾是"开头的句子,其间不能用句号隔断,应该一逗到底。后面两句,"天降滔德",这是周人的信念,殷商人还不这样想问题。周人在相信天命的同时,也相信德有时是天生的。的确,我们生活在这个世界上,有人善良,有人邪恶。虽然用社会学和现代科技、哲学去解释,人都是社会动物、环境动物,但周人相信有些德行是老天爷故意让你坏的。"滔德"就是傲慢之德,"滔"也写作慆。"女兴是力","女"就是汝,"兴"是全,也有起的意思。说殷商在沿着上天给他的滔德方向"是力"、发展。周人也相信上天有时会故意要亡某个国家,降给他坏德行。如果统治者不反思,而是沿着傲慢、亡国的德去发展,就是入了老天爷故意设的局。天道有时也是诡诈之道。在西周后期,这个观念特别流行。在《左传》里有好多这样的话:老天爷要想让一个人灭亡的话,就先让他发狂。这就是我们后来常说的"善有善报恶有恶报,不是不报时候未到"的起源,先捧你很高,再摔你一个半死。这首诗提醒当局者,你现在闹这么凶,现在要风得风要雨得雨,实际上是老天爷故意让你做错事,最终自己把自己搞死。诗思考人生是蛮有力度的。这是政治抒情诗和宴饮诗、战争诗都不一样的地方,它要思考生活到底是怎么样的。

这首诗一直到结尾都用"文王曰咨",文王在嗟叹殷商,嗟叹什么？第三章，"而秉义类"，"而"通"尔"，"秉"就是秉持着，"义"应该读成俄，就是偏、偏斜，"类"通"戾"。你秉持着邪恶的戾气。"强御多怼"，"强御"就是强横，"怼"现在在网络上很流行，是怨怒的意思。"流言以对"，你专听流言。"流言"就是讹言、谣言；"对"是得逞，让流言得逞。"寇攘"指盗窃之人，这个词在西周中期就出现了，在《尚书》中就有"寇攘奸宄"，指土匪现象。"式内"，"式"就是而，"内"就是接纳，意为有人放流言蜚语、做坏事，你就接纳，让他得逞。可以想见，周厉王为了增加自己的财政收入，肯定用了不少打手一类的人。接着，"侯作侯祝"，"侯"是结构助词，和"维鹊有巢"的"维"是一个作用。"作"和"祝"都是诅咒现象，因为君主用了一些坏人，所以整个社会空气毒化了，大家互相咒骂。"靡届靡究"，"届"和"究"都是终结的意思。丑恶现象没个完。此章托言文王，感叹纣王时期当局者强横，流言蜚语横行，社会黑暗混乱，实际上是让周王听，说这些现象又出现了。

第四章，"女炰烋于中国"，"炰烋"就是咆哮的异写字。中国这个词出现得非常早，距今三千多年了。在西周早期有一个尊，上面有四个大字"宅兹中国"，意为在中国建宅，这个中国当时主要指洛阳。但是到了西周后期，中国应该就指王朝及其附近地区。文王说殷商：你在这儿咆哮，你是在干什么呢？"敛怨以为德"，"敛怨"就是收敛怨气，殷商所有的作为都是在收集民众的怨恨，还自以为得计。这里的"德"是得计的意思，抨击商纣王做事违背人心。"不明尔德"，你不去及时地明自己的德。德是需要明的，所以"大学之道，在明明德"。两个明字，前一个是动词；后一个是形容词，和"德"构成偏正结构。光明的道德，你要去明它，它才能亮。所以，

《大雅》歌颂仲山甫的那首诗讲"德輶如毛,民鲜克举之",说德轻得像鸿毛一样,却很少人能把它举起来。不明尔德,"时无背无侧","时"就是"是"、因而,"无背无侧"就是无背面无侧面,指不明好歹,不辨善恶。"尔德不明,以无陪无卿","陪"就是陪臣、辅臣,"卿"就是最高的执政官、宰相,因为不明德,所以众叛亲离。

第五章,"天不湎尔以酒",不是上天让你沉溺于酒,是你"不义从式",专门选择那些不义的东西。在这里,"式"就是从事、接纳,殷商专门跟从、采纳的是不义。"式"还有另一种解释,就是邪恶,林义光在《诗经通解》中说"式"应"读为忒(tè)",错误的意思,也可通。总而言之,是说做错事。"既愆尔止","愆"是过错的意思,"止"是举止,你把举止搞得很乱。"靡明靡晦","明"是白天,"晦"是晚上,指无白天无黑夜。还是说酒,说不是老天爷让你那么做,而是你自己好酒贪杯,导致整个的举止已经败坏了。"式号式呼",又号又呼,"俾昼作夜",把白天当黑夜过。这是从私德上讲,攻击周厉王好酒。这段内容可以弥补历史的一个缺憾。史书上只说厉王暴虐、好杀人,还沾沾自喜。这从出土器物可以看出来,他曾造器物表扬自己,在铭文里称赞自己兢兢业业、遵从天命。本诗又补充了一点,说他是一个好饮酒的人。商纣王晚年做酒池肉林,是因为喝酒亡的国,所以《尚书》里有一篇《酒诰》,专门谈饮酒,说商朝人整天喝得醉醺醺的,把给上天的酒自己喝了,腥臊之气上闻于天,所以上天对他们震怒。周厉王是不是如此?从本诗来看,这个情形很难说没有。一个领导阶层的堕落往往是从吃喝,以及另外一些不好的事情开始的。

第六章这个"文王曰咨",咨它什么?国内的状况是"如蜩如螗"，"蜩"和"螗"都是知了类的小生灵，蜩是蝉，螗是大的、黑色的蝉。这里用大蝉小蝉叫形容整个社会舆论的沸腾。蝉叫起来烦人，它不像鸟，鸟语花香。没有人说花香蝉语，因为蝉不是"语"，是嗞嗞啦啦的像划着铁器似的那种噪声。下面就是"如沸如羹"，"羹"是羹汤，以沸羹喻民情激愤。接着，"小大近丧"，"小大"指社会各阶层的人，"近丧"就是迫近丧亡。"人尚乎由行"，解释起来比较困难。我们采取林义光的解释，说"尚"就是精神恍惚的意思，惆怅失意。"由"是路途，"行"也是路途，这是两个名词并列。比如子路叫仲由，由就是道路的意思。这句是说大家整个地迫近丧亡，精神恍惚地走在路上。这让我们想起了周厉王用特务监视人民。因为当时有舆论批评他，他就派特务混在民间，老百姓只好"道路以目"，不敢说话，相见后用眼睛传神。结果没多久，人们就把周厉王轰走了。"内奰于中国"，"奰"字是恼怒的意思；"覃及鬼方"，"覃"就是蔓延，"鬼方"就是远方。"鬼方"这个词本来有点儿贬义，指荒原地方、鬼居住的地方。但在这里不强调它不太好，而是强调它的遥远、荒蛮。文王说，纣王在国内已经造成了"小大近丧"，在"中国"之外，那些远方的人们也都感受到了他的愤怒。也就是说得罪了远远近近的人。在西周晚期有个青铜器叫禹鼎，记载周厉王伐鄂侯，他的命令里有"勿遗寿幼"之语。这是很残忍的，意为无论老少一个不留。一个王向自己的军事将领下达这样的命令，是非常罕见的，是公然的灭绝人性。这一段讲内外交困，人神、远远共怒。

第七章是嗟叹"匪上帝不时，殷不用旧"，"时"当善讲，不是上帝对你们不善，而是你们忘记了旧有的传统，忘记了当初的本心。旧就是指旧规章。"无老成人"，"老成人"是年高有德、有经验的人，他们懂得王朝的掌故和历史兴亡的一些教训。诗说现在都没有老成人了。人类学称我们人类的文化有三种状态：一种叫前喻，老年人一定比年轻人知识多，这指的是古老的社会，社会发展缓慢，活得长知识就多。另一种叫并喻，老年人和中青年人的知识差不多。还有一种是后喻，我们今天就是后喻文化。对电视、电脑、手机，以及很多其他逐渐兴起的新事物、新时尚，青年人都比老年人知道得多。毫无疑问，西周是前喻文化，有什么事情都要问问老成人。"虽无老成人，尚有典刑"，你们没有老成人，但还有典刑，就是典章制度，"刑"通"型"。但是"曾是莫听"，你们连这个都不听。所以，"大命以倾"，王朝的大命终于倒塌，"倾"就是垮台。诗说"不听老令，你们就完蛋"，从这里，我们可以嗅出一点儿老贵族的意味，察觉是一个老臣站在贵族阶层的立场写诗、唱诗。过去周王非常倚重他们，但是现在，整个阶层和王的矛盾越来越深，周厉王只愿意任用一些听话的人。荣夷公给厉王专利，厉王就任用他；召穆公不给厉王专利，厉王就抛弃他。

殷鉴意识与历史写作的发达

诗的开头和结尾非常严谨。中间的六章都是在指责，指责王的内政外交以及个人品行。最后一章总结，说"人亦有言"，人们有这样的话："颠沛之揭，枝叶未有害，本实先拨。""颠沛"就是跌倒、扑倒，指树木，揭就是翘起，根部翘起来了。树一倒，根就翘起来了；人一死，就叫翘辫子。害处从哪开始起的？不是枝叶，是"本实先拨",拨当败讲,是根本实实在在地坏了。什么意思?天下大乱,是从你王室开始坏起的,你应该负责任。这样的抨击倒是很过瘾,但实际上包含着一个非常复杂的社会问题。在中国古代,往往把王朝的兴衰归结于某些人,尤其是一些关键人物,说他们德行不好。实际上这都是表象,深层次的原因是封建制自身的致命之疾发作了,没法救,只能推倒了重来。

诗在最后归结,"殷鉴不远",殷商的前车之鉴并不远,就在夏王朝。"夏后之世"的"夏后"是一个词,就是指夏王朝。殷鉴意识是很重要很重要的。《尚书·召诰》中有"我不可不监于有夏,亦不可不监于有殷",是周初几个政治家说的,意为他们不可不有鉴于夏王朝的亡国,也不可不有鉴于殷王朝的亡国。但当时没有提出"殷鉴"这个词,这个词是《诗经》提出来的,非常精彩。这种殷鉴意识导致了后来中国历史写作的发达。也可以说,中国的历史写作就是为了追究兴亡之鉴。所以,前朝一完蛋,后朝一建朝,马上找来天下最好的学者,修前朝的历史。我国的历史书非常丰富,与国人独特的天命观念有关。《曹刿论战》中鲁庄公说"牺牲玉帛,弗敢加也",曹刿就说"小信未孚,神弗福也"。庄公说向上天献贡品,敬一就是一敬二就是二、不敢夸张,曹刿说做到这一点老天爷不会帮你,因为这只是小信。大信是什么?在《左传》中也交代了,当你向上天敬献一头猪的时候,必须让鲁国人人都有一头猪,上天才信你,不能用金钱、冷猪肉去蒙上天的眼睛、堵上天的嘴,要好好做你的实际政治,让民众真正富裕起来。实际上,中国的天命观最终指向的是人德行的实践。所以,在这样的情形下,中国文化不是一个宗教形态的文化,它重视的是人的德行,从西周开辟的就是这样的历史。于是，谁开始败的德，怎么败的德，一定要记下来。这就发展为"孔子作《春秋》，乱臣贼子惧"。实际上在《春秋》之前，当史官把坏事情用简策记录下来、传到列国，做坏事的人的名声就坏了。如果一个大臣杀了君主，那么在中原各诸夏之国，人人得而诛之。所以，中国历史典籍那么丰富，在司马迁就达到很高的高度，是因为在前面有很深厚的文化积累。其中一个核心的概念，就是殷鉴意识。

过去有一种说法，认为这首诗是召穆公做的。召穆公是周初召公的九世孙，西周后期的很多文献都提到他。反而是周公旦的后代，到了西周后期不那么显赫。召氏家族一直延续着，一直很强大。为什么说这首诗是召穆公写的呢？根据就在于《国语》中记载的"召穆公讽周厉王弭谤"这样一个事情。"弭"就是消除，这里指消除谤言。周厉王用特务监视大家，大家不敢说话。厉王特别高兴，说自己"弭谤矣"，终于把不同意见消除了。召穆公就说了一句非常有价值的话，到今天也没有失去意义，就是"防民之口甚于防川"。堵住人们的口，比堵塞河流的后患更为严重。河流堵塞后一旦再决堤，伤人一定更多，"防民之口"也是这样。说起来很沉重，几千年来，做这种蠢事的人还有，他们不是从根本上让民心舒畅，而是去堵大家的嘴。从言论上疏通民意，实际上捍卫了古代民本主义的思想原则。

这是一首庄严、宏大的作品，它的特点非常明显，就是采取谲谏的言说方式。另外，这里也有一种非常不好的预感，亡国之机到了。用亡国提醒周王，你好好做吧，不好好做，马上就完蛋。这是很沉重的。另外，一个大臣，虽然是用谲谏的方式，但是敢于把自己的心里话，公开地用演奏或者吟诵的方式唱出来，给周王听。因为背后有一个强大的阶层做支持，所以在权力面前他并不软，没有"天子圣明，臣罪当诛"的走狗意识。周代的大臣还是蛮有体格的，后来一直到汉代，还有大臣敢于在王的面前梗着脖子待着。这是民族真正的脊梁。我们中国人，多少年来读这个诗，都是学它说话的胆气。后世中国人抬着棺材去上书的精神，可以从经典这儿找到根源。

《大雅·抑》：乱世的生存之道

抑抑威仪，维德之隅(yú)。人亦有言，靡哲不愚。庶人之愚，亦职维疾。哲人之愚，亦维斯戾(lì)。

无竞维人，四方其训之。有觉(jué)德行，四国顺之。訏谟(yū mó)定命，远犹辰告。敬慎威仪，维民之则。

其在于今，兴(xīng)迷乱于政。颠覆厥德，荒湛(dān)于酒。女虽湛(dān)乐从，弗念厥绍(shào)。罔敷求先王，克共明刑。

肆皇天弗尚，如彼泉流，无沦胥(wú xū)以亡。夙兴(sù xīng)夜寐，洒扫庭内，维民之章。修尔车马，弓矢戎兵；用戒戎作，用逖(tì)蛮方。

质尔人民，谨尔侯度(hóu dù)，用戒不虞。慎尔出话，敬尔威仪，无不柔嘉。白圭之玷(guī diàn)，尚可磨也；斯言之玷，不可为也。

无易由言，无曰苟矣。莫扪(mén)朕舌，言不可逝矣！无言不僽（chóu），无德不报。惠于朋友，庶民小子。子孙绳绳，万民靡不承。

视尔友君子，辑柔尔颜，不遐（xiá）有愆（qiān）。相在尔室，尚不愧于屋漏。无曰不显，莫予云觏（gòu）。神之格思，不可度（duó）思，矧（shěn）可射（yì）思？

辟（bì）尔为德，俾臧（bǐ zāng）俾嘉。淑慎尔止，不愆于仪。不僭不贼，鲜不为则。投我以桃，报之以李。彼童而角，实虹小子！

荏（rěn）染柔木，言缗（mín）之丝。温温恭人，维德之基。其维哲人，告之话言，顺德之行；其维愚人，覆谓我僭（jiàn）；民各有心。

於乎小子，未知臧否（zāng pǐ）！匪手携之，言示之事；匪面命之，言提其耳。借曰未知，亦既抱子。民之靡盈，谁夙（sù）知而莫成（mù）？

昊天孔昭（hào zhāo），我生靡乐（mǐ lè）。视尔梦梦，我心惨惨。诲尔谆谆（zhūn），听我藐藐。匪用为教，覆用为虐。借曰未知，亦聿（yù）既耄（mào）！

於乎小子！告尔旧止。听用我谋，庶无大悔。天方艰难，曰丧厥国。取譬不远，昊天不忒（tè）。回遹（yù）其德，俾民大棘！

聪明人要避免犯愚病

前几节的《民劳》《节南山》等属于政治抒情诗。在西周晚期，抒情性的作品中还出现了表现人生要谨慎、戒惕的诗，带有哲理色彩。这也反映了当时社会的一种新变化——世道艰难了、危险了，所以强调做人要谨慎。越是混乱的时代越需要谨慎。

《论语》中说，人遇到乱世应该"危行言孙"，"危行"就是高行，做事高标准，而说话要加小心。《论语·先进》里有"南容三复白圭，孔子以其兄之子妻之"。南容念三次"白圭之玷，尚可磨也；斯言之玷，不可为也"，说白色的石头如果有了污点可以磨掉，而人说话给自己造成的污点，可是磨不掉的。这表明南容谨慎，于是孔子把侄女嫁给了他。南容诵念的"白圭"诸句，就出自《大雅·抑》。公冶长也是，孔子说他"虽在缧绁之中，非其罪也"，以其女妻之。孔子说公冶长这个人虽然被抓起来、戴上镣铐了，那也不是他的过错。因为公冶长谨慎，所以孔子把女儿嫁给了他。混乱、危险的时代，大家谨言慎行，这是儒家的一个做人哲学。你救不了这个世界，做不了政治上的成功事业，还可以做一个好的社会分子，当个好父亲、好儿子。所以，儒家并不是一味地提倡"文死谏，武死战"。在《论语》中还表达过这样的意思：政治清明，我们做事情；政治昏暗，我们就隐藏起来。这就是"宁武子，邦有道则知；邦无道则愚。其知可及也，其愚不可及也"（出自《论语·公冶长》），说宁武子这个人，邦有道的时候他聪明，邦无道的时候他装糊涂，他聪明的时候，我们还可以比一比；他装起糊涂来，可是本色演员，得奥斯卡奖的，这个"愚"是我们不可及的。只是后来

"愚不可及"这个成语的意思发生了变化。所以,后来明清学者就说《论语》说千道万,不外乎教人做人要小心而已。儒者的这个精神可以在《诗经》里找到根源,这就是西周后期的《大雅·抑》。

《大雅·抑》这首诗到今天也没有完全失去价值,它有人生训诫的意味,对做人是有帮助的。在格调上,它的说理色彩比较浓,这在当时也是一种新风尚。诗十二章,比较长。

第一章,"抑抑威仪,维德之隅。人亦有言,靡哲不愚"。这是一段议论,而且有一种诙谐的语调。"抑抑"就是细密的样子,有板有眼;"威仪"在《民劳》中出现过,指贵族应有的风范,做人、说话、办事应有的礼仪;"维德之隅","隅"就是棱角、角落。一个有威仪的人是有棱有角的,不是糊涂浑圆的。"人亦有言"就是"俗话有这样说的";"靡哲不愚"意为没有哲人不笨的,聪明人在社会中说一些聪明的实话,反而被人认为愚笨。这是用世俗的观点看一些聪明人的语言。诗人接着就议论说"庶人之愚,亦职维疾",庶人的笨只是一种毛病,问题不大,其中"职"意为只是;"哲人之愚,亦维斯戾","戾"就是罪,哲人犯愚病而有话直说,在如此世道就陷自己于犯罪之地了。为什么?因为哲人对世界、对生活往往是有刺激作用的。学者施特劳斯说柏拉图写了一辈子书,实际上就是在给哲人辩护,因为他的老师苏格拉底是因为说真话被希腊人判了死罪,古希腊是民主制,也可以判一个智慧的人死刑。这是一个很重要的观点,所以他就说哲人写作品,往往是字面上有一套,背后还有一套,这叫隐微写作,是一个很有趣的话题。

第二章,"无竞维人","无"是发语词,"竞"就是强,在《周颂·执竞》中也有"无竞维烈",句式与此相同。这句的意思就是任何事情，只要你努力，有主观能动性，你表现出的人格的强劲就是无与伦比的。"四方其训之"，"训"就是"顺"，意为你会成为四方的榜样。"有觉德行"的"觉"是正直的意思，"德行"是符合德的行为，"四国顺之"就是四方的国家都会顺从。这是讲有德的人影响力大，是从正面讲的。接着"訏谟定命"，"訏"这个字现在很少用，"訏谟"就是谋划，大的谋划是"定命"，是涉及国家安危的，也可以说是涉及万民性命的。所以下面说"远犹辰告"，远大的谋略要及时宣示出来。其中，"远犹"就是远大的谋虑，"辰"是及时的、合乎时令的，"告"就是宣示。在《世说新语》里，谢安说这两句诗写出了老臣的公忠体国。后来王夫之作《姜斋诗话》还专门说这个故事，说"訏谟定命，远犹辰告"八个字如一串珠，将大臣经营国事之心曲写出次第，说谢安认为它和"昔我往矣，杨柳依依"一样妙。用今天的网络用语来说，这首诗有很多这种金句，也就是带有格言色彩的句子。此章末尾说"敬慎威仪，维民之则"，讲为政者应当正德定谋，为民立则。

老臣的失望和训诫

第三章，话题转入对现实的不满。"其在于今"，就是在今天；"兴迷乱于政"，"兴"，全，都；全都迷乱于政。"颠覆厥德"就是颠倒他的德行，做人都荒唐了。"荒湛于酒"，"荒"是大、严重的意思；"湛于酒"就是沉溺在酒里。"女虽湛乐从"，"女"就是你们；"虽"，唯、只是的意思；"湛乐"就是沉溺于享乐；"虽湛乐从"就是"惟耽乐之从"的意思。"弗念厥绍"就是不再想后续的事。"罔敷求先王","罔"就是不;"敷求"是广求,敷通溥,广泛的意思。"克共明刑","克"是尽力;"共"同供,奉行的意思;"刑"是典章、法则。这两句意为不求先王的治国之道,也不去努力按照典章的要求做事情、为民提供榜样。这是指责现在,它并不像"家父作诵,以究王讻""赫赫师尹"那样直接把矛头指向了某些人,而是很抽象的。这应该指西周崩溃之后,有那么一段时间,整个社会非常低迷,不论从道德,还是从能力看,都是迷茫一片的状态。

第四章讲我们应该怎么做。"肆"是发语词;"皇天弗尚"就是老天爷不再宠着我们周家了。这就像什么呢?"如彼泉流",像流水一样;但是我们不要"沦胥","沦胥"就是脚跟脚、互相跟着,这个词也见于《小雅·雨无正》。就是说我们可不要哗啦哗啦、脚跟脚地全部完蛋;"亡"就是灭亡。为了救这种衰世,我们要"夙兴夜寐",就是起早贪黑;我们要"洒扫庭内",把小家庭治好。"维民之章","章"就是表率,要给民众起榜样作用,从点点滴滴做起。"修尔车马",把车马修好;"弓矢戎兵",修各种武器。"兵"这个字后来是指人,在古代则指兵器。"用戒戎作,用遏蛮方","戒"就是警惕,"戎"是战争,"国之大事,在祀在戎"嘛;"遏"就是远,"用遏"指驱除敌人,使之远离。周人自认为自己是文明世界,周边的人群、遥远的人群,被他们称为"蛮方",这是带有污蔑色彩的。

接着,仍然在讲怎么做。"质"就是诚信,在这儿做取信讲。"质尔人民",就是让人民信任你。孔子也说过"民无信不立",如果一个政府失去民众的信任,在列国纷争的时代,是长不了的。"谨尔侯度","谨"就是谨慎;"尔"就是你,但是虚化了;"侯度"就是审视、观察,说你要谨慎地观察;"用戒不虞",就是以戒不虞,"不虞"指突发的意外。然后说,"慎尔出话,敬尔威仪",说话要小心,要注意自己的威仪,要恭恭敬敬地行;"无不柔嘉","柔嘉"就是善、美,其原义为肉肥美。接着后边就说:"白圭之玷",白圭是白色的石头,玷指玉的污点。玉有了污点以后,"尚可磨也",是可以磨的;"斯言之玷,不可为也",我们说话给自己带来人格的损伤,是没法挽回的。这几句诗后来在《论语》中出现,可见儒家是用诗书来教育人的。

第六章,"无易由言"就是不要轻率地说话;"无曰苟矣","苟"是随便、姑且,也有人说"苟"是情急,"无曰苟矣"就是情急之下乱说话,这是两种解释。"莫扪朕舌,言不可逝矣","扪"就是按住;朕为古代第一人称形式,到了秦始皇之后才成为皇帝自称的专用词;"逝"当"及"讲,指追得上。两句的意思是:舌头要自己管,没有谁可以按住你的舌头,错误言语一出,就后悔莫及了。而且"无言不雠","雠"就是回报,就像你对着山头喊,总会有回声;"无德不报",有德的人一定得到回报。"惠于朋友,庶民小子",就是你要施惠,对朋友、同僚、庶民,还有那些小人物。这样的话,你才能"子孙绳绳",子孙连续不断;"万民靡不承",承,顺从。作为君主,只有这样做,才能够让万民顺从。

诗是在教训身份、地位很高的人物。它有可能是像学生守则似的一些人生训条,后来被诗人编到一起。按照传统的说法,这是为国君做的,是朝廷里的老臣卫武公对年轻的周王进行训教。

第七章的开头说"视尔友君子","视"有看的意思,"友君子"就是朋友;"辑柔尔颜","辑"就是和。当面对朋友、君子的时候,我们都是和颜悦色的。"不遐有愆","不遐"是没空;"愆"是过错,说我们当着别人的面,不至于有什么过错。而"相在尔室",在屋里的时候,"尚不愧于屋漏",其中,"屋漏"指房屋西北角幽暗之处,据古代的文献记载这是一家藏神主的地方。"尚"字意为庶几,表希冀之义。也就是说独自在家里待着的时候,还要记得神位上的神明在看着你。接着就说"无曰不显,莫予云觏",不要认为自己做的事情不明显,没人看见,"觏"是看见的意思。这是讲暗室无欺,不要以为藏得深就可以做亏心事。"神之格思,不可度思","格"就是到达的意思,来到;"不可度"就是不可预测。怎么可以放松呢?"矧可射思"的"矧"就是怎么,"射"的意思是松懈。后面这三句表示一种质问、叮嘱。

此处的慎独思想,到了《大学》和《中庸》里,就被郑重其事地当作一个人生哲学的命题加以讨论。不同的是,诗还谈三尺之上有神明,儒家就不再谈神而是谈良心,说自己做了亏心事,良心知道。儒家把神去掉,强调用良心看着人的自私心、苟且心。这是儒学的一个发展。可见,读诗可以使我们了解儒学的来历,它是从深厚的传统中提纯出来的,就像从高粱、玉米中提出五粮液、茅台一样。

第八章,"辟尔为德,俾臧俾嘉。淑慎尔止,不愆于仪"。"辟"是发语词,也就是说人要修德行。"俾"是使,"臧"和"嘉"都指美好,人们修德行就是为了使事情变得更好。"淑"指善,"慎"是慎重,"尔止"是指"做派",即言行举止。"愆"是"错误","仪"指仪表,这也是周贵族极为重视的一个方面。说起来,中国人的讲究威仪,强调作为贵族自然该有一番贵族的做派,自《诗经》的时代就可以看得很清楚。《论语·乡党》中讲述了孔子在日常生活中的行住坐卧。在刘邦统治天下以后，叔孙通制礼作乐，就是为了让大臣们学习如何上殿觐见，如何山呼万岁。而到了魏晋南北朝时期，仪态就变成了风度，魏晋风度具有强烈的展示性色彩。《后汉书·范滂传》中记载："滂登车揽辔，慨然有澄清天下之志。"从一个登车的动作就能看出此人澄清天下的志向，一定有某种仪式的范儿，在汉末以至于魏晋，这叫作风度。

每一个文化人群的仪态举止都有规范，这些规范都有它的起点。罗马贵族在元老院中演讲的时候，尤其讲究仪态、风度，这是一门学问。一直到今天，中国人还把郑重看得非常重要，不像美国人那样随意，这从我们的表情和做派中可见一斑。可见，周文化对中国文化的影响是非常深刻的、潜移默化的。比如今天我们看人，视线高不能高过人的头顶，低不能低过腰带，这就是《周礼》中规定的。

诗接着说"不僭不贼，鲜不为则"，"僭"在此处意为"差错"，"贼"意为"危害他人"，"鲜不为则"用了双重否定表示肯定。不出差错，不危害他人，很少有人不以此为准则。然后讲述了善有善报的因果关系，同时也是成语"投桃报李"的出处。虽然在《诗经》中的另一首诗《木瓜》中也有"投我以木桃，报之以琼瑶"，但"投桃报李"的准确出处却是本诗。"彼童而角，实虹小子"，羊无角为童。"虹"通"讧"，惑乱的意思。"小子"，此处泛指年轻人。此二句是说羊无角而被说成有角，是诓惑谣言。

接着，"荏染柔木，言缗之丝"。"荏染"指柔软，在《小雅·巧言》中也出现过："荏染柔木，君子树之。"两诗出现在同一时期。虽然在西周后期有的作品标明了具体作者，如"家父作诵"等，但真正进行诗歌创作的还是一批专业人员。这批人员起初很可能隶属于王室，后来王室衰微，也便到了贵族之家。他们在作诗时难免互相习用。"言"是语助词，"绺"的本义是丝绳，此处作动词，表示为弓箭装上弦。这两句是说只有柔韧的木头才可著丝制成弓箭，用了比兴手法。"温温"指温文尔雅，"恭人"指恭敬的人，这样的人是德行的基准，即"维德之基"，我们要向他们学习。"其维哲人，告之话言，顺德之行"，"话言"就是善言，只有那些聪明人、有智慧的人才能够接受"善言"，并顺着德行去生活。"其维愚人，覆谓我僭"，"覆"是反而的意思，"僭"是错乱、虚妄，那些愚人反而不能接受善言，一旦有人告诉他好的言语，反而会被认为是错误的。诗人在这儿用了一个对比。接下来就对这样的现象发出了感慨，"民各有心"，人心不同，智慧和愚钝相差甚远。在本诗的开头就对哲人和愚人做了对比。这里讲二者最关键的区别就在于能否听进他人的善言。这看起来是无关痛痒的小事，但一个人能否取得进步，很大程度上正取决于此，尤其是在年轻的时候。这一章再次提到哲人和愚人的区别，也为下一章的内容做了铺垫。

第十章，"於乎小子，未知臧否"，此处的"小子"很有可能指年轻的周王。西周的老贵族在王室中一直都有很高的地位，只要辈分足够高，对待年轻的后辈，即便是周王也可以称"孺子"。在《尚书·洛诰》中，周公就对成王称"孺子"，而成王自称为"小子"。周公曾经有一个孙子被封到了"祭"地（今河南省郑州市东北），称为"祭公"。他是周穆王的叔祖父，穆王一直称他为"祖"，他对穆王的训诫言语也非常强硬。这就是西周的体制，贵族们有自己的封国、领土，他们与周王之间不是纯粹的上下级关系。在清朝，大臣觐见天子要跪拜，自称奴才，而在周王室中很多大臣还没有完全地跪倒。这在诗中也有展现，周文化中很多创造性的东西也正源于此。接下来，就是老臣训诫"小子"的话了。"臧否"指善恶，好坏。也就是说：你这个小子，不知好歹。"匪手携之，言示之事"，"匪"是非但，"示"指开导、指示。意为：我不但亲手引领你做事情，还给你做出示范。接着，"匪面命之，言提其耳"，"面命"指当面教诲。"提"有两种解释，一说是揪、扯；一说是抵，附耳的意思。两说有雅俗之别，意思都是通的：不但当面教诲，还要对着耳朵告知。突出教诲周王的煞费苦心。"借曰未知，亦既抱子"，即便你还不懂事，也到了生儿育女的时候了。其中，"借曰"意为"即便是"，"未知"指不懂事。"民之靡盈，谁夙知而莫成？""盈"在此处通"缢"，意为缓，"靡盈"指"着急"。人们做事要有紧迫感，因为求知是一个很漫长的过程，有谁能早上想求知晚上就可以学成的？言外之意就是告诫周王早点努力。以上的训诫语气非常不客气，既包含了老臣的苦心，也流露出对周王的失望。能表达出此种情绪的老臣一定是资历非常深的王室贵族。

接着，老臣继续表现他对周王的失望。"昊天孔昭，我生靡乐"，上天是非常明鉴的，可我活着却很不开心。"视尔梦梦，我心惨惨"，你每天懵懵懂懂，我看着内心很忧愁。"诲尔谆谆，听我藐藐"，我对你谆谆告诫，你却完全听不进去。"言者谆谆，听者藐藐"这句话我们今天还在用。周王这样的态度使老臣的失望再度升级。"匪用为教，覆用为虐"是说周王不把老臣的教诲当教诲，反而做事更为暴虐。"借曰未知，亦聿既耄"这句话有两种解释，其一是说时光过得很快；其二是指：即便我什么也不懂，也是上了年岁的人，经验始终要比你多很多。你不应该用"梦梦""蒙蒙"的态度来对待我!其中的"聿"同曰,是语词,"耄"就是老。

最后一章中,老臣对周王或是年轻的贵族提出了告诫。"旧"指时间久,"止"是语尾词。"告尔旧止",就是作为臣子,我已经跟你谈了很多。"听用我谋,庶无大悔",如果你听了我的教训,就不会做很多傻事和后悔的事。"天方艰难,曰丧厥国。取譬不远,昊天不忒",上天已经对周人失去了信念,邦国已经损失不小。前车之鉴就在眼前,王朝刚刚经历了不好的事情,我们应该从中领会些什么。上天是不会出差错的,是赏罚分明的。其中的"取譬"指从其他人或事中汲取教训,"忒"就是差错。"回遹其德,俾民大棘",作为贵族,作为周王,如果你的德行不正,就一定会使民众陷入大的灾难和危险。"回遹",邪僻不正,在此作动词。"棘"通"急",指凶险、困厄。

这是一首训诫色彩非常强烈的诗篇,风格上是娓娓道来的,与《节南山》的愤激不同。读诗的过程中,老臣的苦心与失望从字里行间扑面而来。诗所强调的重视德行、威仪和慎独的思想被后世的儒家继承,发展出了"庸德之行,庸言之谨"的准则。从文化史、思想史的角度看,德行已经开始向内转,向管好自己的方向去努力。这并不是儒家的哲学,却是关于哲学的前奏。

不敢暴虎,不敢冯河

《小雅·小宛》中也说到了做人应该谨慎,它的最后一章是这样的：

> 温温恭人，如集于木（zhuì）。惴惴小心，如临于谷。战战兢（jīng）兢，如履薄冰。

"恭人"一词在《抑》中也出现过，指恭敬的人；"集"指群鸟落于树上，"如集于木"说就像鸟的两条腿落在树枝上，很谨慎地保持着平衡。"惴惴"指小心、恐惧的样子，"临"指临近。"战战兢兢，如履薄冰"是现代人耳熟能详的成语，不用解释。

在《小雅·小旻》的最后一章也出现了同样的句子：

> 不敢暴（bó）虎，不敢冯（píng）河。人知其一，莫知其他。战战兢兢，如临深渊，如履薄冰。

"暴虎"指徒手打老虎，也有一种解释是从战车上下来打老虎，后一种也很危险，因为如果在战车上，老虎来攻击，还有栏杆等防护着。无论取哪种解释，这样的行为都是非常危险的。"冯河"指徒身过大河，不借助舟船、毫无准备就要过河。

《诗经》中有这样的句子，《论语》中也有。子贡问孔子，若是带着三军作战，他会带什么样的人去。孔子的弟子子路是个非常勇敢但略带鲁莽的人，于是孔子便说"暴虎冯河，死而无悔者，吾不与也"。他需要的是那些"临事而惧，好谋而成"的人，要懂得畏惧，所以才能谨慎，身为主将才能对千万士兵负责。

在西周后期，随着天下大乱，贵族的地位跌落，人们开始提出做人要谨慎，内心要维持平衡，不要把自己陷于危险之地，这就是一种人生智慧。

附录：回忆启功先生

我当初认识启功先生很自然，就是通过考试。我是1992年考博士。当时我的外语差几分没有达到分数线。一般说，当时基本上就悬了，那时师大的外语要求不是弹性的。因为我专业课考了个第一，所以聂石樵先生总觉得有点儿可惜，于是就找启先生，问有个学生他能不能带。启先生那年没招满，因为敢考他的人不多，结果老先生说可以啊。最终我才被破格录取到启先生门下。

入学后要拜老师，邓魁英先生就带着我和另一个同学来到启先生家。那是九月份，还不是很冷。我们到了先敲敲门。门开了，启先生就站在里边，穿着衬衫、秋裤，很平常的。进屋之后就打招呼。启先生问："你是哪的？"我说我是河北的，同学说他是河南的。启先生说："嘿，巧了，我是河西的。"气氛当时就缓和起来了。老先生挺可爱的，然后他就坐在那儿讲。我跟随启先生十三年，见面谈话时家长里短的也有，但很少。每次见面都问候问候：老人好不好，小孩好不好，然后就是谈学问、聊天、谈掌故。那天谈的时间不长，谈的是《尚书》。他说《尧典》像小说，尧舜往那儿一坐就派大将：

你去种地,你去防洪……这就算见过老师了。之后有半年我都没敢去,因为当时启先生年事也高,社会事务也多。后来聂石樵先生就对我说:"启先生那儿你还要去呀,你是他的学生,那天启先生问我你怎么不照面了呢。"

后来新学期开始了,我就去启先生家。那是初秋的一天,家里没别的人,这次时间充裕,谈历史、谈人生,谈了不少。我印象较深的是,讲《新唐书》《旧唐书》,说李世民这个人,杀了哥哥、弟弟之后,把嫂子弄到自己宫里留后。启先生是一边背着古文一边讲,他没写过唐代历史方面的文章,但是对这些典籍特别熟悉。从那以后就熟了,启先生让我常来聊天,有时我和同学也问一些问题。这是正常的师生关系,从1992年入学一直到1999年回师大工作,再到启先生2005年去世,一共是十三年。我跟先生学习基本上就是在闲聊当中。我看问题的这点出息,绝大部分都是从老先生那儿得到的启发,在资质上深感不如老先生高,有一点儿长进是先生给的。

我谈启先生,很多事情也是听他说、看别人写,因为我进师大晚。说起出身,启先生是满族正蓝旗、雍正的九代孙。雍正的孩子不像康熙那么多,他有一个和王弘昼。弘昼比弘历晚生了几个时辰,始终得养母的喜爱。清宫里有个规矩,妃子们要交换着养孩子。《甄嬛传》里没有演这个规矩。启先生的祖上和王弘昼的养母是弘历的亲妈,也就是说尊皇太后应该尊她,但是她养的不是乾隆皇帝。启先生这个老祖弘昼,在老母的护持下给乾隆皇帝添了不少乱。当年国家的钱印出来之后,应该用马车往国库里拉,结果和王把车圈到自己家里,把钱卸下来了。这事搁在别人身上,是要掉脑袋的,但是,乾隆皇帝没办法,因为惹不起母亲。老母就说:"他(弘昼)没钱。"结果，乾隆皇帝还得给他钱。另外，弘昼老是要乾隆的帽子，其实是要位子。后来他临死的时候，还指着乾隆的帽子。乾隆灵机一动，就把帽子摘下来给他扣在脑袋上，这么扣了一下，和王才咽气。这些事都是故老相传，启先生听祖上讲的。再比如，光绪皇帝是怎么死的。他听曾祖父讲，那天下午，皇帝驾崩前几个时辰，大家都在那儿跪着。宫里边老太后也快不行了。这时，大臣端了一盆东西进去，出来之后皇帝就驾崩了。所以，老人就说光绪皇帝是被太后毒死的。后来有人研究这个问题，发现光绪皇帝的尸体背部的确显现出服毒的特征。人喝了毒药之后，先往胃里走，死去之后，毒药会往脊椎的中间部分渗漏。光绪尸体中有大量的毒药，证明这个传说是有根据的。这是启先生的出身和家世。

但是，启先生烦人家称他为爱新觉罗·启功。有人给他写信"爱新觉罗·启功收"，他把这个信原封不动地打回去，说查无此人。有人曾想以爱新觉罗家族的名义办书法展，他就写了一首诗，大意就是：王羲之是琅琊王，你何曾看过他写字署上"琅琊王"的名号呢？这是没意思的。私下里聊天，有人称他爱新觉罗·启功，老先生是骂街的。启先生说自己淘气，要"耍三青子"，就是反感这些拼姓氏的人。他也说过，过去满族倒台了都不敢姓爱新觉罗了；"文化大革命"的时候，也不敢姓了；现在却都冒出来姓了，不就是一个姓氏嘛。

按照清朝的规矩，要分府。比如，弘昼是亲王，亲王的儿子就要封郡王、贝子等，逐渐往下降。到了启先生的祖上，好几代了，已经没什么好封的了，所以他的曾祖父是通过下科场获得了功名。清朝有个规矩，科举是给那些贫寒、没有家世的人升迁的机会。旗人，如果是宗室的后裔，由宗人府管理，出生之后给予相应的武爵。启先生的曾祖是奉国将军，但是清朝那个铁杆庄稼，到了后期产量太低了，一棵苗产不了几粒粮食。不过，这个爵位允许退回，可以不要，然后就可以下科场。启先生家从曾祖父溥良那一代就参加科举考试，还进了翰林院，做的官职很高。启先生对此是很自豪的：我们是平民家庭，虽然有皇室背景，但是靠自己的努力起家的。后来，启先生1912年出生，清朝虽然没了，但是小朝廷还想着这件事，封他为奉恩将军，那时就连铁杆庄稼也没有了，只是说他在爱新觉罗的旗子之下。启先生7月26日出生，去世是5月30日。这对我们来说都是重要的日子。到了那时候，我们总要写点儿什么。

　　启先生早年是很不幸的。他曾祖父是清朝的高官，袁世凯上台之后，对他家来说很危险。启先生小时候因此跟随家人到河北易县躲了几年。那里有当年他曾祖父主持高考时的门生故吏，是一位乡绅，有田产，也是一位书法家。所以，后来启先生还能说几句易县话。启先生在那儿待着，人家养鸟，启先生也养了一只，只是叫起来不好。人家在那儿玩笼，启先生早上也拿着个笼子去，结果他一去大家都跑了，因为他养的那只鸟不行。他有这样的记忆。后来他的曾祖父去世，祖父年纪也不小了。最惨的是他父亲十九岁就去世了，那时他很小，有点模糊的记忆。因为父亲十九岁就去世了，他的母亲就想自杀。她原来在娘家很困难，嫁到丈夫家来日子过得不错，夫妻关系好，但是丈夫老早没了，她就不想活了。结果爷爷就对她说，千不念万不念，也要念这个孩子！可是，当时家庭已经相当败落了，这孤儿寡母的怎么活下去呀？这时，他的叔祖辈有个奶奶，某一天突然进入迷狂状态，像鬼魂附身一样，就喊"你别死，哪个房间里还有簪子，有几块银元"。结果，家人顺着这个奶奶的说法找了之后，果然发现了这些东西。这个事情，按照民间的说法就是他父亲走得早，不放心娘俩。不过这种现象应该有一些唯物的解释。这是说启先生有这样一个奇特的经历。

启先生上小学时，曾按照满族的一个习惯去雍和宫出家，当过小喇嘛。所以，后来他到寺庙里去，一摆香，庙里的人就很惊讶，因为他摆香的次序与汉传佛教不同。后来他还回忆过，说他到雍和宫，晚上看到月光照在瓦上，心里产生了一种很奇妙的兴奋之情。启先生晚年有一次填表，就在宗教信仰这一栏填了佛教。他一直对佛教的发展很关注，包括佛教新翻译的著作、佛教与文学等。我们过去有一位同事说到一些从日本传来的佛教知识，启先生非常有兴趣地听。另外，启先生经常写《金刚经》，写了几份，都是用楷书，是不是用草书写过我不知道。我家里就有一份，是启先生的内侄张景怀先生给我的，印的不多，下面的落款还是启先生的法号。启先生家道衰落了，上不起学。他曾祖父过去的学生赵先生和唐先生，一听说恩师的曾孙现在连学都上不起，就集资存款，用利息供启先生上学。启先生上了私立的汇文学校。他就是在那里，认识了人类学家贾兰坡先生。上学时，又跟戴绥之先生学古文。启先生在文章里回忆当年他学古文的方法，就是"点"。戴先生说："你现在年纪大了，让你从《十三经》开始一样一样地背不合适了，但是你要标点一遍，完了之后再告诉你哪点对了哪点错了。"启先生说，《尚书》真难点啊，整个儿跟啃骨头一样，《墨子》也不好点，到了《左传》就好点了。这也是启先生对学古文的一个态度。学一种语言，上来就学语法，未必是个好方法。亲自去接触，一句一句加标点，去感受它，效果是很好的。启先生后来做《汉语现象论丛》，是一部很重要的学术书。他不是从语法、词法角度做正规军式的探讨，而是作为一个古文阅读者、一个诗歌创作者去感受汉语到底有什么样的不同。等到小学毕业的时候，班志是启先生写的，用骈体文，写得非常老到、漂亮，当时他才只有十几岁。

说启先生聪明绝顶是没问题的，他是那种反应迅速的天才。思维速度、反应速度不是人人都有的。有的人可能很深刻、思考很深广，但他未必反应那么快。在这方面流传着很多故事。有一位先生说启先生像兔子一样走路，刚说完，启先生回头就说："咱们赛跑。"师大1999级一个中文系的同学在大楼上遇到已经九十多岁的启先生，就问："启先生，您还做学问吗？"启先生回答："学嘛，我就先不说了；问嘛，我现在就要问了，您是哪个学院的呀？"仍然这么风趣。

启先生中学还没毕业，家里的钱就花干净了。他家里两辈出过进士、翰林，本来是有书的。可是，家道一败落，书就保不住了。启先生聊天时也感慨过，过去的时代很多家庭中的女人都是不读书的。他们家族里剩一大群女人，家一穷，就先把书处理了，觉得没用，还占地方。所以到了他读书的时候，还要到别家去借。这倒也是个实情，讲生活的艰难。十几岁的时候，启先生也开始画画。他画画是受祖父的影响，祖父学过画。小时候，给他一张纸在那儿画，他就觉得特别好。他对古诗的天才感受也是祖父开发出来的。

启先生说汉语是有节奏的。它凭借着平上去入，也就是高高低低这种基本的天然优势，成就了格律。启先生小时候，祖父常常一边抱着他一边打着拍子唱苏轼的《游金山寺》："我家 / 江水 / 初 / 发源，宦游 / 直送 / 江 / 入海。闻道 / 潮头 / 一丈 / 高，天寒 / 尚有 / 沙痕／在。"这个节奏让小孩觉得很新鲜。后来启先生研究汉语，声律部分是核心地带。每一个民族的语言都有特点。汉语有声律，英语有重心。诗歌发展到一定程度之后，艺术上的最高表现就是可以不顾内容追求纯形式，在字义方面就表现为对偶、用典，在音乐方面则表现为声律。汉语发展到达极致之时，唐诗宋词就体现出这个特点。启先生的见解很有启发性。

我们现在教孩子学汉语、英语等，上来就学语法，结果弄得他们不敢开口，因为一开口就有一个对错横在那里。其实，学汉语时，小孩子读点诗，没亏吃。现代诗专门要打破格律，有人在报纸上写文章也说汉语不要追求格律。但是，既然使用汉语，就像在阳光下走路一样，想没有影子，可能吗？即便打伞也有影子。我们不是瞧不起现代诗，而是有些现代诗人的主张，其自身的逻辑是矛盾的。就连我们平常说话也讲究个音律，讲究好听不好听。当然了，有正题就有破题，追求破题也是有它的合理性的，这个我们就不多说。

小孩子从《声律启蒙》《笠翁对韵》等书念起，可以从小培养语感。对书里的对偶、声律感受得多了，将来做个对偶句，做个春联，就不会那么鸭子上架、毫无办法。这属于汉语自身的特点。当然汉语里还有好多其他内容，比如中国人用的典故中就含着很多历史信息，言简义丰。启先生回忆这些事情，是带着一些经验的。

我没法评价启先生的画，包括文物鉴赏，都只是听一些故事。当年我们也试图跟启先生学一学书画鉴定，启先生就说："你没见过玩意儿，怎么告诉你呀。"启先生当年在故宫看画的时候，那些主要的画还没被运走呢。这就是默而识之，后来他成为书画鉴定家，与见得多有关系。他曾经跟贾羲民先生、吴镜汀先生学习绘画。启先生学画也见过大阵势。恭亲王有个孙子溥儒,当年在绘画界与张大千并称"南张北溥"。按照男系辈分,溥儒是启先生的曾祖那一辈。可是按照女系辈分,从启先生的祖母处论,溥儒和启先生的辈分差不多。有一次,在一位太妃的丧礼上,启先生和溥先生见面了。之后,溥先生就知道启先生画画崭露头角了,是很有前景的,就让启先生到他府上去。启先生知道和他们是同宗,但是人家是真正的金枝玉叶,而自己家族从祖上传下来八九代,已经是寒门了,有些像《红楼梦》里的廊下贾家。启先生从小经历过世态炎凉,一定很敏感,所以很长时间都没去。后来,溥儒又问了几次,启先生这才觉得人家是认真的。去了之后,才开始看画、认画。启先生印象比较深的就是,南张北溥一块画画,对着画。每个人先画了一部分之后,把纸拿过去给对方画,也没打草稿,也没事先交流,就共同把画完成得很好。这是开了眼了。张大千先生早年画画无名气的时候,曾经造过伪,在车轱辘上蹭画,把画蹭旧了。启先生说过一些这样的事。有一次,一个人拿一些画让启先生看,问哪个是真的哪个是假的。启先生拿着一幅画就说是假的,那个人就说不要了。启先生说:不,其他的可以不买,这个假的一定要买。对方买了之后,启先生就说这是张大千当年造的伪,这个画比真的还值钱呢。这就是启先生。在文物界,有不少人,先对别人谎称画是假的,然后自己买去。启先生当然不会干这样的事。

新中国成立之后,启先生到北京画院(又叫中国画院)工作,又在《美术》做过编辑。在画院时他被打成"右派",被安了很多罪名。有些人说他说过"外行不能领导内行"的话,他就说:"我这个人连个学历都没有,能说这个话吗?这个话从心眼儿里我就不好意思说。"当了右派，他回了师大，好多年就不画画了。这是个伤心的事情。后来到了二十世纪七十年代后期，形势好转，中国政治走向正轨之后，启先生又画了一些画。启先生的画走的是文人画的路子，有人收集了很多。启先生在八十年代画竹子，后来不画了。如果不是遇到这种挫折，他在绘画上的成就还要再高一些。

  启先生年轻的时候，他的一个表舅要他的画，但又说字就不用他题了，让他的老师题。这是嫌他的字丑。后来，启先生就开始练字。关于启先生的书法，我看到他在一首诗下面的跋文中说，临帖临到一万个汉字，可见在这方面下的功夫大。所以他有《字体论稿》，在文学论文里也有很多碑帖里的史料。我们帮他整理过去的旧稿，看到家里的纸上贴着敦煌卷子。启先生的敦煌学也有成就，别人不要的碎纸片，上面有字，启先生都贴下来。他在这方面的知识是非常深湛的，因为见得多。陆机的草书《平复帖》，收藏家是张伯驹先生，早在启先生很年轻的时候就把它读出来了。当年容庚等先生都对这个事情高度赞美，说这是个高手。说实在话，没人敢说所有的草书都认识，但是对此，启先生说到了原理。他说认草书的原理就像坐公交车，从咱们师大到前门，坐22路、47路，那些快车在有些车站停，在有些车站就不停了。

  启先生在书法方面有很多理论性的东西。我们现在给孩子写字都用米字格，是要找到字的中心。这个做法启先生恐怕是不赞同的。书法有两个关键，其中一个是笔。书法得以成就，和我们写字用的毛笔有关系。如果拿着一支羽毛蘸墨，不管怎么写线条都不会出现丰富的变化。所以，使用毛笔的时候，像字的撇、点等，如何处理，这种笔意是见精神的。就像赵孟頫的字，启先生曾在一篇跋文中说到"点画之间漂亮",而且全神贯注、神采飞扬,还提到:早年我们临赵孟頫,又瞧不起赵孟頫,等临了多少年的帖之后,才感到赵孟頫的了不起。成就书法的另一个关键源于汉字的字形、间架结构。举个例子,"英语"这两个字。用四线格写 English,就是从前往后排,h 可以往上翘翘,g 可以往下走走,主要的是在一个时间线索内把它写完。这就很难形成书法。因为它大体是字母按照时间顺序排的,是时间结构。可是汉字"英"是上下结构,"语"是左右结构。在时间结构中有空间变化。汉字也是一个字一个字排,但每一个字是独立的。启先生曾多次批评赵孟頫的一个观点,赵孟頫曾说写字结构无所谓,笔画要认真。实际上赵孟頫的字结构也严,笔画也严。只是在理论上说的时候,和他的实践不一样。我们学颜筋、柳骨,如果间架结构不好,这个字怎么写、点画再漂亮也不行,支不起来,趴着待着。所以字怕挂嘛,有些字站起来一看,立不住,就是因为它的空间结构。颜筋、柳骨就是这个意思。启先生发现,写汉字用米字格,认为结构中心在中心点上是个错误的概念。我有一次看启先生的录像,是他七十多岁时的书法教学。那时老先生身体真好,上课时说到汉代人怎么执笔,就马上演示,当时就盘腿坐下了,写完就起来了。启先生举了个例子,他拿了一个帖,上面是米字格,写青字,说这个字如果把中心放在米字格的中心,月字的两脚非杵到下边去不行,肯定要顶着下边字的脑袋。这证明米字格不对。然后,他做了一个回字格,在里面写"大"字。他在小方块的左上角标个 A,右上角标个 B,左下角标个 C,右下角标个 D。注意,横不要写平,不要完全从 A 点到 B 点,起笔稍微低一点儿。这也是汉字的特征,字形总是左边低右边高。我们看印刷体,横的右边都有一个高起来的小三角，就是要造成一种视觉效果。写字时，A 点可以不过，但是写横一定要过 B 点，撇一定要过 C 点，捺一定要过 D 点。捺如果不过 D 点，这个字怎么写怎么难看。这就是汉字，汉字的中心在四个点上。为什么是回字格呢？因为汉字的长宽比例正好是黄金切割率。汉字不是方方正正的字，而是长条形的。如果钢笔书法把字写得扁扁的，就很难看。黄金切割率是古希腊人发现的，造砖或者什么长方形的物体，大都遵循这个比率，现在印书的开本也都是这样。启先生在《书法概论》里表达过这个观点。但是很遗憾，现在回字格还不如米字格流行，为什么？因为我们现在的知识界抱残守缺，有了新知识不去吸收。现在的文化，书被书淹没了，是挺可悲的事情。

启先生的书法，也有人不喜欢，说这说那，这都很正常。有人说他写的是"馆阁"体，就是拿小楷抄奏折。启先生说："对呀，我曾祖父就是翰林学士，当然是馆阁体啦。"对于这个事情，大家的理解不一样，也不宜强同。但是我们是受启先生影响的，觉得练字还是要把楷书练得丁是丁卯是卯的。我们看看王羲之、赵孟頫、文徵明他们写的小楷，就觉得字写到那个份儿上，真是甜美到心里去了。当然，草书有草书的魅力，但楷书就没有魅力吗？而且一个人楷书的基本功到了之后，不至于荒腔走板。有些书法家整天在那儿写草书，结果那个落款落不好。你看怀素的大草书《自叙帖》，最后那三个字，稳稳地落在那，那个气韵就是不一样。

日本人占领北平之后，启先生的生活面临着重大危机。他不得不临时去教一两家家馆，再靠写字、画画卖些钱，勉强地维持生活。后来，是老校长陈援庵先生把他叫到辅仁去教书。启先生说自己一生有两大恩人,一个就是老校长,另一个是他的夫人。当初带着启先生认识陈援庵先生的是傅增湘先生,大藏书家、学问家。傅先生和启先生的曾祖有关系,过去是学政,主持过科举考试。通过傅先生的引荐,老校长看出启先生写、作俱佳。于是,老校长让他到辅仁教书。启先生也跟老校长学做学问,毕竟他的底子很好,记忆力也好。启先生一开始教中学,可是有一位管教育的人觉得他学历不够,就把他辞了。陈校长知道后,又把他叫回来,让他教大一国文。陈先生给启先生奠定了这样一个基础。

后来启先生特别怀念在辅仁的时光。辅仁大学在恭王府的旁边,是很小的一个校园。学校里有一个教师临时休息室。教师们来了,都先坐在那里。启先生说,那时,年轻教师可开眼了。老先生,比如余嘉锡等,还有比他们资历更老的一些学者,来了就直接谈学问,也不谈家长里短。某人就说自己最近有什么发现,有什么理论,然后有的人站起来说不同意,互相交流。那个气氛特别好。我们现代的大学中,这种风气就不是很普遍。大家都各自忙各自的,见面谈,淡扯多。启先生后来还回忆他在辅仁的时候,给各院系写诗。这就体现了他的淘气、精力旺盛。当时的艺术系比较萧条,他就给艺术系写诗:"美术系,别生气,泥捏象牙塔,艺术小坟地。一个石膏像,挡住生殖器;两个老模特,似有夫妻意。衣冠齐楚不斜视,坐在一旁等上祭。"调侃艺术系,说模特坐在那目不斜视,就像等着被祭祀的神像。当时有一个画家徐燕荪。启先生给他写了一首诗,是个灯谜:"家住在城北,其实并不美。中间一张嘴,两边有分水。有头又有尾,下边四条腿。名在《尔雅》内,却非虫鱼类。翻出《释亲》章,倒数第一辈。出言莫怪罪,小市民趣味。"先是讲姓,家住城北,就是《战国策·邹忌讽齐王纳谏》中的"城北有徐公",说的是"徐"。中间几句是拆开了"燕"字。其中,《尔雅》是古代讲草木虫鱼的辞书,说在《尔雅》内,又不是鱼虫,那就是草字头。接着,翻到《释亲》章,倒数第一位是孙。最后还要说:"我这是开玩笑呢,拿小市民调侃人的方式开玩笑。"这是启先生早年调皮。宋代的苏东坡好干这个,好给别人起外号,因为这个还得罪人,他和"二程"中的小程闹得不可开交,就跟这有关系。1949年后,在辅仁的人有的走了,或去香港或去台湾,当然也有留在北京的。有位牟润孙先生,启先生曾在《夫子循循然善诱人》里回忆他,他去香港了。二十世纪八九十年代回来,两人见面,抱头痛哭。这都是当年老校长身边的几个好学生。牟润孙这个人不修边幅。一天到老校长家,胡子没刮,校长就用手往他的下巴一指,他就知道又忘了刮胡子。后来他每见陈校长就会紧张,养成了见校长先摸下巴的习惯。有一次,临见校长之前,他忽然发现又没刮胡子,回去已来不及了,赶紧跑到离陈校长家不远的余嘉锡先生家,找余逊借刀子现刮。余嘉锡先生也很风趣,和他开玩笑说:"你这是'入马厩而修容'。"

启先生来到师大之后,晚年在师大的资望很高,大家都将他当作泰山北斗一样仰视着。但是他从来不过多地干涉师大的事情。当时有些老教授,或者还不算老的教授,经常觉得自己才是这个地方的主人。学院里,该给谁评职称不该给谁评,他们都觉得有发言权。但启先生从来不说这些事情。

启先生早年就研究汉语现象。二十世纪五十年代初,启先生为学生讲汉语声律,拟复习提纲,后来这些内容在北京师范大学出版社出版。这就涉及启先生的学术研究,他是抓住了汉语自身的特点的。咱们现在学习的语法，主谓宾补定状，是按照西方的语法体系观察汉语。可实际上，那个体系对汉语的古诗文是没有办法的。因为古人说话"颠三倒四"，"丛菊两开他日泪，孤舟一系故园心"，这根本就不能用语法分析，它遵循的就是平仄的规律。这里我们不妨多想一点儿，用声律来组织句子算不算语法。如果用主谓宾补定状分析，"我吃饭"，"我说话"，都是我有一个动作，有一个涉及宾语的逻辑关系。可是从《诗经》开始之后，我们的语言走的是声律的路子，很多句子用现代语法是根本讲不通的。可是，启先生说这正是汉语的特征。汉语有节拍、气口、上下句，有对偶。对偶就是汉语的一个特征。妙的是，启先生提出了一个"竹竿理论"。他有一次坐老式火车，就听到火车"嗵嗵""嗵嗵""嗵嗵"地响，听着听着，突然想起来，这不是平平仄仄、平平仄仄……嘛。实际上，火车并没有平平仄仄，但是我们如果想入睡听着它，大概就要听出一个高高低低来。这也是人的一个心理。启先生由此发现，学格律诗有一个原理，我们可以设想不断地平平仄仄、平平仄仄……就是一个竹竿。按照格律的要求从竹竿上截取五个音节或七个音节，所得的平仄变化，就是严丝合缝的格律谱。这样一截，粘也有了，对也有了，三字脚也有了。绝句和律诗都适用。这和回字格是一样的发现。有些学者讲格律，就是死背。启先生这个理论让格律活了起来，让一个看似无道理、死规矩的现象，变得符合某种逻辑，有了某种意味，变成可以理解的了。

启先生还发现，汉语格律有一个特征"上松下紧"。一个句子，比如"平平仄仄平平仄"，平平仄仄这四个字可以松一点儿，但是到了"平平仄"，这叫"三字脚"，不能乱。他举了一个很妙的例子，元曲作家关汉卿《一枝花·不伏老》："我是个蒸不烂、煮不熟、捶不匾、炒不爆、响珰珰一粒铜豌豆，恁子弟每谁教你钻入他锄不断、斫不下、解不开、顿不脱、慢腾腾千层锦套头。"这两句当然不是格律诗。但是，启先生发现，两句最后的"一粒铜豌豆"和"千层锦套头"，却是合乎格律的，而且两句的最后三字，又是"平平仄"对"仄仄平"的。看来，只要讲究音律和谐，上松下紧就是相当普遍的要求。这样说来，"一三五不论"的那个"五"，是涉及"三字脚"的，若真像一些学者所说的可以"不论"，那就容易破坏"三字脚"的音律规矩，弄得像"脚下无鞋"了。这是错的。这是启先生对汉语规律的睿智观察。它虽然不是多么伟大的定理，但体现了学术智慧，能够启发人。

启先生不是讲方法，而是讲观法，能从现象中看出很多东西。再比如汉语自身的另一个特点：名词为本位，它是名词性的。"枯藤老树昏鸦，小桥流水人家，古道西风瘦马。夕阳西下，断肠人在天涯。"没有一个动词，"在天涯"的"在"字也不是一个动词。在一首诗中，只要几个名词出现了，组成一个画面，就够了。但是，没有动词的英语句子根本就不成立。当年有人翻译这个曲子，用动词把它串联起来，味道大变。启先生就讨论这些问题。汉语的语序可以颠倒，比如"长河落日圆"，启先生颠倒了好几个字的位置，都通。英语里一个词要有单复数、各种时态，主动、被动。这些让我们最头疼的东西，汉语是没有的。搞清楚这些特征，汉语是什么也就弄明白了。启先生讲这些内容，特别启人神智。

启先生的《红楼梦》研究也是很绝的，他注释过《红楼梦》。到了上世纪九十年代，有人找我，跟我商量要出启先生的注释稿子。

我和启先生说起这事，他就说："对我来说呀，每一次我得了注《红楼梦》的稿费都没好花，不是姑姑没了，就是母亲去世了。"这是他开玩笑。他有一篇文章叫《读〈红楼梦〉札记》。里面说到，按照满族人的习惯，贾宝玉和林黛玉是无论如何都不能结婚的。满族人有一个说法，叫骨肉还家，不吉利。林黛玉是贾家的女儿贾敏嫁到林家去生的孩子。林黛玉如果嫁回贾家来，属于骨肉还家。反过来说，如果贾宝玉是贾敏和林如海的儿子，林黛玉是贾家的姑奶奶，她嫁给贾宝玉是可以的。曹雪芹是暗做了一个扣子，其实这事根本就成不了。当然，这涉及后四十回了。这是启先生在解释文学现象时用了社会学的内容。曹雪芹是汉军旗，在满族生活，以他对社会的观察，以他的"老奸巨猾"，不可能不知道这个。另外，启先生还讲了很多关于官制、服饰的内容，都是根据他对满族生活的了解做的注，和一般的注释不一样。

新中国成立后，形势比较好的时候，中文系对教师做摸底调研，就问老师们他们都会教什么。启先生就说："我有四个兜：古代诗文、文物鉴定、书法绘画、满清风俗。"结果没过多久，就给他贴大字报，说他说自己能讲四个方面，太骄傲。事实上，一般的大学教授是没有启先生这样的知识结构的，就是现在的教授中也没有。当年师大有一位刘盼遂先生，很有学问，是王国维的学生。当时人们讨论《胡笳十八拍》是不是蔡琰的诗，讨论来讨论去也没有结果。刘先生写了一篇五六百字的文章，之后对这事就再也没人吱声了。他的文章说这诗押的是唐韵，就是用唐朝人押韵的方法，一看就是后人伪托的。这位刘先生就说启先生虽然没学历，但他会太多东西，而且门门都精彩。这就要感谢老校长陈援庵先生慧眼识人。那会儿如果没有他提拔，启先生很难在大学工作。这都是佳话，陈先生是教育家，"教育家"的名号不是白得的。像我们带博士带硕士，不算好样的，那只是在国家给的制式教育中拧了一个螺丝钉。真正的教育家拔人于贫贱之中，拔人于平凡之中。这是老校长的见识。

启先生出身于贫寒人家，情感朴素。关于写字，有不少传说。曾经有一个空军的领导，派个秘书来要字。启先生说等一等写，可对方就说不行、要得急。启先生就说："那我就要问问了，要是不写这个字，你们空军是不是派飞机来炸我啊？"对方就说那倒不至于，他就说那他不写。但是，有一个老太太来找他，说老伴没了，自己恐怕也将不久于人世，想写个碑，把夫妻俩的名字写上。启先生拿起笔来就写。这就是一种平民感情。我入学的那一年，河北出了一件事情。那里有个书法家，他的一幅字拿去装裱，结果那个小裱糊匠把字给弄丢了。这个书法家就不依不饶，告上了法庭，让裱糊匠陪他几万块钱。在当时，这笔钱是个大数目。法院理赔就要先估价，就有人请启先生估价。启先生了解情况之后就说："我说这个人的字一钱不值。就算是裱糊匠真拿了他的字，他有胳膊有腿的，再写一张不就完了嘛，至于吗？又不是王羲之、赵孟頫的字，丢了就再也没有了。"启先生是大学问家，但跟他近距离接触，真正对我们产生教育的是这些事情。像我们找工作，启先生都会帮忙写推荐信。有一次，一个老先生和我们聊起这件事。老先生就说你们真幸福啊。启先生就说："年轻的时候，谁没让人帮过一把啊。"所以，如今每到一些纪念日，我们都想起老先生，因为他对我们的确是入心入肺地关怀。一个老师，对学生光是学问启发就很难得了，而又有一种深情厚谊，让人无法忘怀。

前些年，有些出版社让我写启先生的传记。我不能写。像唐德刚给胡适写杂忆，那样好的文笔，很吸引人，因为他可以调侃，很放松。可我作为学生，就不能那样给启先生写。启先生晚年时，有人提出给他写传记。启先生就说："算了吧，写什么传记呀，我刚过点儿好日子，你们就扒我年轻的时候怎么倒霉。"这其实是一种说辞，他不让写。后来，有一位作者说想像唐德刚那样写，他说那可以。唐德刚的《胡适杂忆》是启先生非常喜欢的一本书，写得很活泼。白话文写到那个份儿上，是很让人羡慕的。

启先生还有古诗。早年十几岁的时候，他就写过模拟王渔洋的诗。那时有一个老先生，是启先生曾祖父的学生，看了诗就哭了，说这么小的孩子有这么好的诗，自己的先师应该瞑目了。启先生的诗能够写得很稳妥，可是钟敬文先生说启先生"偶尔打油"。实际上，何止偶尔，启先生写诗老打油，这就是他的性格。他的一些对学术、历史的见识，都是在诗中表达的。他有一首《贺新郎·咏史》："古史从头看。几千年，兴亡成败，眼花缭乱。多少王侯多少贼，早已全部完蛋。尽成了，灰尘一片。大本糊涂流水帐，电子机，难得从头算。竟自有，若干卷。书中人物千千万。细分来，寿终天命，少于一半。试问其余哪里去，脖子被人切断。还使劲，斷斷争辩。檐下飞蚊生自灭，不曾知，何故团团转。谁参透，这公案。"这是调侃历史。我第一次见启先生长谈，就是讲历史，包括这样的话题。有人质疑，问他为什么这么写：寿终天命，少于一半。说历史上这么多人不得好死，不是以偏概全吗？启先生就问："二十四史写了多少人？几万人吧。那一个长平之战埋了多少人啊？四十几万吧。这么说怎么不行啊？"的确，历史上死于非命的人太多了。这体现了他对古史的理解，看透了，好没意思啊。他还说到，史书上记载，刘邦一进长安城就废了肉刑，但到了文帝时还有缇萦救父，还在因为肉刑写诗。读史，不如把这些前后矛盾的材料抄一抄，想一想。前人曾讲过"六经皆史"，启先生就说还要再下一个转语："二十四史皆小说"。说二十四史是小说家演义的，这我能理解。一方面，我们看《资治通鉴》，看得连饭都不想吃，因为叙事精彩，像小说一样有意思；另一方面，历史里有好多假象。乾隆皇帝出游总是带着母亲走，史书就说他特别孝顺，可这背后的原因，却是他怕母亲捣乱。《清史稿》是有人花过钱的。所以，有些史料也靠不住。怎么办呢？要多看，慢慢参悟。

2001年，学校要大庆的时候，《江汉论坛》给启先生上了一个介绍，是我写的。说到诗歌创作，我措了个辞，说启先生是一个个性鲜明的古体诗人，启先生看了说"这个好"。现代诗是流行的，可写古体诗写出好来的有。鲁迅先生写得就不错，钱锺书写得也不错，就是掉书袋掉得太厉害。聂绀弩先生有《散宜生诗》，启先生是高度赞美的。启先生在66岁时自撰《墓志铭》："中学生，副教授。博不精，专不透。名虽扬，实不够。高不成，低不就。瘫趋左，派曾右。面微圆，皮欠厚。妻已亡，并无后。丧犹新，病照旧。六十六，非不寿。八宝山，渐相凑。计平生，谥曰陋。身与名，一齐臭。"诗说自己半身不遂，病在左边，而曾在划分政治派别时被划成"右派"，调侃人生荒诞。这都是运用汉语显示性格。还有一部分诗特见真情。老师对夫人一往情深，说夫人是恩人。《痛心篇》写和夫人的情感，就有"结婚四十年，从来无吵闹。白头老夫妻，相爱如年少""相依四十年，半贫半多病。虽然两个人，只有一条命"等诗句。到了晚年，启先生写了一首《赌赢歌》："老妻昔日与我戏言身后况，自称她死一定有人为我找对象……"用数来宝的形式，诗体上有实验性质。对于诗到底可以写多长，他要找这个节奏。后来，启先生到九十岁就经常生病。有一次，被拉着往病房里抬的时候，他突然大笑起来，说自己赌赢了，确如当年与妻子所言，他没有再娶。像这些诗，看起来令人发笑，可内心深处是对故人的怀念、诚挚。启先生就是这样一个人，大俗大雅，至情至性。

　　所以，我们这些跟他读书的学生，没有一个不怀念他、不感谢他的。而且，他不像溥儒等很多大家那样，有不接地气的方面。启先生有喜欢的文章，就会和我们谈起，说某某人的学养真好。我们就会想到：什么是学养？然后赶紧把好文章拿来看看。当年我做《诗经》的博士论文，启先生是指导老师。我在写农事诗的时候，拿给启先生看，他就和我讲满族人在东北的时候，年终怎么祭天，耕种时怎么祭天。我曾拿着伽达默尔的《真理与方法》看，文思是西洋式的，他不以为然。他不是拒斥理论，而是拒斥那种文风。实际上，我们当年正是有偏颇，看了翻译著作，就照着翻译著作的风格写。其实还是没有真正看明白。我注释《诗经》的时候找他去题签，想了几个名字，比如《诗经新解》《诗经析读》，他就说"析读"好。启先生并没有写过《诗经》的文章，但谈起来他很熟，在关键部分能够启发我。当时我也没少啰唆他。我有一个看法，总感觉西周中期创作了很多诗篇，但是没有证据。启先生就说有些考古的东西，是不是可以用一用、看一看。他并不是很具体地指导，而且他的学术兴趣也不在这里。但对我来说，这就已经足够了。

　　启先生还有很多学问是我没有资格去说的，包括文物鉴赏等。

总之，我是他的学生，我读他的书，跟他有十三年交往。这辈子，除了父母之外，他是对我影响最深的人，一直到今天。